괴물흥망사

괴물흥망사

© 김성렬, 2014

1판 1쇄 발행_2014년 05월 15일
1판 2쇄 발행_2014년 12월 20일

지은이_김성렬
펴낸이_양정섭
펴낸곳_작가와비평
　　　등록_제2010-000013호
　　　블로그_http://wekorea.tistory.com
　　　이메일_mykorea01@naver.com

공급처_(주)글로벌콘텐츠출판그룹
　　　대표_홍정표
　　　편집_박가연 노경민 김현열 **디자인**_김미미 **기획·마케팅**_이용기 **경영지원**_안선영
　　　주소_서울특별시 강동구 천중로 196 정일빌딩 401호
　　　전화_02-488-3280 **팩스**_02-488-3281
　　　홈페이지_www.gcbook.co.kr

값 13,000원
ISBN 979-11-5592-109-8 03810

김 성 렬 소 설 집

괴물흥망사

작가와비평

네오 르네상스를 꿈꾸며

젊은 시절 내 꿈의 목록에 작가란 직함은 없었다. 때로 이야기를 꾸미고픈 충동이 없는 것은 아니었으나 좋은 작품을 연구하고 비평하는 것만을 나의 본분으로 알았다. 그러나 예측과 계획대로 움직이지 않는 삶은 소설 창작에까지 나의 손을 뻗게끔 만들었다. 소설 창작교육을 담당하다 보니 내가 먼저 쓰지 않을 수 없는 사정에 몰린 것이다. 분에 맞지 않은 줄 알기에 공구恐懼와 무렴無廉으로 긍긍하며 난산한 결과가 여기에 싣는 소설 몇 편이다.

한 권으로 묶느라 다시 들춰보니 나름 시대의 감각을 쫓으려 애썼다 하나 영상과 SNS, 스마트기기가 점령한 디지털시대에 쉰 세대의 흘러간 옛 노래조란 감을 금치 못하겠다. 더러 환상적 장치도 원용하고 SF 소설이라 할 것도 썼지만 사실寫實이 우선이고 의뭉한 계도啓導적 의지조차 엿보이는, 완연한 아날로그풍이다. 그러면서도 스스로 이런 강변을 마련한다. 새 것만 좋은가? 분열된 자아에 겁먹고 균일화된 욕망 앞에 손사래 치는 일만 최선인가? 그리하여 자신도 모를 관념의 놀음으로 독자를 소외시키면서 문학의 시대는 왔다고 한다면 이는 자학이나 자조이지 않을까? 자아의 통일, 조리 있는 세계를 외치다 보면 이들과 온전히 등지지는 못할 것이고 그러한 부담 자체가 그러한 세상의 현전에 기여할 수도 있으리라 헤아린다.

소멸해 버릴 세계에 대한 비탄으로부터 오히려 그러므로 충분하고 아름답다는 생각으로 변하는 것은 시간 앞에 무력한 자의 자위이리라. 그렇다 하여도 삶과 세계의 구체적 질감을 세밀하게 느끼고 그를 즐기는 르네상스적 감각의 부활을 꿈꾸는 것은 과욕일까? 어쨌거나 넘치는 우연으로 길을 잃고 표피적 쾌감을 즐기는 이 시대에 수미상관한 구성, 큰 서사에 대한 기대는 앞으로도 접지 못하겠다. 갑년에 이르러 창작집을 내는 자의 옹고집이라 해도 어쩔 수 없는 일이다.

연구와 논문 쓰기를 동시에 했다 하나 십 년 가까운 시간에 겨우 창작집 하나를 내는 지둔한 자의 사설은 이쯤에서 그만. 출간을 위해 거듭 살폈지만 미진한 느낌은 지울 수 없다. 완성도의 미흡에 대해서는 이 소설집이 못난 선생은 면하려 의도된 노역의 산물인 점으로써 변명한다. 가장 근래에 발표한 것을 앞세우는 식이니 가장 나중 실린 것이 나의 첫 작품이었음을 알려드린다.

2014년 봄
김성렬

우리 사랑 흘러 흘러

우리 사랑 흘러 흘러

1

간밤엔 마당과 뒷산을 가로지르는 바람이 미친증이 난 여자 원귀마냥 휘파람 소리를 내며 나뭇가지며 풀숲이며 할퀴어 대기를 마지않았다. 그러나 동이 터 현관문을 열고나서니 언제 그 난리를 쳤나 싶게 화창한 햇살이 뒷산과 마당에 그득하다. 제멋대로 휘젓고 다닌 미친 바람 탓에 마당엔 부러진 나뭇가지들, 진 꽃잎들이 우수수하다. 꽃샘바람이라지만 올봄은 유난스럽다. 4월의 기온이 이십오륙 도를 쉽게 넘어 반팔을 입어야지 않을까 하는데 함박눈이 쏟아지기도 하였다. 부쩍 오른 기온 탓에 일찍 눈을 틔운 새싹들이 봄에 펴부은 함박눈을 맞아 오그라들고 색색으로 화사했던 꽃잎들이 축 쳐져 안타까웠던 것이 열흘 안쪽의 일이더랬다. 지난해에도 4월의 눈이 흐벅지게 내렸고 그 전 해에도 그랬던 기억이니 이제 이상기후도 일상의 일이 되어가는 듯싶기도 하지만 눈·바람 중에도 꽃과 푸나무들은 다시 생기를 찾아 화려한 그림을 이루니 이들의 끈질김도 여간이 아니다. 제게 대이는 건 맘대로 후들기는 바람 탓에 맥을 놓았기도 쉬우련만 산비탈 쪽의 철쭉, 개나리, 애기나리, 제비꽃들이나 마당가에 심어둔 금낭화, 얼레지, 싸리꽃 등은 뭐 그런 눈바람쯤이야 하듯이 색색으로 어울려 얼마나 예쁜지.

그나저나 애들은 언제 일어날런고? 어젯밤 늦게까지 불이 켜져 있던데 뭔 꼬숩은 얘기들을 나누노라 그 시각까지 안자고 있었을까. 산 속의 아침은 평지보다 일찍 밝아서 여덟시 넘은 지금 벌써 사방이 눈부시게 환한데 젊은 것들은 아직 한밤중인가 보다. 미동도 없는 별채의 현관문을 잠시 바라보다 나는 본채의 내 방으로 돌아왔다. 아침이라도 저들과 같이 먹으려다가 하는 수 없이 혼자서 된장국에 김치, 감자조림, 멸치볶음 등을 내놓고 몇 술 뜨고는 설거지를 했다. 믹스커피를 뜯어서 커피를 한 잔 타고는 소파에 앉았다. KBS의 아침마당을 보고 뉴스까지를 습관처럼 보고 나니 10시다. 이번엔 원두커피를 한 잔 내려 와서 전축을 튼다. 남편이 아끼던 빅터사의 포터블 진공관 전축이다. 1960년대에 나온 물건이어서 CD나 테이프 등은 못 넣고 LP판이나 얹을 수 있다. 나름 음악 마니아이던 남편의 빈티지 취향이 십 몇 년 전 사들인 것인데 오디오 운운보다는 전축이란 이름이 더 걸맞다.

양희은의 70년대 노래모음집을 얹는다. 약하게 우웅 소리가 나다가 판을 올려놓으니 치익치익 간헐적으로 바늘에 긁히는 소리와 함께 노래가 흘러나온다. 꽃잎 끝에 달려있는 작은 이슬방울들 빗줄기 이들을 찾아와서 음— 어데로 데려갈까—. 젊은 시절 양희은 특유의 청아한 고음이 커피 내음과 잘 어울려 고즈넉한 거실을 가득 채운다. 아름다운 것들, 가난한 마음, 빈 자리, 세노야세노야. 옛노래들은 제목들부터가 시로구나. 구성지게 이어지던 노래는 〈내 님의 사랑은〉으로 넘어간다. 이 노래는 별채에 자고 있는 채령이가 잘 부르는 노랜데, 생각하며 따라 흥얼거리다 깜박 잠이 들었나 보다. 딩동, 벨소리가 마치 뇌를 강타하듯 울리는 바람에 화들짝 놀라 깬다. 현관문을 여니 채령이가 배시시 웃음을 띠고 미안한 표정으로 서 있다.

"아유, 사모님, 쉬고 계신데 죄송해요. 일어나서 라면이라도 끓이려고 보니까 김치가 생각나지 뭐예요. 사모님 담근 김치는 라면하고 먹으면 환상이잖아요. 호홋. 아유 죄송해요."

거듭 죄송 타령을 하는 것을 괜찮다며 우선 안으로 들였다. 160cm도 안 되는 작은 체구에 감색 티셔츠와 청바지를 걸치고 있으니 가무잡잡한 얼굴이 더 까맣게 보인다. 머리는 핀으로 찔러 대충 건사한 것이 눈뜨자 이쪽으로 건너온 행색이다. 아까 아침이나 같이 먹으려구 그 앞까지 부르러 갔다가 곤해 빠진 것 같아 그냥 왔지, 하며 김치 그릇을 챙겨주자 다른 것들은 우리 차에 있는데 아유 미안해요, 손을 비비면서도 김치 그릇을 받아들곤 황급하게 현관을 빠져 나갔다.

에휴, 나이가 사십이 가까워 가는 게 저게 언제 철이 들려누. 별채로 쪼르르 달려가는 뒷모습을 창문 너머로 보며 나는 혼자 한숨을 쉬었다.

2

채령이가, 엄밀하게는 채 령이 — 성이 '채'요 이름이 '령'인 그녀가 이 년여 만에 우리 집에 들른 것은 어제 늦은 밤 무렵이었다. 밤 열 시쯤 당도했는데 전화로 미리 조금 늦을 것 같다는 전갈은 받았지만 놀랐던 건 웬 뜬금없는 캠핑카가 와르르 마당으로 들어섰기 때문이다. 인가도 별로 없는 산자락에 자리 잡은 집이라 터는 넓고 문도 마당으로 올라오는 언덕받이에 형식적으로 내놓은 지라 웬만한 차는 손쉽게 드나들 수 있게 되어 있지만 광고에서나 보던 하얀 캠핑 트럭이 부릉부릉 헐떡이다가 마당에 떡 서는 데는 눈이 휘둥그레지지 않을 수 없었다. 엔진이 멈추자 거기서 내린 것은 채령이와 젊은 남자 한 명이었다. 평소에 남자관계가 어수선하다 싶던 아이기는 하지만 이 년 만에 또 바뀐 남자에 캠핑카까지 몰고 나타났으니 놀랍기도 했으려니와 해괴한 꼴을 보지 않을까 더럭 의심증이 드는 것을 어쩔 수 없었다. 방 세 개짜리 본채에 방 하나와 주방까지 갖춘 별채가 있는 집, 그것도 산자락에 자리 잡은 집에 홀로 지내다 보니 당장 사람 흔적이 아쉽고 은근히 기별도 궁금하던 차라 하룻밤 머물겠다기에 그래 오느라 했다가 나타난 본새에 어안이 벙벙하고 걱정도 되었던 것이 어젯밤의 일이었다.

기척을 살피고 있자 하니 문을 여는 소리가 나고 둘이가 나와서 갔다 올게, 응 빨리 와 어쩌고 하는 것이 남자는 어딘가로 나서는 모양이다. 창문으로 넘겨보자니 남자가 채령의 몸을 가볍게 안고 뺨에 다정히 입까지 맞추는 것이 자기들대로는 서로 사랑스러워 죽겠다는 행토였는데 쉰세대가 된 내 눈에는 가히 눈꼴 시린 장면이 아닐 수 없다. 어젯밤에는 어두워 행색을 잘 볼 수 없었는데 바지짜리는 키도 채령이보다 훤칠하고 얼굴이 허여멀건한 것이 여자깨나 후리게 생긴 생김새다. 남자가 예의 캠핑카를 몰고 사라지자 채령이 내 집 쪽으로 걸음을 옮겨오는 것이어서 나는 얼른 창가에서 물러났다. 딩동, 벨을 누르고 현관에 들어선 그녀가 두 손을 비비며 쭈뼛쭈뼛 입을 열었다.

"아휴, 사장님 저 이와 같이 인사드리려고 했더니 어디 급히 갔다 올 데가 있다고 저렇게 나서네요. 죄송해요."

"뭔 죄송은…. 날씨도 좋고 하니 우리 밖에서 차나 한잔 할까?"

우리는 커피를 한 잔씩 들고 마당으로 나왔다. 바람에 다소 찬심이 박혀 있지만 따뜻한 봄볕을 이길 만 하지는 못했고 활짝 핀 꽃들과 물오른 연록의 수목들이 어우러진 풍경을 보니 어젯밤 난리는 언젠가 싶게 환한 봄꿈 마냥하다. 외진 산자락에 여자 혼자서 억척으로 산장과 같은 집을 지키고 있음은 이런 기쁨을 누릴 수 있는 탓이다. 마당에 드문드문 놓아둔 바위들 위에 앉으니 우리 집의 전경이 눈에 들어온다. 현관문이 달린 건물 중앙부는 세모꼴의 지붕을 얹었고 중앙부 양편으로 창이 달린 하얀색 목조 건물이다. 이국적 풍치를 살리느라 남편이 직접 주문하여 지은 집이다. 낭만파였던 남편은 이렇게 본채를 올려 살다가 나중엔 별채를 하나 따로 지어 자기 혼자 그곳에서 마음껏 파이프를 피우고 음악을 틀어놓곤 하였다. 채령이 지금 머무는 별채가 바로 남편의 공간으로 쓰였던 곳이다.

우리가 앉은 바위 밑에는 새끼 손가락만한 이름 모를 잡초들이 제 스스로 자라 앙징맞게 자리잡고 있다. 도대체 얘들은 눈길조차도 잘 주지 않는데 무슨 매련으로 이렇게 땅을 밀고 나와 제 존재를 알릴까? 희한키도 하지. 이런 잡념 중에 가까이서 채령을 보게 되니 처음 볼 때보다 얼굴에 기미도 생겼고 눈웃음을 웃으며 상대방에게 붙임성 있게 구는 태도는 여전하지만 눈이 푸스스한 게 피곤한 기가 서려있다.

"그래, 그동안 어떻게 지내다가 이렇게 불쑥 나타났어?"

"뭐, 한 이 년 됐나요? 형님 댁을 떠난 게?"

사모님 사모님 하다 이제 형님으로 호칭이 바뀌는 것은 이젠 무렴한 기분도 좀 숙어지고 살가운 감정이 솟아난다는 표현이다. 내가 쉰 중반이고 얘가 이제 서른 일고여덟 되었나, 무려 열예닐곱 차이가 나니 자기한테는 언니라도 상 언니일 터이니 언니라 부르지는 못하고 또 삼 년 전에 우리 레스토랑에 주방 보조로 일을 배우러 들어와 나더러 사모님이라 먼저 부른 터수라 이처럼 호칭이 오락가락한다.

"그때 형님을 떠나 신촌으로 갈 때 만난 놈은 거의 사기꾼이나 진배없는 놈이었어요. 제가 무슨 액운이 있는지 자꾸 그런 자를 만나서…. 그때 신촌에 반년 있다가 겨우 원금 찾아 지방으로 내려간 게 일 년 반 전이잖아요. 대전엘 내려가서 거기서 작은 밥집을 열었지요. 유성의 먹자골목에 테이블 예닐곱 개 되는 작은 가게 하나 내서 그럭저럭 지냈어요. 참, 그런데 형님은 괜찮았어요? 사장님 돌아가시고 나서 하던 일은 어떻게 하시고? 저도 궁금한 일이 참 많은데…!"

말이 오가자 아연 활기를 띠며 갑자기 화제를 옮기는 바람에 나는 손사래를 치고, 아유 니 이야기나 먼저 해 봐. 나야 지금 보듯이 혼자서 지금 이렇게 살고 있고. 아까 그 사람은 어떻게 만났니? 대전 내려간다고 할 때 같이 내려간 그 사람이야, 누구야? 하니, 아유 형님은 기억력도 좋으시다, 뭐 별 다른 사연이 있는 것도 아니에요, 짐짓 심상한 양 대꾸한다.

"대전 갈 때 같이 내려간 사람은 정말 절 도와주고 같이 잠시 있다 헤어졌어요. 유성 근처에 제가 가진 돈에 마침한 가게가 있는데 손님도 제법 든다면서 소개해 주고, 실내 설비도 도와주고 그러다 얼마 안 있어 떠났어요. 정말 순수한 사람이었는데 저하고 같이 오래 지낼 형편은 못 되었던가 봐요."

속으로 나는 흥, 가벼운 콧방귀를 뀐다. 어련할라구, 마음이 좋은 사람인지는 몰라도 또 무언 사정이 있는 사람이었을 테니 너하고 어찌 긴 살림을 차릴 수 있었겠니? 애가 마음은 여려가지고 입에 발린 치사에 당신이 좋아라고 덤비면 제가 손해 볼 일인지 아닌지를 셈하지 못하고 아무나 받아들이는 게 문제지. 우리 집에 처음 온 것도 그런 사단으로 비롯한 것이었다.

3

그 때가 3년 전쯤이던가. 어느 날 서울 시내에 살고 있는 언니에게서 전화가 왔다. 요즘 혹시 너희들 하는 식당에 사람 필요 없니? 내가 아는 젊은 애가 하나 있는데 이혼하고서 자기 살 길 찾느라고 식당을 하나 해보려 하는데 먼저 일도 좀 배우고, 식당 돌아가는 양을 좀 알고 싶다는구나. 남자복이 없어 이혼을 하긴 했는데 애가 재바르고 싹싹해서 일은 잘 할 거야. 잠시 좀 거두어 보렴, 하는 것이었다. 마침 우리도 주방 일을 돕던 아주머니 한 사람이 몸이 아파 그만두는 바람에 손이 딸리던 참이라 쉽사리 그러마고 하여 들어온 것이 채령이었다.

처음 찾아온 날 남편과 내가 일종의 면접을 보았다. 키는 158cm나 될까 아담한 체구에 얼굴이 약간 가무잡잡한데 아미蛾眉 형의 까만 눈썹 아래로 눈웃음을 생글생글 웃는 것이 남자 꽤나 호리겠다 싶었지만 말대답이 사근사근하고 붙임성은 있어 보여 잠시 데리고 있는 것은 괜찮겠다 싶었다.

"에ㅡ, 잠깐 일을 배우겠다고 하는 이야기를 들었는데, 사실 우린 일 배우고 떠날 사람은 받지 않아요. 에ㅡ, 처형이 추천하니 도리 없이 받기는 하는데 1년은 일해야 합니다. 에ㅡ또, 여기가 외진 곳이고 레스토랑이라 미스 채가 하려는 업종에 가까울지는 모르겠는데 하여튼 인연을 맺었으니 뭐, 부지런히 해주세요."

남편이 파이프 담배의 흰 연기를 파ㅡ파ㅡ 품어대며 뜸적뜸적 주인장으로서의 지침을 밝혔다.

"그럼요, 열심히 할게요. 레스토랑이지만 산채비빔밥, 생선조림들도 메뉴에 있데요? 열심히 배워 보답할게요. 그리구 레스토랑 분위기가 너무 좋아요. 사장님도 예술가 같으세요, 호홋."

이름이 채 령이라 독특한 외자 이름인데다 애교스럽게 말하는 품이 밉지 않은지 남편은 헐헐 너털웃음을 웃었다. 남편은 젊었을 적에는 그렇지 않았는데 이젠 나잇살이 들어 머리도 대머리가 된데다가 얼굴도 둥글둥글, 목에도 한 겹 접히는 살이 붙고 배도 불룩한데 베레모까지 얹고 있으니 영락없이 사람 좋은 음악가나 시인쯤 돼 보일 법하였다. 남편은 그러나 그저 음악 마니아 또는 예술애호가라 할 수는 있겠으나 예술가와는 거리가 먼, 산자락에 자리잡은 일개 식당의 사장일 따름이었다. 어쨌든 이렇게 하여 채령은 우리 집에서 일하게 되었다.

우리는 그녀를 미스 채라 불렀다. 이미 이혼한 터수이고 나이도 서른 중반에 가까워서 미스는 어울리지 않으나 다른 마땅한 호칭도 없고 얼굴도 동안인데다 성격도 사근사근해서 미스 채란 호칭이 어색하지도 않았던 것이다. 그녀는 주방을 맡아 음식 전반을 총찰하는 나더러는 사모님이라 불렀다. 어쩌다 늦은 밤 주방과 홀에서 일하는 사람들이 모두 모여 회식이라도 하다가 술이 알큰하게 되면 예의 형님이란 호칭이 그때야 흘러나오곤 했던 것이다. 다른 이들은 모두 사장님 아니면 사모님인데 채령은 저 나름으로는 그럴 만한 친분이 있다 해서 그런 부름을 하나 보았다. 다름 아니라 내 언니를 통해 소개받아 그만큼 더 연이 있다는 나름의 애정 섞인 호의의 표시였다. 나도 그럴 때는 그 정리를 받아주느라 령아, 채령아 부르기도 하였다.

　채령이가 우리 집에 오고 보름 뒤쯤인가 하루는 서울에서 언니가 놀러왔다. 이제 예순이 다 되어가는 나이지만 살성도 좋고 몸집도 피둥피둥해서 얼굴엔 별 주름도 없는 언니이지만 목주름은 감출 수 없이 자글자글하였다. 저만한 나이의 언니가 채령이와는 어떻게 알게 되었는지 궁금치 않을 수 없었다. 채령이가 언니에게 일자리를 잡아준 치사를 잠깐 하고 자리를 뜨자 언니와 나는 커피를 타서 홀에 앉았다. 그 자리에서 언니는 채령이가 듣지나 않을까 홀끔홀끔 눈치를 보며 그녀의 과거사를 들려주었다.

　언니가 채령이를 알게 된 것은 의외롭게도 동네의 동물병원에서라고 했다. 언니네가 키우던 애완견이 탈이 나서 동네의 동물병원을 찾았는데 그녀가 그곳에서 매니저 일을 하고 있었다는 것이다. 언니는 시츄 종을 키웠는데 두어 번 동물병원에 다니다 보니 사근사근하고 동물을 진심으로 아껴주는 그녀의 태도가 맘에 들었다고 했다. 마침 알고 보니 집도 서로 가까워 동네에서도 가끔 마주치는 일이 있고, 그럴 때면 동네 슈퍼 파라솔 밑에서나 마트의 커피숍에서 서로 차를 마시면서 이야기도 나누게 쯤 되었다. 언니와는 스무 살도 더 나이 차이가 나는지라 사모님 사모님하며 채령은 언니에게 살뜰하게 굴었다. 처음엔 강아지 이빨 닦는 데는 개껌이 좋고 6개월 주기로 이빨을 직접 닦아주기도 해야 하며, 예방접종은 네댓 차례 해야 하고 구충약은 일 년에 2회 정도는 필수적으로 먹여야 한다는 둥 애완견 키우기 막 초보이던 언니에게 이런저런 도움을 많이 줬다는 것이다. 그러다 친해져서 때론 같이 밥도 먹고 하다 보니 채령의 과거사까지도 듣게 되었다.

크진 않지만 동그란 눈, 아미진 까만 눈썹, 살성이 약간 까매 그렇지 귀염상스런 얼굴의 그녀가 이혼녀란 사실은 언니가 예상치 못한 일이었다. 혹 노처녀인가 짐작만 하던 언니에게, 어느 날 채령은 이른 나이에 피해 볼 염도 내지 못한 채 운명이란 이름의 폭력에 속수무책으로 당할 수밖에 없었던 아픈 이력을 털어 놓았다. 눈물과 한숨을 섞어 털어놓은 이야기에 의하면 그녀는 서른 무렵에 한 남자를 만나 한 삼 년 동안 주부로 살았다는 것이었다. 남자는 그녀가 다니던 직장에서 만났다. 전문대를 나와 어느 컴퓨터 부품 제조회사에서 경리로 다니던 무렵이었는데 그 회사에 자재를 대러 출입하던 영업사원이 넉살좋게 말을 걸어와서는 그녀에게 은근한 데이트 요청에 갖은 선물공세로 온갖 공을 들이는데 넘어가 결국 그와 사귀게 되었다. 반듯하게 생긴 사람이고 술담배도 즐기지 않는 성실한 사람으로 보여 그의 프러포즈를 받고 결국 결혼에까지 이르게 되었다. 그러나 결혼 전에 그토록 그녀만을 위하고 섬기던 남자가 결혼하더니 숨은 본색을 드러내었다. 아니 그녀만을 위하고 생각한 것은 여전한데 너무 지나친 것이 문제였다. 남자는 의처증이었던 것이다. 처음엔 여느 부부와 다름없이 살았으나 일 년 정도 지나면서 문제가 불거지기 시작하였다. 그녀가 다른 사람과 대화하거나 전화하기라도 하면 홀끔홀끔 던지는 눈길이 심상치 않더니 급기야 조금 전 전화한 놈은 누구냐고 추궁해댔다. 처음엔 이 남자가 보기보다 좀생이네 하고 넘어갔다. 그러나 점차 술을 마시고 들어와 낮에 전화했는데 집을 왜 비웠냐고 트집을 잡고 시비를 걸기 시작하더니 급기야 폭력을 행사하는 횟수가 늘어나면서는 이 남자의 문제가 예삿일이 아니라는 것을 깨닫게 되었다. 어떤 날은 밖에 나갔다 들어오는데 뒤통수가 왠지 당기는 기분에 휙 돌아보니 그녀를 미행한 남편이 골목으로 휙 사라지는 꼴까지 보기에 이르렀다. 결혼하기 전 그토록 자상하고 친절하던 남자가 이처럼 의심암귀에 걸려 아내 주변을 감시하고 있는 꼴이란 어이가 없다는 정도가 아니라 사람의 넋이 빠질 지경이었다. 남편의 그런 작태가 2년이 넘어도 아이가 생기지 않는 사정과 관련이 있다는 것을 알게 되었을 때 그녀는 남편과 헤어질 결심을 하지 않을 수 없었다. 젊은 시절 여자를 사서 관계를 하다 얻은 성병의 관리를 잘못하여 불임에까지 이른 경위를 그의 술주정 끝에, 그리고 시댁 식구들의 눈물 바람과 함께 듣게 되었던 것이다. 그제야 남편이 보통 맞벌이를 원하는 시체 남자들과 달리 집안에 들어앉기를 바란 일이 이해되었고 앞으로 그렇게 집안에 묶여 아이도 없이 평생을 남편의 의심에 시달리며 산다는 것은 생각만 해도 끔찍한 일이었다. 삼 년 만에 그녀는 남편과 갈라섰다. 남편의 일방적 흠결이었기에 그녀는 얼마간의 위자료를 받았다. 그리고 다시 일자리를 찾던 중 동물을 좋아하는 그녀가 인터넷에서 우연히 본 동물병원 매니저 구인광고를 보고 일하게 된 것이 언니와 만나는 연의 단서가 되었던 것이다. 이야기를 맺으면서, 돈 잘 벌고 멋진 남자를 만나 행복을 누린다는 것은 백마 탄 남자를 만나 공주같이 산다는 것과 같은 허황한 꿈인 줄 알기에 큰 욕심도 없이 그저 남만큼만 행복하게 살기를 바란 자신이 왜 그런 가혹한 팔자를 만났는지 모르겠다고 눈물을 닦더라는 것이다. 그러나 망망한 바다에 흔들리는 조각배 같은 그녀의 고단한 신세는 그때부터가 시작이었다. 그 고단함이 알 수 없는 팔자땜 때문이라기보다는 자기 스스로 불러들이는 것이 아닌가 하는 혐의를 갖게도 된 것은 우리가 그녀를 지켜보게 된 다음부터였다.

4

우리가 하는 식당은 서울 근교 Y시의 한 산자락에 자리 잡은 산장식 레스토랑이었다. 이름이 레스토랑이지 스테이크, 오무라이스 등의 메뉴에 산채비빔밥, 생선조림도 나가는 잡탕식 식당이었다. 그러나 파전, 오리구이 등과 나가는 동동주는 우리 집의 특미였다. 차를 타고 오솔길을 달려 찾아와야 하는 외진 산자락에 몇 집이 같이 어우러진 카페촌 중 한 집이 우리 식당이었는데 우리는 그중에도 음식과 술이 입에 붙고 저녁에 공연하는 무명가수들의 노래가 운치 있다고 소문이 나서 손님들이 심심찮게 찾아오는 집이었다. 특히 남편이 시와 음악 애호가인지라 그 방면의 사람들을 챙겨준 탓에 단골로 찾아오는 문인 예술가 그룹이 꽤 되었다. 이러니 주방도 바빠서 채령이도 한동안은 일을 하느라 딴 생각을 할 겨를이 없었다. 박봉에 미래가 없는 동물병원 매니저를 걷어치우고 식당이나 열어 보겠다고 식재료 구하기에서부터 음식 만들기, 손님들 시중하기 등을 배우느라 제 깐에는 열심이었던 것이다. 머물 집도 남편이 혼자 쓰고 있던 별채를 우리가 빌려주어 그곳을 거처로 삼았다. 우리 집도 역시 식당에서 멀지 않은 산자락에 자리 잡고 있었는데 채령이 바깥출입도 않고 일만 열심히 하겠노라 다짐을 하는 판에 딸아이가 결혼해 서울로 나가게 되자 아들과 우리 부부만 쓰기에는 공간이 남는 집이라 일 년 기한으로 채령이에게 세를 준 것이다. 그러나 그런 다짐도 반 년 정도가 지나자 시들해지는 기미가 드러나기 시작하였다. 도시에서 삼십 년 넘게 길든 몸인데다 정말 자기 사업으로 키워보겠다고 뛰어든 다음이래야 말이지 그저 자기 한 몸 건사할 업이나 찾겠다고 뛰어든 일이다 보니 육개월 가량이 지나자 처음의 열심이 시들해지지 않을 수 없는 일이었다.

　우리 가게는 한 달에 두 번 정도는 쉬었는데 채령은 처음엔 별채에 붙어 잘 나들지를 않더니 대여섯 달 지나자 근처의 양어장 낚시터로 출입을 시작한 것이었다. 양어장 주인 부부가 우리 가게에 가끔 와서 술도 마시고 하다 보니 어느새 서로 안면을 트게 되었나 보았다. 이 양어장을 출입하다 채령은 틈이 일어나기 시작한 마음의 판지가 더 헐렁하게 들뜰 계기를 만났다. 양어장의 낚시꾼 중에는 고기를 몇 마리 낚으면 그걸 주인에게 맡겨 매운탕을 끓여 달라해서는 같이 온 패들끼리 먹고 마시는가 하면 고스톱까지 치다 시간을 죽이고 가는 축들이 있었는데 이들에게 음식도 날라주고 담배 심부름, 술심부름을 하는 자리에 쉬는 날 딱히 할 일이 없던 채령이 끼어들어 어울리게 된 것이다. 남자들이야 밉지 않게 생긴, 그것도 젊은 여자가 술시중에 취중의 말상대까지 해주자 이건 무슨 이런 오감스런 덤이 있나 싶었을 터이고 주인 부부들도 채령이 자원해 하는 일이라 말릴 이유도 없을 터였다. 남편과 나는 꽤 시간이 지나서야 이런 사정을 알고 못마땅스러웠으나 좀 더 두고 보자는 마음으로 범연한 양 덮어 두었다. 그러나 그 뒤 얼마 지나지 않아 우리가 뭐라 총찰할 틈도 없이 채령이 식당을 떠나겠다고 갑작스런 통지를 해왔다.

　역시 어느 휴일의 늦은 밤이었다. 그날도 채령은 양어장엘 갔는지 늦게 종적이 없더니 밤 늦어서야 자동차 배기음 소리와 함께 웬 남자와 비틀거리며 내리는 것이었다. 둘이가 모두 취한 듯 코맹

맹이 소리를 내면서였다. 나는 소파에 누워 텔레비전을 보다 깜박 잠이 든 남편을 황급히 불러 깨웠다. 여보 저기 쟤 좀 봐요. 아니 쟤가, 보자보자 하니……. 남편도 창문으로 남자를 부축하며 들어 가는 령이를 보고는 혀를 끌끌 차고는 창에서 돌아섰다. 제 앞길 다 갈망할 나이인 여자의 정사情事에 감놔라 배놔라 참견할 일은 아니지만, 쟤가 내 집을 무슨 모텔로 아나 싶은 언짢음과 함께 그래 도 저를 동생 마냥 생각해왔는데, 하는 서운함조차 은근히 일어나 는 것을 어쩔 수 없었다. 불편한 기분으로 잠들었다가 아침에 일어 나니 차가 우리 집 마당을 벗어나는 기척이 났다. 차주인은 얼핏 보기에 사십 중후반쯤으로 보이는 남자였다. 등산용 재킷에 반바 지를 입은 게 일반으로 낚시터에 오는 차림새였는데 차는 까만색 의 벤츠였다. 저게 어떤 논다리를 물어가지고, 휴―. 속으로 한숨부 터 나왔다. 이런 식으로 지내면 우리 방을 계속 줄 수 없다, 좀 더 몸가짐에 주의해 다오, 따끔하게 주의를 주기로 한 나의 결심은 그러나 정오쯤 되어 먼저 찾아온 채령이 아무 생각 없이 던진 돌팔 매 마냥 내민 통지에 맥없이 스러질 밖에 없이 되었다.

그녀의 말인즉 신촌에 아는 순대국집 사장이 있는데 그 사람이 채령이에게서 오천만원 정도의 보증금을 받고 식당을 같이 경영하 되 한 달에 삼백 만원 정도 되는 월급을 준다는 제안을 받아서 며칠 내 여길 떠나야 한다는 것이었다. 남편에게 받은 위자료와 모은 돈을 더하면 그 정도 보증금은 충분히 감당할 수 있고 이제 식당 경영도 직접 익힐 겸 어차피 서울에서 뭔가 시작해야 하니 좋은 기회라며 일 년에서 두어 달을 못 채우고 나가 미안하지만 양해를 구한다며 손을 조물락거리는 그녀의 눈에는 은근한 열기조차 피어올랐다. 하지만 우리는 뜨악했다. 오천 만원 보증금에 일 년 삼천육백만원을 지불하려는 작자가 어디에 있을꼬 싶었고, 원래 세상에 공돈이란 없는 법인데 쟤가 아무래도 무슨 협잡질하는 자를 만나 자충수를 두려는 것이지, 잔뜩 의심스러웠던 것이다. 알고 본 즉 신촌의 순대국집 사장이란 자는 낚시터에서 술 마시고 화투 치는 패거리 중의 한 명으로 실제 신촌에서 식당을 규모 있게 하는 자란 것이 양어장 주인의 전언이었다. 그러나 채령이가 카운터라도 맡는 식으로 그 집일을 같이 하게 되는 건지 어떤 건지는 자기들도 알 수 없는 일이라는 것이었다. 우리는 그래도 그녀의 판단이 무언가 미심해서 채령이에게 잘 생각해 보고 결정해라, 세상일이란 게 그렇게 녹녹지 않다는 언질을 주었다. 그러나 그것이 다였다. 피도 섞이지 않은 남의 앞일을 호의만 가지고서 감 놔라 배 놔라 할 수도 없는 일이고 우리의 판단이 반드시 옳다는 법도 없는 판이니 제 갈 길 제가 가도록 놓아줄 밖에 없는 일이었다. 그렇게 우리 집을 떠난 게 이 년 어름 전의 일이었다.

5

그렇게 떠나고 약 육 개월 여 그녀는 연락이 없었다. 아니, 삼

개월 뒤쯤 전화를 한 번 해 오기는 했으나 갑작스레 떠나 미안하다는 인사치례여서 길게 한 대화는 아니었다. 그러다 잊을 만하자 또 전화를 해온 것이었다.

안녕하세요, 사모님. 모두 다 잘 계시죠? 하는데 뭔가 기맥이 빠진 느낌이었다. 그러면서 그곳을 그만 두고 다른 데로 옮기게 될 거라는 것이었다. 왜냐고 물으니 긴 이야기는 하지 않고 그 집일이 자기와는 맞지 않고 마침 누가 대전 쪽에 자기 혼자 할 만한 작은 식당을 소개해 주는 바람에 그쪽으로 옮기련다는 것이었다. 소개해 준 사람은 남자냐? 했더니 아유 사모님 그렇긴 하지만 나쁜 사람 아니에요. 정말 저를 도우려는 사람을 만났어요. 이러고 전화를 끊었던 것이다.

"그래, 신촌 가서는 왜 그만 두었어. 그때 경영도 같이 하기로 하고 돈도 제법 준다고 했었잖아?"

"그때 떠날 때, 사모님이랑 사장님이랑 은근 말리셨는데, 역시 제가 그 말을 들었어야 했나 봐요. 제가 세상 보는 눈이 없어가지고요."

"아니 왜? 댓바람에 그만두고 갈 때는 뭔가 좋은 업을 만났나 보다 했지? 뭔 일이든 검질기게 달라붙어야 이룰 수 있지, 왜 중도 작파했어?"

우리 집에서 갑작스레 튀어나간 일에 대한 은근한 힐난을 얹은 물음에 그녀가 한 이야기를 간추리면 이랬다. 경영에 참여(?)하기로 하고 들어간 식당은 이십사 시간 영업하는 순대국밥집이었다.

오십 여 평은 되겠다 싶은 홀에 손님들이 연방 드나드는 게 제법 성업이어서 한동안 벌이는 걱정하지 않아도 되겠다 속으로 앞갈망을 느긋하게 하였다. 그러나 일은 그녀의 기대와는 다르게 돌아갔다. 가끔 행주를 들고 식탁 위는 훔치더라도 카운터에서 계산이나 하는 자리쯤이라도 맡겠지 했더니 그녀는 밤 근무로 돌려졌다. 밤 열 시쯤 나와 아침 일곱 시까지 밤손님을 받는 게 그녀가 해야 할 일이라는 것이었다. 그렇잖아도 잠이 들면 누가 업어가도 모르게 밤잠이 많은 그녀에게 밤일이라는 게 무리기도 했거니와 밤에도 카운터는커녕 쟁반을 들고 손님상을 봐주고 상을 훔쳐야 하는 등 영락없는 식당 아줌마 일이었던 것이다. 벤츠 사장에게 항의를 하지 않은 것이 아니었다. 그러나 내막을 알고 보니 그 남자는 식당에서 기둥서방 정도이고 식당의 실권은 그의 아내가 휘두르는 판이었다. 한 달 일을 하고 나서 받은 월급도 기대한 것의 반 정도밖에 되지 않았다. 여사장에게 항의했더니 남편과 어떻게 약정을 맺은지 몰라도 자기는 그런 돈은 줄 수 없다는 것이고 설사 그런 돈을 주더라도 어느 정도 일을 익힌 다음이지 처음부터 그런 돈을 주는 것은 이 바닥에는 없다며 그녀의 요구를 단칼에 잘라 버렸다. 기가 막혔으나 그 길로 박차고 나올 수도 없어 아침이면 흐물흐물 파김치가 되는 일을 몇 달 더 이었다. 쳐다보는 사람이 섬뜩하게 눈 주위는 푸르둥둥한 데다 여간해서 웃음기도 한 번 보여주지 않는 사십 중반 되는 주인여자의 몰인정에 기대할 것은 없겠다 판단하고 남자를 족쳤다. 애초의 약속과 틀리지 않느냐, 보증금을 내주면 나가겠다, 빨리 내 돈 내놔라, 다그치자 그래도 영 사기꾼은 아니었던지 재촉한지 한 달 여 지났을 때 돈을 돌려주었다. 그녀는 뒤도 돌아보지 않고 그 집을 나왔다.

여기까지가 그녀가 털어놓은 육 개월짜리 경영 참여 식당업의 전말이었다. 이야기를 들으며 나는 속으로 그래, 무언가 미심쩍더니 결국 그런 사단이 있었구나. 그러고 보면 네가 남자를 보는 눈이, 아니 사람을 보는 눈이 뭔가 헤프네. 첫 결혼의 실패도 팔자가 헤살을 놓은 게 아니라 네 헤픈 판단 때문에 그런 건 아니니, 속으로 헤아릴 뿐이었다. 그런데 채령이의 인생유전은 그것으로 끝난 것도 아니었다. 그녀는 대전으로 내려갔다. 대전행은 또 순대국집에서 싹이 텄다. 그곳에서 늦은 저녁을 몇 번 챙겨 먹던 남자가 있었는데 살갑게 대해 주었더니 대전 근처 유성에 잘 되는 밥집을 하나 소개해 주겠노라 나서더란 것이었다. 이번에는 먼저 실제 현장 답사도 해 보고 주인 몰래 손님이 얼마나 드는지도 점검한 끝에 웃돈을 얹어주고 그 집을 물려받았다. 남자는 서울에 사는 집을 두고 가정도 있는 사람이었는데 원래 이곳저곳을 다니는 공사판의 십장 노릇을 하는 사람이었다고 했다. 한동안 유성에서 채령의 곁에 머물렀는데 어느 날 자기도 가정이 있는 사람이라 계속 이러고 살 순 없다며 미안하단 말을 남기고 훌쩍 떠났다 한다. 그래도 다른 작패 없이 그렇게 헤어졌으니 다행한 일이라고나 할까.

그러나 여자 혼자서 하는 식당이라는 게 간단치 않은 일이었다. 식자재를 구하는 일에서부터 음식 만들기, 손님 접대하기 등이 처음부터 끝까지 자기일로 떨어지니 몸과 마음의 고달픔이 여간 아니었다. 심지어 일손을 덜려 사람 하나를 들여도 손발이 맞는 사람이어야 하고 또 그렇게 이끌어야 하니 그조차도 조련치 않은 일이었다. 여기에 술을 마시고 서로 싸우는 패거리라든지 먹고 마신 값을 못 내겠다고 패악을 떠는 인사를 만나게 되면 정말 이 일을 계속해야 할지 마련이 서지 않았다 했다.

그러던 중에 캠핑카 남자를 만났다. 캠핑카 역시 그녀의 식당에 몇 번 들르면서 눈이 맞게 된 경우였다. 남자가 식당에 와서 밥을 시키면서 채령이와 눈도 못 맞추고 곱송곱송하는 게 애틋한 마음을 불러일으키더라는 것이다. 말을 걸어 이야기를 나눈 즉 특이한 이력이었다. 원래는 컴퓨터 프로그래머로 일하던 사람인데 대학을 마친 후 육칠 년 일하던 중 인생을 이러고 살 것이냐는 생각이 들어 그동안 번 돈을 털어 캠핑카를 사서 전국을 주유 중이라는 것이었다. 해사한 외양인데 대화중에 가끔 말간 눈동자로 채령을 쳐다보고 있으면 아이 같은 천진함이 그 눈 속에 있어 채령의 마음을 그 속으로 끌어당겼다. 동학사며 갑사며를 다니고 온천욕도 즐긴다지만 대전이 그렇게 오래 머물 만한 곳은 아닌데도 채령의 가게에 계속 나타나는 것은 그도 채령에게 다른 마음이 있다는 증좌일 터였다. 어느 저녁 늦게 채령의 가게에서 늦은 술을 마시고 정념이 통한 남녀는 남자가 외곽에 주차해 놓은 캠핑카 안에서 사랑을 나누었다. 차 안은 작은 살림집이라 할 만 했다. 둘이가 누울 수 있는 침대도 있었고 TV도 있고 안에서 음식을 해먹을 수 있는 모든 시설이 갖추어져 있었다. 영화나 광고지 등에서나 보던 차를 실제 접한 것이 채령의 로망을 자극하였다. 남자는 두세 살 연하였는데 그녀를 누나 대하듯 무람없이 대하였다. 채령이 식당 일의 어려움을 하소연하니 누나 그깟 것 그만두고 나하고 세상 구경이나 다니자고 했다는 것이다. 어휴―, 철딱서니 없는 것들. 나이가 그만들 해가지고 야멸차게 내 코가 석자라 해도 뭐랄 사람 없을 판에 공자의 후예인가 부처님의 제자인가 세상 주유라니, 쯧 쯧. 나는 속으로만 혀를 차댔다. 그나저나 채령이 이 아이는 귀가 얇은 것인지, 아니면 눈웃음을 살살 치는 게 남자로 인한 액을 스스로 부르는, 이른바 도화살이 낀 아이인지 남자를 어떻게 그렇게 쉽게 갈아 붙이는고? 이러다 경을 칠 일이나 당하지 않을까?

6

우리는 마당에서 집안으로 자리를 옮겼다. 한참 이야기를 하다 보니 끼니때가 된 것이다. 아침에 먹던 찬에 김 정도를 더해 점심을 때웠다.

"형님, 그때 사장님 돌아가셨다는 얘기를 왕십리 사모님으로부터 듣고 너무 놀랐어요. 그때 저도 늦게 얘기를 듣고 문상은 못 했지만 위로 전화라도 드렸어야 하는데 그게 뭐 어렵다고 해야지 해야지 하다가 결국 때를 놓쳐버리고 말았어요."

왕십리 사모님은 왕십리 사는 내 언니를 이르는 호칭이었다. 아마 언니가 채령이와 통화를 하면서 남편의 죽음을 알린 모양이었다.

"사람 사는 게 덧없다지만 그이가 그렇게 갈 줄은 정말 몰랐지. 이 나이가 되어서 젊어서처럼 살갑지야 않다 해도 죽을 때까지 서로 의지가지나 되어 가면서 살아갈 줄 알았는데 어째 그처럼 허망하게 갔는지."

남편이 갑자기 세상은 뜬 것은 작년 이맘 때였다. 비만이긴 하지만 건강하던 사람이 갑자기 어느 날 밤 숨을 헐떡이고 뒹굴더니 병원에 도착하기도 전에 숨을 거두어 버렸다. 심장마비였다. 평소에 자기야 스트레스 받을 일도 없이 산 중에서 살고 있으니 건강은 걱정할 필요 없다며 너털대던 방심이 화를 불렀다. 가끔 명치 쪽에 흉통이 온다고 했는데 위염 증세가 있어 그 쪽 약만 처방받아 넘어 가곤 했는데 사실은 심장에 탈이 나 있었던 것이다. 젊어서부터 즐기던 담배와 거의 매일 마셔댄 술이 문제였다. 공기 맑은 곳에 살고 있기야 했지만 파이프 아니면 궐련을 입에 달고 있는 체인스모커에다 늦은 밤 일이 끝날 무렵이면 단골들과 함께, 아니면 혼자서라도 꼭 마시고 잠든 술에 운동이라곤 하지 않으니 혈전이 생겼던 모양이었다. 육십이 가까우면 건강 검진도 해야 하지만 너무 낙천적이었던지 아니면 그 정도만 살고 가려 작정해 그랬는지 남편은 지나치게 자기 몸에 무심하였다. 하기야 그 나이 되도록 별로 잔병도 없어 옆에서 지켜본 나도 그저 타고난 건강이려니 했던 것도 사실이었다. 그러나 밤중에 갑자기 가슴을 부여잡고 뒹굴다가 집이 외진 탓에 뒤늦게 도착한 구급차에 실려 가다 그렇게 명을 놓아버리고야 일병장수―病長壽란 말을 뒤늦게 절감한 것은 우리들의 대책 없는 무지였다.

남편은 낭만주의자였다. 음악, 시와 함께 하는 삶을 살겠다고 남이 부러워하는 직장도 걷어치우고 이 산자락으로 찾아든 사람이었다. 남편과 연애할 때만 해도 그의 성향이 그처럼 돌올하지는 않아서 내가 이처럼 산 중에서 살 줄은 미처 예상 못한 일이었다. 내가 젊을 때만 해도 여자 팔자는 뒤웅박 팔자라는 말이 그리 저항을 받지 않던 시절이었던 만큼 남편의 결심에는 아녀자의 의견 따위는 중요한 변수가 되지 못하였다. 하지만 그저 도시에서 아이들 키우고 사람들과 내왕하고 살리라고만 알다가 남편이 끄는 대로 도시를 이탈하여 산자락에 터전을 잡았을 때의 황당함이란―! 사람이 이처럼 엉뚱한 곳에 덜컥 떨어질 수도 있구나. 누구에게나 직장과 자기 살 곳, 배우자는 자기 마음대로 되지 않는 법이라는 이야기를 들은 것은 나중의 일이었다. 그런 이야기를 일찍 들었은들 무슨 위로가 되었으랴마는 특히 대학에서 문학을 전공한 탓에 깐에는 세상을 다 섭렵한 듯이 굴었지만 익숙지 않은 세계에 대해서는 낯가림이 심한 성격의 나였던 만큼 심심산골이나 다름없었던 이곳 Y시의 산자락에 터전이라고 잡았을 때의 막막함이란 땅끝으로 유배당한 사람의 그것과 다르지 않았다. 아침에 눈을 뜨고 일어나면 들리는 소리라곤 산장 뒤의 개울물 소리와 새들이 지저귀는 소리뿐이었다. 산중의 여유와 한적은커녕 고립과 외로움으로 한숨에다 때로는 눈물바람도 마지않았던 내가 마음을 추스를 수 있게 된 것은 남편의 어기찬 추진력 덕분이었다. 그는 목조 산장을 하나 인수하여 그것을 개조하느라 스스로 망치와 톱을 들고 밤낮없이 뚝딱거렸고 자재를 사 나르고 계측하고를 거의 혼자 힘으로 다 해내었다. 밤에는 끙끙거리며 앓기도 했으나 다음날은 또 일에 매달리는 그가 나에게 안도와 함께 어쩔 수 없다는 체념을 안겨주었다.

남편은 70년대 초에 대학에서 토목학을 전공한 사람이었다. 군에 갔다 와 복학한 그와 신입생 티를 막 벗고 2학년이 된 나는 교내의 문학 서클에서 만났다. 이공계 학생이 문학 서클에 가입해 어눌한 목소리로 시를 읊조리고 술을 한잔 하면 불콰해져서 사람 좋은 웃음만 흘리고 있는 것이 이채로웠다. 나는 말쑥한 외양에 문학 전공 여학생다운 센스와 발랄함으로 남학생들의 주목을 제법 끌었는데, 합평회 자리에서 나의 시를 두고 발상이 독특하다, 운율이 살아있다는 둥의 찬사를 툭툭 던진 것은 그의 과묵에 비하면 상당한 찬사를 바친 셈이었다. 뒤풀이 자리에서는 오히려 내가 그를 두꺼비 선배님 두꺼비 한 잔 하세요, 선배 시는 너무 공학적으로 무뚝뚝해요 좀 친절하게 쓸 수 없어요, 운운으로 놀려대었다. 그래도 그는 야, 미림아(내 이름은 김미림이었다) 너는 이름은 아름다운 숲인데 그 곳에 벌이 사냐. 왜 그렇게 잘 쏘냐, 그러곤 예의 사람 좋은 웃음을 헐헐 웃어 대었다. 그에게 그처럼 무람없이 굴었던 것은 그의 어눌한 말투 속에 담긴 신실함을 엿보았던 탓이고 그도 나의 그런 무례를 귀여운 도발 정도로 오히려 반겼다. 나의 문학소녀적 섬세함과 그의 공학도적 단순성은 잘 어울려서 우리는 그렇게 요란하지는 않으나마 캠퍼스커플로 대학시절을 보냈다. 졸업 후 그는 당시 누구나 부러워하는 건설업체에 취직하였고 우리는 결혼하였다. 건설업의 특성 상 지방의 현장근무를 하느라 집을 비우는 일이 많은 것이 흠이었지만 나는 그저 도시의 중산층 주부로 살아갈 나의 앞날에 대해 의문의 여지가 없었다. 그러던 중에 갑자기 자신이 원하는 삶은 이게 아니라고, 잘 나가던 직장에 사표를 내고 산 중으로 들어온 것이 어언 이십 년 짝이 다 되어가는 일이 되어버린 것이다.

어쨌든 남편은 산중에 들어온 자신의 결단에 책임을 다 했다. 산장을 거의 혼자 세우다시피하고 새벽에 일어나면 좋은 식재료를 구하기 위하여 한 시간도 더 가야 하는 농수산시장을 매일같이 찾고 손님들에 대한 서빙은 물론 주방일도 같이 해냈던 것이다. 이제는 좀 쉬엄쉬엄해야겠다고 식재료 구입도 배달을 받고 손님 시중이나 주방일 같은 것은 모두 종업원에게 맡기고 관리와 감독이나 하는 식으로 넘어간 게 불과 사오 년 전의 일이었다.

그러면서 젊은 날 단단하던 그의 몸은 둥글둥글한 체형으로 변해갔다. 식성도 좋았지만 하루도 거르는 법이 없다시피 한 술 탓이었다. 우리 식당이 자리 잡게 된 것은 90년대 중반 이후부터 시 외곽의 구석진 곳이라도 맛과 분위기가 좋은 곳이라면 기꺼이 찾아오는 식객들의 증가 탓도 있었지만 사람을 좋아해 손님과 잘 어울리는 남편의 성품도 큰 몫을 하였다. 특히 예술 애호가나 종사자들에겐 막걸리 잔이라도 얹어주어서 단골로 찾는 사람이 많았다. 가게 벽에는 이런저런 시인의 시를 액자로 만들어 걸어 두기도 했는데 그 중에는 남편의 자작시도 끼어 있었다.

　무제

　우리 살다 보면 저마다의 잔을 받네
　우글우글 찌그러진 양은 막걸리잔
　손에 쏘옥 조그맣고 투명한 소주잔
　갤쭉 날렵 날씬한 양주잔
　허리 어깨 떡 벌어진 통
　큰 맥주잔
　어느 잔인들 즐거우니
　주신 데 차별이 없다
　양주를 마신대서 막걸리보다 격이 높나
　시원한 맥주가 차가운 소주의 대신이 되나
　즐겁게 마시면 그 뿐
　다른 잔을 부러워말게

썩 격이 높은 시는 아니지만, 맞아 맞아 술은 다 술인 법 마시고 취하면 되지 주종을 가릴 게 뭐 있나, 자알 썼어, 권주가 정도로 알아서 공치사를 해대는 통에 덤으로 나가는 술잔만 늘어나곤 하였다.

　남편의 음악 사랑도 남달랐는데 음악이라면 장르를 가리지 않고 좋아했다. 대중가요도 오케이였고 모차르트, 베토벤, 바흐 등의 고전음악은 물론 재키 테라손, 키이쓰 자렛 등의 재즈 음악도 좋아했으며 우리 판소리도 애청하는가 하면 심지어 요즘 아이돌 가수인 동방신기나 소녀시대의 음악도 즐겨 들었다. 방 하나에 좁은 마루 하나인 별채를 지어놓고 이런 음악들을 마음껏 들으면서 파이프를 피워대는 게 말년에 그가 누린 낙이었다. 우리 식당의 상호가 린덴 바움인 만큼 클래식 음악을 많이 틀었는데 그는 때로 디제이 역할도 자청하여 곡에 관한 해설도 덧붙이곤 하였다. 가령 모차르트는 살아생전 육백 곡 넘는 곡을 작곡하였는데 이는 그보다 더 오래 산 다른 작곡가들이 통상 백 여곡에 그친 데 비하면 그의 천재성이 어떠했는가를 보여주는 증표이다, 그의 음악 인생은 3기로 나누어 살펴볼 수 있는데 20세까지 무렵인 전기에는 발랄하고 밝은 음악을 많이 생산하였고 후원자를 잃고 유럽을 떠돌았던 25, 6세 까지는 그의 신산이 배인 음악들을, 이후 35세까지 말기의 음악들은 삶에 대한 이해와 시각이 훨씬 풍부해진 음악들을 작곡하였는데 이 시기에 유명한 3대 교향곡 39번, 40번, 41번이 작곡되었다는 식으로 해설을 하는데 듬적듬적 던지는 어눌한 말투가 오히려 더 호소력이 있어서 손님들은 물론 나조차도 모차르트를 한결 흥취 있게 느끼도록 해 주었다. 대중가요도 손님들에게 종종 틀어주었는데 특히 나훈아를 높이 평가하였다. 생김새는 꼭 크로마뇽인 같이 생겼는데 외모와는 다르게 구성지고 찰진 목소리, 오묘한 꺾기로 한국 트로트의 진수를 구현했다는 것이 남편의 평가였다. 특히 자신의 목청에 대한 넘치는 자부심으로 씨익 웃는 그 웃음은 얄미우면서도 매력적이지 않으냐는 것이었다. 그가 어느 라이브 공연에서 젊은 아카펠라 합창단의 반주로 50년대 가요 찔레꽃을 노래하는 장면은 그의 창의성까지를 보여주는 것이라며 그 장면을 TV로 틀어주기도 했는데 사방에 설치된 멀티스피커로 노래를 듣고 난 손님들도 박수를 아끼지 않았다. 남편의 지론인즉 음악이야말로 세속의 해탈을 잠시나마 가능케 하는 것, 보리수나무 아래서의 득도가 딴 것이겠느냐. 무슨 종류의 음악이든 사람을 일체화된 즐거움에 빠지게 하고 또 빠지는 것이 득도이지, 그래서 우리집 상호가 린덴바움 아니냐는 것이었다.

술을 너무 좋아하는 것이 흠이었지 나름의 음악마니아였던 남편은 다른 문제로 속을 썩이는 일은 없었다. 나 역시도 주방 일을 돌보고 애들을 키우는 데 골몰한 외곬의 주부였을 따름 다른 곳에 눈을 팔지 않았다. 남편을 극의 주연으로 알고 조연으로 사는 데 불만이 없었던 것이다. 큰 딸 아이가 이 산골에서 자라 그래도 대학을 마치고 시집을 가고 둘째인 아들도 곧 대학졸업을 앞둔 지금까지 부부 사이에 큰 트러블이 없이 지내온 터이라 이럭저럭 두 사람이 여생을 즐기면 되겠다는 헤아림만을 해 오던 터였는데 무탈하던 사람이 덜컥 그처럼 덧없이 떠나버리자 충격과 허망함에서 한

동안 빠져나올 수 없었다. 사람 팔자는 관뚜껑 덮을 날까지 모른다는 말을 박완서 씨의 소설에서 읽은 적이 있었는데 갑작스레 세상을 뜬 그의 삶도 그랬고 조연만을 충실히 감당했던 내가 어떻게 남은 날을 감당해야 할지 실로 아득하였으나 역시 해결책은 달리 없었다. 시간이었다. 일 년 가까운 시간이 흐르면서 그 황망함은 그나마 많이 쓸려 나갔다. 가게를 처분하고 집에 들어앉자 큰 딸아이가 바삐 들락거리며 혼자 남은 어미를 신경 썼고 지금은 개학이 되어 시내로 나간 아들도 엄마를 곰살궂게 돌봐 주며 나의 회복을 도왔다.

7

"우리 아버지처럼 사장님도 정말 갑작스레 가버리셨네요. 두 분이 성격은 정반대이지만요."

"그래? 네 아버지도 일찍 세상을 떠나셨니? 어떤 연고로?"

남편의 이야기를 하다 보니 채령이 문득 자기 아버지 이야기를 꺼냈다. 자기 가족 이야기는 한 적이 없어서 어떤 성장환경을 거쳤기에 이런 역정을 거치고 있누, 하는 궁금증이 진작 있어서 귀가 솔깃해졌다.

채령의 아버지는 건축업을 했다고 한다. 연립주택을 지어서 분양하는 사업을 한동안 했는데 채령이 중학교 입학할 무렵 한 번 실패를 하고는 다시 재기를 못했다. 남편의 하는 일에 애초부터 기대를 하지 않았던지 어머니가 강남의 터미널에서 진작 옷가게를 했었는데 아버지의 실패 이후로 어머니가 집안의 실질적 가장이 되었다. 원래 어머니의 성격이 걱실걱실하고 대찬 편인데 비하면 아버지는 생긴 외양도 헤실헤실한 데다 성격도 여려서 사업 실패 이후로 어머니에 늘 눌려 지냈다. 그런 성격에 노가다들과 어울려야 하는 거칠고 험한 판에 어찌 뛰어들었는지 모를 일이었다. 늘 바깥을 나돌지만 벌어오는 수입은 없고 보니 집에서 하릴없이 어기뚱대다간 드센 아내로부터 어휴 사내 꼴이라고 해가지고 제값을 하지 못하곤 쯧쯧, 퉁바리를 맞거나 버럭 고함질을 종종 당하곤 하였다. 아이들에게도 욕을 하고 매질하는 것은 엄마였지 아버지가 아니었다. 그러나 그처럼 무능하던 아버지였지만 어느 늦은 밤 술에 취해 돌아오다가 교통사고로 죽음을 맞은 것은 고교를 막 마친 채령에게 큰 충격을 주었다. 실업계 여고를 나와 작은 직장이나마 얻어 늘 안쓰럽던 아버지에게 용돈이라도 드리고 기를 좀 펴시게 해야겠다는 참이었는데 어이없이 생을 마감한 아버지의 영전에서 채령은 쏟아지는 울음을 그칠 수 없었다고 했다. 그때까지 제집도 없이 전세를 떠돌던 가족들은 아버지의 죽음에 대한 보상금으로 작은 아파트를 마련했는데 드센 성정의 어머니도 그 집에 들어앉고 난 이후, "니 아버지 목숨 값으로 이 집에 들어앉은 것 같아 늘 마음이 편치 않다야." 하곤 했다는 것이다. 채령이 다니던 직장을 그만 두고 전문대 진학까지를 한 것도 그 보상금 덕이었다.

이런 내력 탓인지 그녀는 성정이 드세지 못하고 헤실한 구석의 남자를 보면 왠지 마음이 쓰이고 그런 남자에게 기우는 자기를 어쩌지 못한다고 했다. 나도 사랑하는 사람과 아픈 이별을 겪긴 했으나 채령의 이야기를 듣고 보니 이 아이야말로 곤고한 삶을 살았구나, 어쩌면 그처럼 한 번 펴지는 구석 없이 풍파에 시달리기만 했는고 싶어 마음이 아릿하였다.

"딸은 아버지 닮은 사람을 은연 중 찾게 된다던데 나도 만난 남자들이 그랬던 것 같기도 해요. 처음 결혼했던 남자는 이상한 적극성을 보여 주어서 그렇지 않은 듯 싶은데 다른 남자들은 생각해 보면 좀 무기력한 게 아버지를 연상케 하는 면이 있는 것도 같아요."

딸의 인생은 모전여전으로 이어진다는데 그럼 너도 너희 엄마처럼 되련? 아서라, 그건 말아야지. 속으로 생각하는데 밖에서 자동차 엔진소리가 들렸다. 캠핑카 사내가 돌아온 모양이었다. 채령이 후다닥 밖으로 달려 나갔다.

8

채령이와 내가 같이 저녁 준비를 해서 우리는 상을 펴고 마루에 같이 둘러앉았다. 캠핑카가 쇠고기를 사와서 그것을 굽고 내가 냉장고에 있던 조기를 꺼내 찌개를 해 놓으니 제법 풍성한 저녁상이 마련되었다. 우리는 역시 사내 — 그의 이름은 민기태라고 했다 — 가 사온 맥주와 소주를 권커니 받거니 하면서 제법 취하게 마셨다. 특히 사내는 맵짜한 찌개 맛이 일품이라며 소주를 거듭 마셨다. 그러나 술이 취해도 말수는 그리 많지 않았다. 늘 웃음을 입가에 머금고 있다가 채령이나 내가 조금 농담기 있는 말이라도 하면 할할할 웃는 것으로 상대방에 대한 응답을 대신하는 식이었다. 많지 않은 말이나마 그의 말을 간추려 보면 그는 대학에서 컴퓨터전공을 하고 프로그래머로 일하다 그만두었다는 것이다. 늘 여행을 하는 것에 대한 갈망이 있었는데 자신은 장차 세계 곳곳을 여행해서 알랭 드 보통처럼 너무 대중적이지도 너무 전문적이지도 않은 자신만의 색채가 있는 여행 안내서를 내고 싶다고 했다. 그 색채는 아마도 회색과 주황색이 섞인 정도가 되지 않겠느냐고 한다. 지금은 그 전단계로 국내를 다니는 중이라고. 글쎄 색깔로 책을 말하니 무슨 책을 내겠다는 것인지는 잘 모를 일이지만 어쨌든 여행도 돈이 있어야 할 텐데?

"지금은 아마 기태 씨가 벌어놓은 것과 령이의 그것으로 충당하는 모양인데 계속 그렇게 여행만 할 수 있나요?"

"제가 기술이 있으니 아쉬우면 또 직장을 구하면 돼요. 소소한 업체에서는 저 같은 프로그래머가 늘 아쉽거든요."

글쎄, 직장이라는 게 그렇게 필요할 때 척척 나서주면 얼마나 좋을까? 세상일이라는 게 그렇게 마음 같지 않은데 아무래도 세상 겪음이 너무 부족한 것 같네. 하는데 채령이 생긋 웃으며 참견한다.

"아이, 형님. 안 되면 우리 둘이 작은 식당이라도 하면 돼요. 이제 경험도 있고 기태 씨도 있으니 둘이 하면 겁날 게 뭐예요?"

그래, 둘이 좋아 하는 일이고 자기들 나름의 갈망이 있겠지. 내가 괜히 끼어들 일이 아니야. 이들의 인생을 책임져 줄 것도 아니면서.

"젊음이 좋긴 하구나. 그래도 나이 드는 것 금방이다. 늘 그렇게 힘 있고 팔팔한 건 아니니 젊을 때 미리 준비해야 될 거야. 참 령아, 너 이 노래 한 번 해봐. '내 님의 사랑은'. 이 노래가 네 십팔 번이잖아?"

웬만큼 오른 취기가 나른한 자유를 부르자 내가 노래를 청했다. 채령이는 노래를 잘 불렀다. 우리 집에서 일 할 때도 늘 노래를 흥얼흥얼 입에 달고 있었는데 회식이라도 있어 돌아가면서 노래라도 한 곡씩 할라치면 령이의 순서에서는 늘 박수가 유난히 더 쏟아졌다. 옥타브 높은 고음으로 시작하는데도 노래를 너끈히 소화하는 데다 음색도 고와서 가수로 나가도 되지 않을까 싶은 재능이 있었다. 정작 본인은 가수 같은 건 생각해 보지도 않았다고 하는데 어쨌든 그녀의 목청으로 듣는 〈내 님의 사랑은〉은 묘한 울림과 감동을 주었다.

내 님의 사랑은 철따라 흘러간다
봄바람에 아롱대는 언덕 저편 아지랑이
내 님의 사랑은 철따라 흘러간다
푸른 물결 흰 파도 곱게 물든 저녁노을

사랑하는 그대여 내 품에 돌아오라
그대 없는 세상 난 누굴 위해 사나
우——

내 님의 사랑은 철따라 흘러간다
가을바람에 떨어진 비에 젖은 작은 낙엽
내 님의 사랑은 철따라 흘러간다
새하얀 눈길 위로 남겨지는 발자욱들

사랑하는 그대여 내품에 돌아오라
그대 그대 없는 세상 난 누굴 위해 사나
우——
사랑이 깊으면 외로움도 깊어라

이 노래는 수단에서 선교사로 사역하다 선종한 이태석 신부도 즐겨 불렀다 하는데 그럴 만한 것이 가사에 나오는 '내 님'이 한용운 시의 '님'처럼 다양한 함의를 풍기기 때문일 것이다. 남편도 가고 없는 어느 날 인터넷 서핑을 하다 이 노래에 생각이 미쳐 클릭을 하다 노래의 작곡가까지 뒤져 보게 되었는데 특이한 이력의 인물이었다. 작곡 작사자는 이주원이란 이름의 생소한 가수였다. 그러나 실은 그가 내님의 사랑을 발표한 것은 이미 1968년으로 김민기, 서유석 등을 이미 앞서는 포크 가수 겸 작곡가였다고 한다. 또 특이

한 것은 그가 음악을 한 것과는 다르게 서울대 체육교육과를 졸업한 사람이란 점이었다. 디스크 재킷에 나온 그의 얼굴은 선량하고 다소 무기력하게 생긴 얼굴이어서 전혀 체육전공자 같이 보이지 않았다. 양희은이 부른 〈네 꿈을 펼쳐라〉, 〈들길 따라서〉, 〈한 사람〉 등도 그가 작곡 작사하였고 80년대 초에는 전인권, 강인원, 나동민 등과 같이 '따로 또 같이'란 그룹을 결성해 활동했다 하는데 70년대 후반 학번인 나도 그런 그룹이 있었지 하는 기억뿐인 것을 보면 뚜렷하게 인기를 끈 그룹은 아니었다. 이런 탓인지, 평생의 지병이었는지 알 수 없지만 그는 말년에 우울증에 시달리다 이른 나이인 육십일 세에 세상을 떴다고. 특이한 것은 오십이 넘은 후에는 시골에서 농사를 하며 복음성가 등을 작곡하며 말년을 보냈다는 것이다. 자신의 말년을 스스로 예측한 것인지 〈내 님의 사랑은〉이란 노래는 종교적 색채가 느껴지기도 하고 사랑하는 님을 자연 속에 편재한 범신凡神 가운데 찾는 느낌도 있어서 노래와 노래말이란 것이 참 묘하다 싶은 느낌을 금치 못하게 하는 대목이었다. 〈내 님의 사랑〉은 양희은의 노래로는 성이 차지 않았는지 '따로 또 같이'가 부른 버전이 있는데 고적한 느낌 속에 성가聖歌 풍의 느낌을 주어서 이주원이란 가수의 독특한 개성이 깊이 스며든 듯하였다.

채령의 노래가 끝나서 나는 박수를 짝짝짝 아낌없이 쳐주었다. 그녀의 노래는 양희은 류가 아니라 이선희의 음색에 심수봉조였는데 고음이면서도 처연해서 감칠맛이 유별했다. 애, 너 정말 노래 잘한다. 가수로 나갈 걸 그랬다. 하니 민기태도 그렇죠, 그렇죠 하며 좋아한다. 내가 작사 작곡가에 대한 내력을 이야기 해주자, 어머 그래요? 하고 놀란다.

"힘들게 살았나 봐요. 요즘 육십일 세라면 너무 이른 나인데 일찍 세상을 떴네요. 그런데 그 사람의 사랑은 그처럼 철마다 다르게 바뀌었나? 내 님의 사랑은 철따라 흘러간다 하니?" "글쎄, 세상살이의 흐름에 순응해서 흘러가는 삶을 그렇게 표현한 것도 같지. 예컨대 채령이 너처럼 사는 삶." 하니 깔깔깔 웃으며

"아휴 형님, 저 놀리신다. 하지만 저는 사랑이 깊으면 외로움도 깊어라 하는 구절은 정말 와 닿아요. 아니, 외로움이 깊어 사랑도 깊은지 모르겠어요, 호호홋."

그 말도 맞다. 그런데 네 사랑은 다 채우지 못한 네 아버지에 대한 향한 사랑 같기도 해. 네 마음의 아버지상을 정해 놓고 그 아버지를 채우노라 자꾸 이 남자 저 남자 만나는 건 아니니? 대놓고 채령이에게 하지 못하고 속으로만 삼기는 말이다.

"그런데 형님, 우리 굉장히 공통점이 많은 것 같다. 형님이나 저나 지친이 일찍 사망했고 또 파트너가 하던 일을 중간에 그만두고 다른 길을 가는 사람들인 것도 그렇구요."

듣고 보니 그렇다. 그래서 애하고 이렇게 인연이 이어지는 모양인가? 사실은 이런 점을 예견해서라기보다는 령이의 싹싹한 인성, 노래 솜씨 등이 호감을 주어 지금껏 인연이 이어진 것이지 이런 미래를 예견해서야 아니었다. 그러나 유유상종이란 말이 있듯이 령이와 나의 가는 길, 아니면 성격의 유사성이 이렇게 연을 만들어

가는지도 모른다는 생각도 든다. 민기태라는 이가 별로 말 수가 없는 것도 남편을 닮았다. 세상물정 모른다는 듯이 맑게 생긴 눈은 다르긴 하지만. 저렇게 말갛게만 생겨서 세상을 어찌 헤쳐 나갈꼬? 하는데,

"저 이도 내가 노래 부르는 걸 좋아해요. 여태까지 내가 노래를 들려 준 건 저 사람이 처음이거든요. 기태 씨랑은 정말 잘 만났나 봐요. 서로가 노래도 좋아하고 드라마도 좋아하고 여행하는 것도 좋아하고 술 마시는 것도 좋아하고 다 좋아해요, 하하하." 한다.

아휴, 이 철모르는 것아. 지금은 그래도 젊으니 다 좋지 나중에 나이 들면 준비해 놓은 것도 없이 어쩌려고 그러니 속으로 한숨을 쉰다. 그래도 지금 연붙이가 악한 사람은 아닌 듯하니 언젠가 자기 일에 애살을 붙이면 자기들대로 잘 살아 갈 테지, 한다.

"그래 '달걀도 굴러가다 서는 모가 있다'고 느이들끼리 뜻맞게 살다 보면 언젠가 좋은 때도 올 거야."

"형님, 제가 하두 사는 게 팍팍해서 이래두 살아야 하나 싶어 한 번은 강상중이란 재일교포 학자가 쓴 『살아야 하는 이유』라는 책을 보지 않았겠어요. 뭐 좋은 말이라도 있나 했더니 온통 어려워서 잘 알지도 못할 말들만 잔뜩입니다. 그러나 그 중에도 이 말만은 와 닿았어요. 나쓰메 소세키란 사람이 자기 소설에서 한 말인데, 너무 자기 자신에 대해서만 생각하니 삶이 힘들다고 자기 자신을 잊으라 했대요. 그런데 가만히 생각해 보면 제가 살아온 길이 그런 길 같기도 했어요, 하하하."

어머, 얘가 이 남자 저 남자 같아붙이곤 이제 제 논에 물도 잘 대네. 팔자 도망은 못 한다는 말도 있지만 그래도 이건 너무 공교하잖아. 하면서도,

"그래, 그래. 세상 분란이 다 자기만 중해서 생기는 거지. 너 같기만 하다면야 무슨 고민이 생기겠니."

정도로 만다. 술자리도 이미 파장이었다.

9

다음 날 아침 채령이네는 내가 차린 아침을 먹고 다시 주유 길에 올랐다. 하루 정도 낮이 익어 그런지 어제 아침보단 얼굴이 한층 좋아 보인다. 늦게까지 술자리를 가졌지만 얼굴도 밝고 생기가 난다. 서로 허탄하게 즐거운 시간을 보낸 탓인지도 모르겠다. 민기태가 차에 올라 시동을 걸자 채령은 나를 다정히 포옹한다.

"형님, 가끔 이렇게 들러도 되죠?"

"그럼, 나야 언제든 환영이지. 누가 찾아 올 사람이라도 잘 있나?"

"그나저나 이런 말씀드려도 될지 모르겠는데, 장차는 형님도 좋은 분 만나셔야지 않겠어요? 아드님도 장가가고 나면 혼자 어떻게 지내시겠어요, 호홋."

"아이구, 그런 말 마. 이 나이에 무슨. 우리 아들 졸업하고 취직하

면 나도 시내로 따라 들어갈지 몰라. 시에미가 돼 가지고 무슨 좋은 꼴 보겠다고 그런 짓을 해?"

손사래를 치고 어서 떠나라 채근하자 차 위로 오른다. 두 사람은 운전석에 앉아 아쉬운 얼굴로 손을 흔든다. 열린 창문으로 팔을 내밀어 내 손을 잡은 채령이 살큼 웃으며 한마디 던진다.

"형님, 다음부턴 이제 언니라 부를게요. 그래도 되죠?"

"그래라. 나도 동생같이 생각했다. 막내 동생 하나 생겼네, 하하."

그래. 언젠가 우리 흐르고 흐르다 어떤 길목에서 다시 마주치면 기쁘겠지. 어디서라도 반갑게 만날 사람이 있으면 좋은 일 아니리. 차는 흠칫 무거운 몸을 털더니 돌멩이들이 점점이 박혀있는 내리받이 길을 덜컹덜컹 내려간다. 환한 봄볕 속에 먼지를 피우면서 그 차가 굽이를 돌아 시야에서 사라질 때까지 나는 그 자리에 서있다.

괴물흥망사

괴물흥망사

나는 오늘날 지배적인 자유주의의 주체성 양식이 호모 서케르Homo sucker라고 말하고 싶다. — 지젝

1

이제 일어날 때가 되었다. 소주 두어 병을 비웠으니 주량도 웬만큼 찼고 안주를 더 집어먹고 앉았다간 팽만한 위가 먹은 것을 도로 밀어낼 판이다. 젊은 축들은 얼굴들이 불콰해 있으나 아직 술도 부족하고 이제 막 입심이 풀린다는 표정이어서 이쯤 일어나주는 게 좋겠다. 에휴, 아직 생생들 하구나. 내 명을 생각해서 난 먼저 일어나야겠다, 더 하고들 와요. 하고 일어나니 아이, 팀장님 벌써 가시게요 하면서도 애타게 잡을 염들은 내지 않는다. 그래, 쿨한 게 좋아. 원치도 않는 이차를 가고, 주량이 자신의 능력의 일부인양 과시하는 세월이야 하마 언제 적 일이던가.

젊은 연구원들이 식당 밖까지 문간 배웅을 나오려는 걸 만류하

고 신발을 꿰어 신고 길가로 나서니 11월 중순의 밤기운이 술기운 오른 얼굴을 차가운 손으로 슬쩍 어루만지고 지나간다. 창백할 정도로 하얗게 빛나는 OLED 광원의 가로등을 조명삼아 늦은 시간임에도 차량들이 줄을 지어 소리도 없이 부지런히 질주하고 있다. 식당 뒤편 주차장에 있던 차에 올라 시동을 걸고 내비게이션에 목적지를 입력한 후 손가락으로 액정 계기판에 떠오른 자동/수동 문자 중 자동주행을 손가락으로 가볍게 터치한다. 나는 시트를 뒤로 눕혀 머리를 목받이에 대고 편안한 자세로 눕는다. 도로로 나선 자동차는 GPS 신호와 차의 사면에 부착된 센서, 도로에 매설된 차량궤도의 도움을 받아 나를 집으로 안전하게 데려다 줄 것이다. 술을 마시면 대리운전자를 부르던 것은 내가 대학원을 하던 무렵에나 있던 일이다. 스스로 핸들을 잡는 것은 급한 일이 있거나 속도를 즐기고 싶을 때나 그렇게 한다. 요즘 교통사고란 혈기를 못이기는 젊은 축들이 수동 주행을 누르고 정속주행을 하는 차들 사이들 요리조리 빠지다 제 물에 사고를 내는 경우가 아니면 거의 일어나지 않는다.

주차장을 빠져 나선 차는 도로 위를 매끄럽게 미끄러져 나간다. 차의 대부분이 강력한 축전지를 이용한 전기를 에너지로 쓰는지라 질주하는 차는 무수해도 별 소음도 없는 거리는 가로등의 차가운 조명에 반사된 차량들이 뿜어내는 색색의 컬러와 헤드라이트 불빛으로 빛들의 군무를 연출할 뿐이다. 나는 이처럼 기하학적으로 정제된 도시의 미를 사랑한다. 정갈하고 화려한 도시의 밤풍경으로 하여 시야는 깔끔하지만 입안은 텁텁하다. 오늘따라 안주로 먹은 삼겹살이 이빨, 잇몸 사이에 끼어 습습쭙쭙 소리를 내며 혀로 훑어야 할 지경이다. 몸에 유해한 지방을 최대한 제거하고 맛은 기름진 돈육의 맛을 그대로 구현한 삼겹살이라 하나 역시 건조한 섬유질을 씹는 듯한 식감을 피할 순 없었다. 젊은 연구원들과 앉았던 좌석이 오늘따라 유쾌하지 않았던 탓도 크리라. 요즘 젊은 친구들은 도대체 윗사람 어려운 줄을 모른다. 말에도 금도가 없다. 대개 코스웍 중이거나 박사 학위를 취득한지 5년 이내여서 연구원이나 연구보조를 맡은, 기껏해야 서른 중반이 안 된 젊은 축들인데도 일단 연구실 밖을 빠져나와 술좌석 같은 자리에 앉으면 지들끼리 시시덕대고 농지거리를 해대느라 여념이 없다. 사십 대 중반의 선배 학자 겸 상사인 나는 그들의 화제에 그저 추임새나 넣어주는 보릿자루일 뿐이다. 최근에 새로 출시된 휴대폰의 홀로그램 게임 중에 여자 옷벗기기 게임이 있는데 그 모델이 인기 여배우 누구를 빼닮아 그 배우가 게임 출시자를 고소했다더라, 인기 가수 누구가 이번에 출연한 헐리우드 영화가 세계적으로 대박을 쳐 수백억을 벌었다더라는 둥, 정신과 인간 신체의 관계를 연구하는 프로젝트의 연구원들이 맞냐 싶게 허접한 화제로 시시덕거리던 친구들이 나의 귀를 잡아끈 것은 유전공학연구2팀의 김 팀장이 K56445번 뉴런과 Y15116번 유전자의 결합 기전을 규명한 것 같다는 화제로 옮겨갔을 때였다. 그런 일이…, 이건 아직 있을 수 없는 일인데. 인간의 생각과 행위 등을 컨트롤하는 뉴런 수만 해도 최소 백억 개이고 게놈프로젝트로 해서 밝혀진 유전자의 수가 10만개인데 이들의 연관성이 양자컴퓨터의 가공할 분석력과 계산에 힘입어 그 연관 기능의 일부가 밝혀지긴 했지만 그건 아직 연구의 초입에 막 들어선 단계일 뿐 인간 심성의 어떤 부분 특히, 인간의 흉포성을 발동시키는 K56445번 뉴런이 구체적인 유전자 단위와 연관성이 있음을 밝힌다는 것은 아직 기적에 가까운 일이었기 때문이다. 무슨 일이지? 김 팀장이 갑자기 꿈속에서 신의 계시라도 받았단 말인가? 아니면 아직 불확실한 뜬소문에 불과한 것을 젊은 친구들이 섣부른 입방아를 찧고 있는 것인가? 나는 너무 과도한 관심을 표하는 것을 애써 자제하면서 오, 그래? 김 박사가 그런 결과에까지 이르렀단 말이지 정도로 반응을 애써 눌렀다. 집어든 안주점이 배를 급격히 팽창시킨다는 부담이 들기 시작한 것은 이런 전언을 들었던 때부터였다. 실제 김명규가 그런 결과를 건졌다면 문제는 골치 아파지는 것이다. 복잡한 생각에 머리가 어지러워지려는 무렵 내 비의 안내음성이 흘러나왔다. 목적지에 무사히 도착했습니다. 주인님, 이제 내리시죠. 나는 스위치를 눌러 날개처럼 열리는 도어를 열고 아파트단지의 주차장으로 내려섰다.

2

박사님, 일어나십시오. 오늘은 휴일이지만 연구원에서 '한국철학에서의 인간' 세미나가 있는 날입니다. 미스 에이의 상냥한 음성이 나를 깨우지 않았다면 깜박 늦잠을 잘 뻔했다. 아내는 토요일이니 으레 쉬는 날로 생각하고 나를 침대에 남겨둔 채 침실 밖으로 나간 모양이다. 미스 에이, 오늘 일정을 좀 알려줘. 침대 옆 테이블 위에 있는 무선 리모콘에 대고 명령어를 발성하자 전면 벽이 일시에 화면으로 바뀌고 오피스 걸 웨어를 입은 미스 에이가 화면에 등장해 허리를 살짝 굽힌다. 나의 일정, 정보 검색 등이 필요할 때 화면에 나타나는 아바타로 가상 세계의 여비서이다. 물론 일정들은 내가 먼저 입력해 놓아야만 알려줄 수 있고 정보 검색을 할 때면 네, 알겠습니다. 잠시만 기다려주세요 등의 정형화된 문장을 발성할 수 있을 따름이지만 아내가 은근히 질투하는 금발의 지적인 서구형 미인이다. 아, 알았어. 내가 컴퓨터 아니라면 어떻게 이런 호사를 부리겠어. 곧 남자 모델로 바꿀게, 로 눙치면 침실에 어쨌거나 외간 여자를 들여놓느냐며 대드는 데는 헛웃음만 웃을 따름이다. 요즘은 집집마다 이런 일로 트러블도 꽤 생긴다니 기술의 발달이 가져온 애교스런 단면이다.

거실로 나가니 아내가 식탁에 샌드위치를 챙겨놓고 기다린다. 요즘은 과음을 해도 해장국 따위가 필요 없다. 남은 알콜을 분해하고 뒤틀리는 장까지 깨끗이 해결해 주는 숙취해소제가 나와 있기 때문이다. 어젯밤 잠들기 전에 숙취해소 드링크를 마시고 잤더니 머리와 속은 말끔하다. 외국계 은행에서 재무담당팀장을 맡고 있는 아내는 모닝커피로 아침을 대신하면서 서류를 뜯어본다. 재택

근무를 하는 터여서 집에 머무는 시간은 많지만 이처럼 시도 때도 없이 일감을 들고 앉았으니 그 폐해 또한 만만찮다. 일과 휴식의 구분이 없는 것이다. 하기야 나도 오늘 같은 주말에도 나가야 하고 일감을 가지고 집엘 들어오니 피차 누굴 나무랄 처지가 못 된다.

묵묵히 샌드위치를 씹고 커피를 마시고 있는데 마침 폴로 녀석이 발치에서 캉캉거린다. 우리가 키우는 비글 종 애완견이다. 하얀 털에 노란 점박이 무늬를 달고 주인을 잘 따라서 우리가 귀여워하는 녀석이다. 지금 캉캉거리는 것은 주인님, 반가워요. 어제 늦으셨데요. 날 좀 쓰다듬어줘요. 라고 귀염을 떠는 의사표시다. 그러나 이름을 너무 거창하게 붙여준 탓인지 녀석도 제법 거만하게 굴 때가 있다. 폴로는 아폴로의 줄인 말로 석자 이름을 다 부르자니 성가셔서 폴로로 축약해 버린 이름이다. 아이들이 성은 '아'씨로 하고 이름을 폴로로 하면 되겠다고 깔깔 웃으며 아이디어를 낸 것이다. 녀석이 거만하게 구는 것은 자기를 집에 혼자 남겨 두고 식구들이 외출을 했다거나 할 때이다. 현관문을 열고 들어서 애완용동물과 대화나누기라는 스마트폰 앱을 띄우면 놈과의 대화가 시작된다. 우리를 반기는 듯 캉캉거리고 꼬리를 흔들지만 실은 날 두고 그렇게 나갔다 올 수 있어요. 흥, 너무해요. 라는 표현이다. 폴로의 이런 반응이 스마트폰에 찍히면 딸아이가 아이고, 미안해 다음엔 데려가 줄게 응, 하며 껴안고 쓰다듬고 달랜다. 어떻게 이런 일이 가능하냐고? 개나 고양이 같은 애완용 동물의 뇌파를 탐지해 얘들의 뇌에서 나오는 전기반응을 해독하여 이들의 생각을 스마트폰으로 띄워주는 앱이 개발되었기 때문이다. 그러자니 이들의 머리에는 작은 칩들이 다 심어져 있다. 매트릭스에 나오는 인물들이 가상세계로 진입하기 위하여 머리 뒤에 달고 있는 원형판 같은 것이 지금 애완용 동물들의 머리속에 작은 크기로 축소되어 들어가 있는 셈이다. 물론 아직 개와 고양이 같은 애완용 동물에 국한되어 있는 정도이다. 소나 돼지 같은 가축들에게도 이런 칩을 부착했다간 나중에 도축될 그들의 아픔이 그대로 전해질 판이니 그들을 위한 뇌파해독기는 개발할 엄두를 내지 않는다.

이런 칩을 발명한 주인공이 나, 유병호이다. 뇌과학 전공으로 뉴런과 시냅스 간의 뇌파 연구를 통해 동물들의 의사를 읽을 수 있는 뇌파판독기를 발명해 낸 것이다. 이 칩을 만들어 낸 탓에 아직도 원천기술료가 꼬박꼬박 들어오고 있어 작은 화수분 역할깨나 해내는 터이다. 교육부의 공무원을 하던 아버지가 장래의 직업은 과학기술자가 으뜸이라며 나를 그쪽으로 키워낸 선견지명이 적중한 것이다.

"여보, 폴로를 보면 늘 그때 그 가십이 생각나요."

폴로를 들어 쓰다듬어 주던 아내가 문득 그 사건을 언급한다. 그 일을 생각하면 지금도 곤혹스런 웃음을 금치 못한다. 이 칩이 나온 게 약 5, 6년 전인데 점점 기술이 섬세해지면서 개나 고양이의 뜻이 더 선명하게 판독되었다. 그런데 한 유부녀가 자신의 애완견을 차에 태운 채 정부를 만난 것이다. 그리고 차안에서 그 짓까지 벌였다. 이걸 목격한 말티즈가 그 집 부부가 같이 앉은 자리에서,

주인님 어제 차안에서 만난 남자는 누구에요? 그 남자랑 서로 포개 앉았잖아요? 주인님 숨소리가 가쁘던데 나도 흥분됐어요, 하였다. 말티즈 종이란 원래 영리하고 개 중에도 특히 영리한 놈이 있는 바 이 개는 그런 정도의 기억을 떠올리고 질문하는 능력조차 있었던 것이다. 이래서 그 주부의 불륜이 드러나 부부가 결국 깨어졌다는 것인데 이로 해서 '뇌파탐지 칩'의 사생활 침해 여부가 매스컴에 뜨거운 논쟁거리로 올랐다. 그렇잖아도 그 칩의 개발이 동물의 생명권을 침해한다는 주장과 동물과 인간의 대화를 가능케 해준다는 논란의 중심에 오른 적이 있던 나로서는 이를 계기로 다시 한 번 여론의 난타를 당한 바 되었다. 그때 게거품을 물고 인터넷으로, 전화로, 나를 공격해 댄 치들을 생각하면 지금도 머리에 열이 오른다. 그러나 그런 소란은 다 과학의 생리를 이해하지 못하는 얼치기들의 무지와 몰상식에서 비롯하는 것일 따름이다. 과학연구의 원동력은 새로운 것에 대한 인간의 끝없는 욕구에 말미암는 것이고 새로운 지식이나 기술의 개발에는 긍부정적 양면이 반드시 따르는 법이다. 불륜주부의 경우 자기가 왜 바람을 피웠냐구. 그것도 영리한 개 앞에서. 그건 자기 잘못이지 기계를 개발한 사람의 잘못이 아니지 않는가? 기르던 개·고양이의 앙탈이나 불만을 알게 되어서 그것들을 버린다는 사례가 늘어난다는 세태도 그렇다. 그러면 개나 고양이를 존중해 주면 되지 개 같은 놈 운운으로 개·고양이를 무시하던 습성을 그냥 유지하려는 인간의 심보가 문제 아닌가 말이다. 동물 뇌파탐지기는 외국으로까지 수출되었는데 원체 동물을 좋아하던 서양인들은 오히려 이로 해서 동물들을 더 정중히 대하는 풍조가 생겼다지만 우리처럼 감정 쏠림이 심한 나라 사람들은 동물을 더 사랑하게 되었다는 사람들도 있는가 하면 놈들의 속을 알게 되고는 유기하는 사람도 부쩍 많아졌다고 한다. 결국 애초 동물을 대하는 태도가 문제이지 뇌파탐지기의 문제는 아닌 것이다. 나는 불륜주부 사건으로 내 신상이 털리고 전화로 인터넷으로 나에 대한 악담이 빗발칠 때에 이런 논리로 그 상황을 이겨내었다. 가만히 따져보면 나를 공격한 자들의 악담에는 그런 기술의 개발로 재미를 보게 된 나에 대한 질투도 분명 가세한 것일 터였다. 쓸데없는 논란에는 입을 다무는 것이 최선인 만큼 대꾸를 않았더니 나에 대한 비난은 잦아들었다. 가지 많은 나무에는 바람 잘 날이 없는 법이다.

3

중학에 다니는 연년생짜리 아이들이 오늘도 나가세요, 하며 그러나 대수롭지 않은 듯이 인사를 챙긴다. 아내야 재택근무를 하기 때문에 집에 머무는 경우가 많지만 대형 연구기자재가 있는 실험실에서 일하는 나는 규칙적 출근을 하지 않으면 안 된다. 특히 학제 간 통섭세미나는 오늘 같은 토요일을 활용하기 때문에 토요일도 근무 연장이 되는 날이 많다. 그나저나 오늘은 동양철학적 관점에서 바라본 인간의 마음과 이론체계라니 하품 꽤나 나오게 생겼다. 나 같은 의생리醫生理학자에게 동양철학, 그 중에서도 이기철학이 당하는 개념인가? 아무리 통섭이 중요하고 융합이 중요하더라도 이건 우리 원장이 아무래도 오버하는 것이지. 인간의 정신과 육체의 상관성이라는 거대 테마이지만 그럴수록 구체적이고 실증적인 실험과 분석이 중요한 영역이니만큼 정신과 의사 또는 정신분석의 정도가 가세하는 것은 모르겠는데 이기철학자라니, 이건 도대체 나 같은 실증적/임상적 실험을 주로 하는 사람에겐 도대체 무슨 귀신 씨나락 까먹을 일인가 싶은 것이다. 어쨌거나 따분한 세미나가 되겠지만 유전공학연구2팀의 김명규가 오늘 발표할 테마에 동조적인만큼 어떻게 나올지 그걸 지켜본다면 나름의 수확이 있을 수도 있겠다.

세미나실은 연구원 별관 건물에 있는 2층의 소강당이었다. 원형극장식으로 배치된 좌석에는 이삼십 명 가까운 연구원들이 띄엄띄엄 자리를 잡고 앉았다. 전면에 위치한 강단 뒤의 벽면은 전자 칠판으로도, 필요한 영상이나 자료를 띄울 수 있는 고해상도의 OLED 화면으로도 바뀔 수 있는 변환식 벽면이다. 오늘은 따분한 철학논의를 하는 자리이니 디스플레이 화면이 뜰 일은 별반 없겠다. 키가 다소 땅딸막하고 다부지게 생긴 체구의 오늘 발제자가 연단에 오른다. 박민수란 이름의 발제자는 한국철학 전공으로 T대학 철학과 교수로 있는 이다. 나이는 오십 전후? 요즘 철학과는 학생들에게 큰 인기가 없어 설치한 학교가 많지 않은데 교양학 위주의 전공으로 특성화한 T대학엔 철학과가 있고 박 교수는 그 학과의 한국철학전공 교수로 꽤나 명성을 얻고 있는 이다. 그가 오늘 발표할 내용은 '이황과 이이의 이기론으로 본 정신과 현상의 관계'라는 제목이다. 사회자의 간단한 연사 소개가 있고 박 교수의 발표는 곧 시작되었다.

"에, 오늘 제가 발표할 내용은 이황李滉과 이이李珥의 이기론입니다. 여기 계신 분들은 주로 자연과학을 전공하신 분들이라 제가 드리는 말씀을 혹 자장가쯤으로 듣지 않으실까 우려됩니다만(그는 이 대목에서 씩 웃었다), 국립생명과학연구원에서 수행 중인 정신과 육체의 관계 양상 연구는 실상 인문학적인 사유도 꽤 요구되는 주제이고 이를 요해하신 노진현 원장님의 발상으로 저처럼 먼지 펄럭이는 문헌이나 뒤적이는 자도 여기에 가끔 참여하게 되었습니다. 지난번에는 서양철학을 하신 분이 인식론의 역사를 발표하신 걸로 알고 있는데 저는 동양철학 특히 한국철학에서 정신과 현상의 관계를 어떻게 파악하였나를 사단칠정론을 통하여 그저 개론 수준에서 말씀드리고자 합니다."

약간 쉰 목소리에 카랑한 목소리라 박 교수의 발표는 듣는 이의 주의를 묘하게 끄는 측면이 있었다. 자기 말대로 개론화시킨 내용이어선지 우리 같은 자연과학자들도 알 만하기는 했다.

우리 한국철학은 주희의 심성론이자 우주론인 이기론을 받아들여 심성수양론으로 발전시켰지만 정신과 인식 대상인 현상과의 관계를 궁구한 인식론의 측면이 있죠. 이理란 인간성을 선한 것으로 본 성리학에서 규정한 인간 본연의 천성 또는 본질로서 이것의 구체적 현현이 사단四端인 것입니다. 기氣란 희로애락애오욕과 같은 인간 심성이 현실적으로 발현된 현상입니다. 이 두 가지 개념의 관련 양상을 두고 이황과 이이는 각각 다른 담론을 설파하였는데, 이황(1501~1570)은 '이가 발하면 기가 이를 따르고, 기가 발하면 이가 기를 탄다.'고 하여 이기호발설理氣互發設을 주장하였죠. 이에 대해 이이(1536~1584)는 '기가 발하면 이가 기를 탄다.'는 명제는 맞지만, '이가 발하면 기가 이를 따른다.'는 주장은 옳지 못하다고 비판하였어요. 이이는 '이'란 보편적인 것이고, '기'는 특수한 것으로 파악하여, '이'는 통하고 '기'는 국한된다[이통기국理通氣局]는 독특한 견해를 창출하였습니다. 즉, 이이는 인간을 포함한 모든 사물의 특성이 제각기 다른 것은 '기'의 국한성 때문이라고 보았던 거죠. 그러나 서로 다른 특성 속에 본체로서의 '이'가 내재하고 있다는 의미에서 보면, 인간이나 사물은 모두 동일하다고 주장하였어요. 따라서, 이통기국론은 '이'와 '기'의 양자가 서로 의존하여 보완 관계를 유지하면서 조화됨을 강조하는 것이라 할 수 있어요. 좀 더 쉽게 요약한다면 이황은 '사단은 이가 발한 것'이고 '칠정은 기가 발한 것'이라 했고 율곡은(율곡의 담론은 이미 이황과 기대승이 7년간의 논전을 벌인 사단칠정론에서 기대승의 논리를 이어 받은 것) 사단과 칠정이 모두 기가 발한 것이라고 주장하는 것이죠. 발하는 것은 기이고 이는 운동성이 없어 발할 수가 없다는 것입니다. 그도 그럴 것이 이는 쉽게 말해서 움직이게 하는 동인이지 스스로 움직이는 게 아니기 때문이에요. 그래서 발한 기 중에서 순선한 것이 발현되면 그것이 사단이고 발한 것이 순선하지 못하고 불순한 게 섞여 있으면 칠정이라는 것이라 한 바 이것을 이이는 '이통기국理通氣局'으로 표현한 것입니다.* 이쯤에서 다시 한 번 요약하면 이이의 이기론은 좀 더 근대적이고 실증적인 인식론에 가깝고 이황의 이기론은 관념적인 인식론에 가깝다 할 수 있겠습니다. 이이는 눈앞의 현상계(기)에서 귀납하여 이理의 존재를 확인할 수 있다 하였고, 이황은 이란 본래 존재하는 선험적인 것으로 못 박고 있기 때문이에요. 그러니까 이이는 인간성에는 선악 양면이 병존해 있으며 드러난 양상을 통해 그것을 판별할 수 있는 것이라 본 반면 이황은 인간의 선성(사단 혹은 이)은 원래 천부적인 것으로 이것의 현실적 규정성을 강조한 것이죠. 여기서 재미있는 것은 이황의 성선性善적 이기이원론이 조선 전기의 군왕중심제를 옹호하기 위한 이념적 토대를 위하여 조성되었다는 비판도 받지만 어쨌거나 우리 마음이 애초에 선하다는 낙천적 인식을 그토록 철저히 논리화하고 그것을 실천하기 위하여 성학십도聖學+圖까지 창안한 그 일관된 신념은 참으로 대단하다는 것이에요. 이건 단언치는 못하지만 아마도 우주를 선하다고 본 우리 한민족의 낙천적이고 원형적인 심성의 일면을 드러내는 증좌가 아닐는지? 물론 요즘이야 우리들 마음도 이루 말할 수 없이 때가 끼었지만 말이죠, 허허. 여기 있는 과학자

---

* 여기까지 이기론에 관한 내용은 알라딘 서재에 게시된 ID yamoo의 정리 (http://blog.aladin.co.kr/704638105/4032386)가 일목요연하여 이를 참조했음을 밝힌다.

들께서는 아마도 인간의 성선, 성악이야 애초부터 주어진 것이 아니고 뇌기관의 작용이라 하시겠지만 과연 인간의 성격이 타고 나는 것인지 아니면 인간 품성은 백지와 같은 상태로 나는 것인지 등은 예로부터 첨예한 철학적/교육적 논쟁의 한 중심이었죠. 여러분의 연구에 저의 이 발표가 조그만 힌트가 되었으면 할 따름입니다.

　박 교수의 발표가 끝나자 사회자가 질문을 유도하였다. 질문을 할 게 뭐 있나? 그저 그러려니 하면 될 일이지. 우리처럼 어려서부터 뇌구조 학습, 뉴런의 배열과 구조, 시냅스의 역할과 성격, 신경전달물질이니, 세포내 요소라든지, 이온통로, 단백질 합성과 분리 등에 매달려 온 사람들에게는 도대체 저런 철학은 딴 세계의 이야기일 뿐 아니라 설득력이 없다. 우리 같은 의생리학자들에게는 실험과 실증이 우선이지 저런 관념적 논변은 스며들 여지가 별반 없다. 그러나 여기에도 반드시 예외가 있는 법이니, 옳거니 역시 김명규가 손을 든다.

　"교수님의 발표 잘 들었습니다. 저는 유전공학연구2팀의 김명규라고 합니다. 인간의 행동이 환경에 의한 것인지, 아니면 타고난 유전적 심성이 있어서인지는 철학적인 논쟁거리일 뿐만 아니라, 문외한이라 조심스럽지만, 심리학에서도 오랜 논쟁이 있어온 문제인 걸로 알고 있습니다. 예컨대 스키너라는 심리학자는 인간의 모든 행위는 행위에 대한 보상/강화로 성립된다 하여 인간의 성격은 강화의 역사history of reinforcement라고까지도 했습니다만, 과연 유전적 소여·감정·사고 등 내적인 요인이 관계없는지는 증명되지 못했죠. 예컨대 프로이트의 무의식과 같은 것은 실증적 엄밀성이란 점에서는 논란의 여지가 있지만 인간 행위의 수수께끼를 푸는 데는 큰 기여를 했단 말이죠. 이런 측면에서 본다면 우리 연구원에서 지금 야심적인 프로젝트로 추진하는 인간의 정신과 육체와의 관련성 연구라는 과제는 어떻게 보면 황당하기 짝이 없는 상상력의 산물이라는 생각도 들지만 그러나 이것이 실증적 연구로 뒷받침되어 일정 정도의 성과를 이룬다면 인간의 정체 연구에 큰 도움을 주리라는 가정도 할 수 있습니다. 그렇다 하더라도 저는 인간성의 비밀은 아무리 지금 4진법 체계로 움직이는 양자컴퓨터의 도움에 힘입어 비상한 데이터 축적과 분석이 이루어진다 할지라도 어느 정도 덮어두어야 하는 것이 아니냐는 생각도 합니다. 교수님의 이에 대한 생각은 어떠신지 듣고 싶습니다."

허, 참. 저 친구는 자기가 하는 유전자 연구나 잘 할 것이지 꼭 저런 잡박한 지식을 들이 내밀어 쓸데없는 토론을 유발한단 말이야. 자연과학은 자연, 즉 스스로 그리된 것을 연구하면 되는 것이 자연과학이지 거기 무슨 윤리적이고 철학적 판단이 필요하다는 말인가? 우리는 우리의 연구를 끝 간 데까지 밀어붙이는 것이고 철학자는 철학자대로 떠들도록 두는 것이지, 나 참. 그러나 박 교수는 좋은 질문을 했다는 듯이 마이크에 입을 바짝 갖다 붙인다.

"네, 아주 근본적인 질문을 하셨습니다. 이건 아주 오랜 논란거리죠. 과학의 가치무중립성 여부라는 논쟁을 불러 일으켜 온 문제이니까요. 저도 김 박사님의 취지에 우선 동감하는 편입니다. 인간성의 비밀이란 것은 뇌의 구조, 유전자 구조, 육체적 제반 장기의 기능 등이 극한까지 규명된다 하더라도 밝혀질 것이 아니지 않은가 하는 것은 저도 우선 전제로 하고 있는 것입니다. 기氣란 것은 원래 방대한 현상인데 특히 감정·사고 등의 영역으로까지 확대되면 그것의 이理를 규명한다는 것은 거의 불가능에 가까워지고 그것이 규명되는 날은 이 우주가 다하는 날이 아닐까, 저는 막연히 그렇게 생각하고 있습니다. 허허. 또 설령 그 진상이 밝혀질 때 그것의 오남용도 경계되는 일이지요. 인간을 초월하는 인조인간체의 제작, 이런 것이 가능해지지 않겠어요? 실상 그렇지 않아도 강력한 인공지능으로 제조된 로봇 또는 초지능체가 돌발적 자체 진화를 통해 인간을 습격한다는 가상은 진작부터 있어 온 것 아닙니까? 그래서 인간이 멸망한다는 가정이 옛날에 우리가 본 터미네이터 같은 영화의 전제였잖아요? 뭐 이런 가정까지는 아니더라도, 저는 과학연구에 일정한 금도가 있어야 하지 않을까 싶고 연구원이 저를 부른 이유도 여기에 있는 것이라 믿습니다. 앞으로도 생산적 대화가 있기를 기대합니다."

4

    몇 사람의 질문이 더 있은 뒤 세미나는 끝이 났다. 연구의 금도라? 연구에 제 스스로 상한을 두는 과학자가 어디 있단 말인가? 지금까지의 과학 발전은 발견 그 자체를 기쁨으로 삼는 학자들에 의해 가능했던 것이지 미리 윤리적 상한을 설정하고 시작한 연구로 하여 발전했던 법은 없다. 그래서 철학이란 것은 우리 입장에서 보면 성가실 뿐이라니까. 이런 생각을 하며 나오는데 묵직한 톤의 목소리로 나의 등을 툭치는 사람이 있다.

"유 박사, 발표는 들을 만했나?"

의생리학분야의 3개 연구팀을 통괄하는 박인선 부장이었다.

"아, 부장님. 뒤에 계셨군요. 미처 보질 못 했네요. 네, 뭐 발표는 그럭저럭……"

"그럭저럭이라면 별 재미없었던 모양이군. 어쨌거나, 나하고 차나 한잔 할까?"

3층에 있는 그의 집무실은 차가운 은빛의 금속제 집무 테이블, 유리로 된 응접탁자, 윤이 나는 초콜릿색 소파 등 날렵하고 강인한 인상의 유 부장의 외양과 잘 어울리는 배치였다. 그가 타 온 커피의 구수한 향취가 후각을 기분 좋게 자극했다.

"한 알 넣기만 해도 원두로 직접 간 맛이 나는 정제 커피보다 나는 이게 더 좋아. 우리는 아직 인스턴트 믹스커피가 입에 딱 맞는 구파란 말이야, 핫핫."

윤기 나는 불콰한 혈색에 짙은 송충이 눈썹을 한 그가 기분 좋게 웃자 백색의 단단한 치아가 드러나면서 그의 넘치는 활력에 나까지 전염되는 느낌이었다. 그가 테이블 위로 몸을 바싹 기울이며 목소리를 짐짓 낮춘 채 묻는다.

"어때? K56445 뉴런이 뿜어내는 신경전달물질의 단백질 합성 과정은 알아냈고…, 이제 그게 어떤 유전자와 작용해서 생래의 악마성을 만들어 내는지 좀 진전이 있나?"

이럴 때 쌍꺼풀 낀 부리부리한 눈에 번들거리는 그의 눈빛은 완연한 동물성이다. 마치 먹이를 앞에 둔 맹수의 그것과 같이. 그의 이런 눈빛은 어떤 불쾌한 기억을 자극하여 아드레날린을 분비케 하고 나를 긴장시키지만 나는 고분고분하게 답한다.

"아직 진전이 없습니다. 그게 단기간에 답이 나올 문제는 아니잖습니까? 그런데 연구2부 신경세포연구2팀의 김명규가 그 메카니즘을 일부 규명했다는군요."

그의 송충이 같은 눈썹이 일순 꿈틀한다.

"그럼 어떡한다. 우리가 정말 필요로 하는 부분이잖은가. 그 친구는 결과를 순순히 알려줄 자가 아닌데. 하필 그 친구가 먼저 선수를 쳤어 그래."

그는 입술을 앙다물고 주먹으로 턱을 받힌 채 잠시 골똘히 생각에 잠겼다.

"이봐, 유 박사, 내가 왜 여기에 관심이 많은 줄은 잘 알지? 법무쪽에서 이 건에 관해서는 지대한 관심을 표하고 계시단 말씀이야. 과학 쪽에서도 마찬가지야. 이게 성공하게 되면 우리는 국가의 질서유지, 국민 생활의 안전보장에 큰 기여를 하게 된단 말이야. 이걸 인간 신체의 인위적 조작이니 운운으로 막는 자는 그야말로 만인의 공적인 거지. 자네가 어떡해서든 김명규를 구슬려서 그 기전을 좀 뽑아내 보게."

그가 말하는 기전이란 인간의 폭력성 또는 범죄적 심성이 어떤 뉴런에서 발원하며 그것은 어떤 유전자 단위와 결합하여 생래적 악마성을 구축하느냐는 것이었다. 그에 의하면 범죄형 인간은 날 때부터 어느 정도 타고난다는 것이었다. 범죄를 일으키는 자질이 유전자에 찍혀있고 이것이 뇌세포 중의 특이 뉴런과 결합하게 되면 어느 시점에 범죄를 일으키는 폭력성으로 나타난다는 것이었다. 이것은 사실 뇌과학과 유전공학이 비약적으로 발달한 요즘에 와서는 그리 새삼스러운 일도 아니다. 폭력적인 남자들의 경우 성호르몬인 테스토스테론이 과다 분비되고 반면에 우리의 마음을 진정시켜주고 편안하게 만들어주는 세로토닌 호르몬 분비는 과소분비된다는 사실은 20세기 후반에 이미 밝혀진 사실이다. 이런 연구 결과는 폭행, 강간, 살인 등 강력범죄의 70퍼센트가 단지 5~6퍼센트의 사람들에 의해 저질러졌다는 연구결과에 의해 뒷받침된 것이었다. 그런 사실들이 이제는 K56445 뉴런이 분비하는 신경전달물질과 관련있음이 밝혀짐으로써 적어도 인간의 폭력성은 K56445 뉴런이 분비하는 신경전달물질을 억제하는 약물의 투약으로 억제할 수 있는 지경에 이르러 있는 것이다. 한편 뉴질랜드 다니딘에서 출생한 442명의 성장 과정을 26년간 관찰·분석한 결과 특정한 유전자를 가진 아이들은 학대를 받을 경우 반사회적 행동을 보일 가능성이 높다는 연구 결과가 1990년대 후반에 발표되었다.

문제의 유전자는 모노아민 산화효소MAOA의 양을 조절하는 유전자
인데 MAOA는 뇌 속에서 감정을 전달하는 화학물질을 만드는 데
관여하는 요소로 MAOA의 수치가 낮을 경우 감정조절이 잘 안되
어 범죄를 저지를 확률이 높다는 것이었다. 김명규가 K56445와
결합하는 유전체를 밝혔다는 것은 이 MAOA를 생성하는 유전자의
염기서열을 밝혔다는 것인데 이는 MAOA의 발견 이후 좀처럼 진
전이 없던 것으로 만약 실제 이의 규명에 성공했다면 획기적인
성과가 될 것이었다.

김명규가 발견한 MAOA 생성 유전체를 뇌과학 쪽의 K56445번
뉴런의 기능과 접목시킨다면 범죄형 인간의 예방, 또는 적어도 흉
악범죄를 저지른 인간에게 인공적 조작을 가하여 그 범죄성향을
제거해 버릴 수 있게 되는 것이다. 그런데 문제는 김명규가 이러한
인공적 조작에 의한 인간형 개조를 극력 반대한다는 데 있는 것이
었다. 세미나에서도 그는 그런 주장을 펼쳤지만 인간성이란 것은
백지와 같은 것이고 설사 휴먼게놈프로젝트와 뇌과학 연구의 융합
으로 그 비밀이 밝혀진다 하더라도 그것은 규정하기 어려운 인간
성의 일부일 따름이며 또 후천적인 조건의 영향으로 인간성은 얼
마든지 변화할 수 있는 만큼 고정된 인간 본성이란 있을 수 없다면
서 인간정신과 신체의 연관성 연구는 진행하되 그 연구결과의 실
제적 활용에 대해서는 완강한 반대를 견지하고 있는 편이었던 것
이다.

그러나 박 부장의 계산은 그게 아니었다. 그는 K56445 뉴런과

유전체의 관련성을 활용하여 범죄 가능성이 있는 인간을 아예 개조하거나 아니면 흉악 범죄를 저지른 인간은 사후에라도 뇌수술 및 유전자 조작을 통해 재범률을 낮출 수 있도록 해야 한다는 것이었다. 그는 이를 일러 화이트 월드 프로젝트 — 순백 세계 프로젝트라 불렀는데 전자의 경우는 실상 현실적 구체성이 좀 떨어지긴 했고 그도 막연한 상상에 그치는 듯했다. 왜냐하면 범죄형 인간을 미리 예방하려면 개개인의 게놈 지도가 미리 등록되어야 할 터인데 국가 기관이라 할지라도 이를 강제할 수는 없는 일이었다. 그가 집착하는 것은 그러므로 후자였는데 이는 정부 쪽, 특히 법무부나 교정기관 등에서 강력한 관심을 보인다는 것이었다. 그가 정부기관 쪽의 관심에 호응하려는 것은 다 이유가 있는 것이었다. 그는 언젠가 우리 연구원의 원장을 꿰차려는 욕망을 가진 야심가였다.

박인선 부장의 전공은 실은 뇌과학이나 유전자 연구 등과는 거리가 있는 쪽이었다. 그는 유도줄기세포 분야의 권위자로 20여 년 전 이 분야에서 노벨상을 수상한 일본학자에게 수학하여 줄기세포의 배양과 그것의 실용화에 중요한 산파역을 한 인물이다. 이제는 원체 고가여서 그렇지 암세포에 좀먹힌 신체의 일부가 배양기 안에서 생성되어 나오는 단계에 이르러 있는 것은 적어도 우리나라에서는 그의 공에 힘입은 바 컸다. 그러나 그는 연구자로 남기보다는 행정가가 되고 싶어 했다. 현재 우리 연구원의 원장인 노진현 박사도 노벨상을 받은 이고 그도 노벨상을 목표한다면 실현성이 없을 것도 아니지만 그는 조직을 꾸리고 앞에서 선도하고 싶어 했으며 모르기는 하나 그의 욕망의 그물은 과학기술처 장관직까지도 포획해 보려는 기미가 보였다. 과학 기술이 이제 나라의 힘, 경제력과 직결되는 세상이라 과기처 장관이 된다는 것은 적어도 총리와 맞먹는 권력자의 자리에 오른다는 것이다. 이제 오십 초반인 이 에너지 넘치는 야심가에겐 꾸어볼 만한 꿈이었다.

그가 자신이 꿈꾸는 야망의 프로젝트에 나를 끌어들인 것은 나를 그의 심복 중 하나로 삼겠다는 복안의 산물인 것이다. 순수과학 연구원이지만 우리 한국생명과학연구원은 국책기관으로 정부에서 그 운영비와 연구비를 전액 지원하는 정부기관이다. 기초과학 연구가 뒷받침되지 않고서는 노벨상은 물론 세계적 첨단 산업의 선도국이 되기 어렵다는 정부의 깨달음이 작용해 나노테크, IT 분야 등에 거액의 R&D 예산을 배당하면서 대학연구소를 지원하거나 국가주도 연구원을 설립하는 과정에서 우리 연구원도 설립된 것이었다. 우리 원院은 과학, 특히 바이오테크놀로지가 부를 창출하는 중요한 아이템이 되자 정부쪽에서 자금을 출연해 만든 기관이었다. 예산은 정부에서 대지만 운영의 권한은 연구원에 전폭 맡긴다는 방침이어서 첨단 연구를 비용에 구애받지 않고 수행할 수 있다는 점에서 능력 있는 과학자들이 탐내는 일터였다. 자기가 하고 싶은 연구를 돈에 구애받지 않고 마음껏 펼칠 수 있다는 점은 대단한 매력이었지만 그러나 연구원에서 직책의 안정을 보장받기란 쉽지 않다. 철저한 업적제로 직위의 상승 또는 유지가 결정되는 체제이기 때문이다. 이건 어느 대학이나 기업에서도 요즘은 모두 수용하는 준칙이지만 특히 이곳에서는 세계적으로 인정받는 연구 결과를 연방 내놓지 못하면 도태되기 쉽다. 글로벌화가 보편적으로 확산되어 외국인 학자가 우리 연구원에도 수십 명이나 되는 만큼 경쟁은 일용의 양식이 되어 있는 것이다.

그러나 팀장, 부장, 부원장, 원장으로 이어지는 조직 체계가 있는 만큼 연구원도 조직의 논리에서 전혀 벗어나지는 못한다. 직제 상의 승진은 물론 팀장, 부장의 판정에 따라 연구비가 은근히 깎이기도 하고 성과급도 영향을 받는 판이라 이곳에서 뿌리를 내리려면 후견인을 잘 두어야 했다. 우리 원은 3부 1실 체제로 운영되고 있어 세 명의 부장 한 명의 실장이 있다. 세 개의 부는 연구를 전담하는 부서들이고 하나의 실은 연구실 운영과 행정 지원을 담당하는 부서이다. 연구원은 박사 학위는 필수이고 전공분야의 빼어난 실적을 가진 자 중에서 선발되는 데 정부 사무관급의 직제에 해당되기 때문에 경쟁이 치열하였다. 빨라야 삼십 대 초반, 보통은 삼십 대 중반에 채용이 되어 입사 이후에도 서기관 급에 해당하는 팀장이 되려면 7~8년이 걸려야 하고, 특히 의생리학부, 유전자공학부, 생화학부 등 세 개의 부가 독자적인 연구를 수행하는 가운데 융합프로젝트가 설정이 되면 3개부에서 선발된 연구 인력들이 팀을 구성하여 합동연구를 수행해야 하는 시스템이기 때문에 이런 프로젝트에서 소외되지 않으려면 자신의 업적뿐만 아니라 부장들의 입김을 무시할 수 없었다. 내가 이끄는 뇌과학 팀은 신경세포팀, 신체생리팀이 모여 한 부를 이룬 의생리학부에 속해 있고 박 부장은 이

3개 팀을 관할하는 부서장이었다.

　이번 정신과 육체의 상호 관련 작용 관련 연구는 장기적인 대형 프로젝트이고 박 부장이 책임을 맡은지라 원내에서 그의 입지는 연구원 건물의 대형 석조기둥만큼이나 탄탄한 것이었다. 그런데도 김명규는 그의 도움을 거절하고 있는 것이다. 그가 속한 부서가 유전공학부에 속해 있기도 한 때문이지만 연구 결과의 실제적 응용을 쉽게 허용치 않는 자기만의 신념에 투철한지라 박 부장도 그를 만만히 다루지를 못한다. 이런 김명규를 꼬드겨 그로부터 연구의 비밀을 캐내 오라는 것이다.

5

　나는 박인선 부장의 방을 나와 차에 몸을 실었다. 가로수들의 조락이 거의 끝물에 이르러 단풍철은 끝나갈 무렵인데도 주말의 도로는 교외로 나가는 차들로 인해 속도가 더디다. 특히 우리연구원이 있는 D시는 인근에 유명한 산과 사찰이 있어 주말이면 그곳을 향하는 사람들로 늘 도로가 붐빈다. 집안에서 온 벽을 가득 채우는 입체 영상으로 온갖 유적지, 세계 명소를 즐길 수 있는 시스템이 구비되어 있지만 사람들은 그래도 무리를 지어 교외로 나선다. 20여 년 전 미치오 가쿠라는 일본계 미국인 학자는 과학이 아무리 발전해도 사람들은 관계망에 의지하는 동굴형 인간의 습속을 버릴 수 없기 때문에 면대면 접촉이 이루어지는 식당, 유흥업, 관광산업 등은 앞으로도 쇠퇴하지 않을 것이라 예언했거니와 그의 추측은 정확한 것이었다. 사람들은 여전히 울긋불긋한 등산복을 차려 입고 자동차로, 도보로 무리지어 교외로 나선다. 무리지어 사냥하고 동굴에서 그것을 나누고 자신들의 안전을 확인해야 했던 인간의 군거성은 수백만 년의 시간이 지났지만 인간의 DNA에 찍힌 뿌리 깊은 화인火印이다. 도연명이란 시인이 '별유천지비인간別有天地非人間'을 노래하며 무릉도원을 그리워했지만 인간 세계를 떠난 낙원은 없다. 유토피아의 원뜻도 이 세상에는 없는 세계라지 않는가. 인간은 그저 사람 사이에 섞여 살아야 하거니.

그나저나 박 부장이 문간에서 전한 엄명을 어떻게 처리하나. 시간적 여유가 많지는 않다. 많아야 한두 달? 일단 김명규를 설득하든 몰래 빼돌리든 녀석이 어떤 결론을 얻어냈는지를 알아내야 한다. 그 다음 절차는 그 때 생각해 보자구. 박 부장이 이른 법무나 과학은 그쪽의 장관들을 이르는 것이었다. 곧 정년퇴임을 앞둔 현임 부원장의 후임을 노리는 그로서는 정부 요직에 있는 인사의 입김이 절실한 형편이었다. 데드라인이 얼마 남지 않았어. 나를 배웅하는 문 앞에서 강렬한 눈빛으로 나를 쏘아보며 이 말을 던진 후 그는 문을 닫았다. 마치 포식하기 전 눈앞의 먹이를 두고 희롱하듯 하는 그의 눈빛. 그런 눈빛의 소유자를 나는 한명 더 안다. 더러운 놈. 그 놈은 지금 뭘 하고 살고 있을까? 어린 나이였는데도, 아니 어린 만큼 놈은 포식자의 기질을 유감없이 드러내었었지.

별로 다시 떠올리고 싶은 기억이 아니지만 박 부장과 놈의 얼굴이 오버랩 되며 입맛을 쓰게 한다. 정창락이란 놈이었지. 평소엔 게슴츠레한 눈빛을 하고 있다가도 자신의 권력을 과시해야 할 때에는 잔인한 안광을 발하던 놈. 중학 시절, 육체적 발육은 하루가 다르고 남성 호르몬은 폭발적으로 증가해서 인간의 동물성이 가장 진해지는 그 시기에 놈은 중2이던 우리 반의 공포였다. 소위 일진이라는 그룹의 우두머리였던 놈에게 찍히면 밝고 푸르러야 할 어린 아이들의 일상이 지옥으로 곤두박질치는 것이었다. 놈은 아이들에게 돈을 뺏고 빵셔틀을 시키고 자신의 손은 대지 않고 다른 아이들을 폭행하는 어둠의 권력자였다. 요즘도 학교에서의 왕따, 교내 폭력은 근절되지 않고 있는 모양인데 그때나 지금이나 작은 맹수들의 먹잇감으로 찍히는 아이들은 공부나 운동이나가 썩 뛰어나지 못한, 중간 상태의 어리버리한 아이들이었다. 이런 아이들은 자아 주장이 미약해서 당하면서도 강력한 반발을 하지 못하고 강한 맹수에게 속수무책으로 먹히는 피식자의 모습을 그대로 구현한다. 나는 장차 머리를 쓰는 쪽으로 진로가 예정된 만큼 탄탄한 육체적 외양으로 아이들의 외경감을 자아내거나 경계심을 자극하는 아이는 아니었다. 반에서는 상위권의 성적을 유지하며 그저 내 할 일이나 하는 평범한 아이였다.

그런데 어느 날 정창락이 방과 후 나를 호출하였다. 학교 옆 상가 건물의 뒤편으로 나오라는 것이었다. 분식집, 부동산소개소, 문방구 등이 들어 있는 2층 상가 건물 뒤는 사람이 잘 다니지 않는 후미진 곳이어서 일진들이 모여 담배를 피우고 시시덕거리는 장소 중의 하나였다. 놈의 호출에 응하지 않을 때의 후유증을 생각하면 피할 수 없는 호출이었다. 건물이 차단막이 되어 해가 지기도 전에 이미 어두운 상가 뒤편은 이미 놈들이 태워댄 담배 냄새와 작지만 무모한 수컷들이 피워 올리는 음험한 가학성이 뒤섞여 그곳에 들어선 나를 위축시켰다. 플라타너스 한 그루가 서있어 그 그늘로 더욱 어두운 곳에는 벤치가 하나 있었는데 창락이 그 벤치에 앉았고 다른 치들은 그 주위에서 담배 연기를 뿜어대고 있었다. 패거리 중의 한 녀석이 야, 유병호 어서와, 마치 나를 반기는 듯 인사를 건넸다. 건들거리는 패거리 앞에는 우리 반 왕따인 희철이가 마치 맹수들에게 둘러싸인 어린 사슴처럼 옹송그리며 서 있었다.

"야, 유병호 넌 반에서 잘 나가는 범생이라고 우리한테는 눈길도 한 번 안 주더라. 너희 아버지도 아주 잘 나가는 공무원 대빵이라지. 얌마, 그런다고 눈을 착 내리깔고 지 혼자 잘난 척 하면 안 되지."

패거리 중의 한 놈이 침을 찍 갈기며 내뱉었다. 녀석들이 우리 아버지가 간부급 공무원이라는 걸 어찌 알았는지 놈들이 그걸 시비거리로 올려놓는 데 나는 우선 숨이 컥 막혔다. 그리고 내가 눈을 내리깐다고? 나는 공부도 최상위권은 아니고 그저 적당한 성적이나 올리고 게임에나 빠져있는 평범한 중학생이었을 따름이었다. 창락이 나섰다.

"야야, 별 걸 다 가지고 시비네. 관 둬. 유병호. 널 여기 부른 건 다른 게 아니고 너도 우리와 같은 패라는 걸 한 번 증명해 보란 것 때문이야."

같은 패라는 걸 증명하라니. 알 수 없는 그의 요구에 나의 맥박이 가파르게 요동치기 시작했다. 그는 고개를 떨어뜨리고 있는 희철이를 턱으로 가리켰다.

"저 찌질이를 몇 대만 손 좀 봐줘. 짜식이 요즘 담뱃값을 잘 대지 않거든."

놈의 게슴츠레 하던 눈이 돌연 싸늘한 광채를 내뿜으며 어둑신한 공기를 가르고 나를 쏘아 보았다. 나는 그 눈빛에 기가 꺾여 희철이 쪽으로 고개를 돌렸다. 놈의 요구를 거절했다간 내가 당할 꼴은 뻔했다. 놈들에게 다구리를 당하고 시시로 나를 괴롭힐 것이었다. 희철이로 말하면 녀석은 성적도 신통치 않은 데다 덩치도 왜소해 아이들과 잘 어울리지 못하였다. 아이들의 눈치만 살피고 혼자서 빙빙 도는 꼴이 영락없이 무리에서 떨어져 사자밥 되기에 좋을 가젤이나 임팔라 꼴이었다. 땀이 배이기 시작하는 주먹을 쥐고 그에게 한발 짝 다가섰을 때 나는 녀석의 눈동자를 보았다. 다음에 펼쳐질 장면에 잔뜩 불안을 머금은 눈으로 나를 올려다보더니 녀석은 왠지 민망해 하는 얼굴로 눈 둘 곳을 몰라 하였다. 순간 나의 감정이 울컥하였다. 이런 벼엉신. 나는 놈의 따귀를 한 대 올려붙이고 발길로 녀석의 복부까지를 질러버렸다. 희철이 놈이 뒤로 벌렁 나가떨어지자 패거리들의 킬킬대는 웃음소리가 산만하게 피어올랐다. 어쭈, 유병호 제법인데. 얌마, 앞으로 우리랑도 잘 놀아. 혼자만 난 체 말고, 응? 그러면서 놈들은 나를 놓아 주었다. 창락이 패거리는 그 후 내게도 몇 차례 담뱃값이니 빵값이니 하면서 돈을 요구했고 나는 엄마나 아버지의 지갑에서 몰래 돈을 빼내 그들의 요구에 순순히 응했다. 선생들에게 놈들의 패악을 고발하는 것은 어리석은 짓이었다. 선생들은 놈들의 행패에 끼어들어 말썽에 엮이는 것을 원치 않았고, 오히려 당한 학생이 문제 있다는 인식을 드러내기 일쑤였다. 초등학교 때 우리 반의 찌질이던 한 녀석이 반의 대빵이던 녀석에게 맞아 얼굴이 부어터져 부모가 찾아오자 담임은 맞은 놈보다 오히려 때린 놈 역성을 들던 것을 나는 기억하고 있었다. 그러나 놈들은 내게 몇 번 그 짓을 요구하고는 더 이상 나를 집적거리지 않았다. 그들에게 돈을 건네주는 나의 무심한 듯 차가운 눈길 때문인지, 아버지가 고급 공무원이란 뒷배경을 아는 탓인지 놈들은 나를 질기게 괴롭히진 않았다. 놈들이 나를 놓아주면서 남긴 말은 그랬다. 야, 임마, 넌 재수 없어. 그리고 3학년이 되면서 반이 갈라지자 놈들은 나와 영 멀어져 버렸다.

불쾌한 기억이다. 하필 그놈과의 추억이 지금 떠오르다니. 아무리 해도 그 폭력적 강압성이 박인선 부장과 비교가 될까. 박 부장은 우리나라 과학계의 거목이요 지식인이다. 나 역시 그렇다. 고교 진학 이후 공부에 바짝 매달리자 성적은 어렵지 않게 치솟았다. 그리고 아버지의 권유에 따라 의대로 진학했고 지금 이 자리까지 이르렀다. 박 부장은 자신의 탁월한 능력으로 나의 뒷배를 든든히 봐 줄 수 있는 사람이다. 아버지가 그랬다. 일본 속담에 쉬어도 큰 나무 밑에서 쉬라는 말이 있는데 이 말을 잘 명심해라. 그렇다. 박 부장은 내가 그 밑에서 쉬어야 할 큰 나무다. 정창락이란 인간과는 격이 다른 사람이다. 재수 없는 놈의 새끼. 지금쯤 어디서 무엇을 하고 있을까? 놈을 고등학교 진학 후 어느 유흥가 골목에서 만난 적이 있다. 서점에서 책을 사고 집으로 오는 길이었는데 어쩌다 그 길을 지나치게 되었다. 그 때 한 주점 입간판 부근에서 몇 놈이 몰려 담배를 피우고 있었는데 그 중의 한 놈이 정창락이었다. 놈은 나를 홀끗 쳐다보았는데 냉담한 눈길로 아는 체도 하지 않았다. 아마 지금쯤 어딘가에서 범죄꾼으로 살아가거나 다른 일을 하더라도 남에게 사기나 치고 등쳐먹는 삶을 살고 있겠지. 우리네 사는 곳 어디에나 그런 기생충 같은 놈은 늘 있게 마련이니까. 나는 차에서 내리자 땅에 침을 한 번 뱉는 것으로 놈과의 어두운 기억을 털어버렸다.

6

새로운 한 주가 시작되었다. 아니 나에게는 특임을 완수해야 할 한 주다. 주말엔 잘 쉬지도 못 했다. 새로운 연구 자료를 검색하고 정리하노라 잠을 몇 시간 더 잔 것 외엔 애들과 외식 한 번도 못했다. 애들도 이제 중학생 쯤 되니 그런 데 크게 개의치 않는 듯하고 재택근무를 하는 제 엄마가 지들 곁에 늘 있어주니 아버지에게 그리 의존하려 하지도 않지만 나로선 그게 또 아쉽다. 대학 다닐 때부터 주말은 반납한 생활이라 어쨌거나 익숙한 생활이다. 아버지는 또 말했다. 병호야, 공부란 머리로 하는 것이 아니라 엉덩이로 하는 거야. 끈질기게 자기의 일에 붙어 있을 근력이 없으면 큰일은 하기 어려운 거다.

내가 이번 주 중에 할 일은 일단 김명규를 만나 그가 과연 Y15116 유전체의 기능을 규명했는지, 또 그것과 K56445 뉴런간의 결합 기전을 발견했는지를 알아보고 실제 그렇다면 그것을 발표하여 실제적 활용 여부에 동의할지를 떠보는 일이었다. 워낙 고지식한 친구라 쉽지 않으리라는 생각이 앞섰다.

김과 마주치기 위해서 기회를 노리던 중 화요일 저녁 무렵 연구원의 식당에서 결국 그와 마주 앉았다. 저녁도 보통 연구원에서 해결하고 연구실에서 작업을 계속하는 우리들인지라 구내 식당에서 저녁을 때우는 경우가 많아 여기서 만날 것을 예상한 터였다.

"김 팀장님, 좋은 소식이 있다던데 축하드립니다."

"좋은 소식이요? 뭐 내 생일도 아니고 로또가 터진 것도 아니고 무슨 축하죠?"

그를 우선 같은 테이블로 이끈 내가 짐짓 운을 떼 봤지만 그는 내 말을 농조로 받았다. 예상대로 그는 쉽게 나의 호기심에 응할 기세가 아니었다. 너무 조바심을 내면 일을 그르치는 법이지만 이 경우는 하는 수 없다. 정공법으로 나가는 수밖에.

"뭐, 김 박사님이 Y15116번 유전체의 기능과 K56445번 뉴런과의 결합기전을 발견했다는 소문이 원내에 파다하던데요. 이건 노벨상 후보로 오를 만한 성과 아닙니까? 핫핫."

"네? 아니, 누가 그래요? 그야말로 노벨상 감이긴 한데, 내가 어떻게 그런 결과를 냅니까? 에이, 누가 공연한 헛소문을 내고 다니는 모양이군요."

아, 이것 참 역시 만만찮은 친구로군. 역시 간단히 끝날 이야기가 아니군. 나는 식사가 끝나자 그의 연구실에서 차를 한잔 하자고 청해 그의 연구실까지 결국 따라가게 되었다.

우리들의 연구실이 대개 그렇지만 그의 연구실도 이등분되어 있었다. 컴퓨터와 사무집기, 응접테이블 등이 놓인 사무 공간이 하나, 정면 벽에 설치된 하나의 문을 열고 들어가면 거기에 연구를 위한 온갖 기자재와 시약, 실험시설들이 본격적으로 펼쳐진 방이 또 하나 있는 식이다. 그 안에서는 직접적 임상실험이 필요한 경우를 위해 실험용 동물들을 직접 키우기도 한다. 특정 목적을 위해 특이 세포를 주입했다든지, 특정 약물을 주입하여 반응을 보는 경우 등을 위해 배양한 생쥐들은 몇 백, 몇 천만 원을 주어도 팔 수 없는 고가의 실험대상이다. 그러므로 연구실 안에 또 하나 난 문 저편 너머는 아무나 들어갈 수 없는 금단의 지역이다.

우리는 그가 가지고 온 녹차를 앞에 두고 마주 앉았다.

"김 박사님, 좋은 일 있으면 자랑 좀 하시죠. 뭐, 그렇게 아끼실 필요야 없지 않아요?"

"아, 정말입니다. 내가 그런 일이 있으면 내놓고 발표하지 뭣

땜에 숨깁니까?"

매우 완강한 것이 정말 그런 결과까지는 닿지 못한 듯도 보였다. 그러나 한 번 더 찔러 본다.

"김 박사님이야 원래 새로운 연구 결과가 의도치 않은 방향으로 오용될까 봐 돌다리도 두들기고 건너듯 발표에 조심하는 분 아닙니까."

"물론 그런 면도 있지만 이번에는 아직 아닙니다."

아직 아니다? 그럼 일부의 진전은 있단 말인가? 아니 땐 굴뚝에 연기가 날 리는 없지.

"일부 진전이 있기는 하다는 말씀 같군요."

"하하, 글쎄요. 그런데 유 박사님은 이번 일에 왜 그렇게 관심이 많으시죠?"

이런 능청스런 놈. 몰라서 묻나. 박 부장이 화이트 월드 프로젝트 운운하며 범죄자 개조에 관심이 많다는 걸 모르진 않을 거면서. 그의 휘하에 있는 내가 자신의 연구에 관심을 표할 때엔 짚이는 것이 없지 않을 텐데 짐짓 딴청을 피우는 것이다. 나는 앞에 놓인 차를 들어 한 모금 마신다. 고급 중국차라는데 차 맛은 그러나 혀에 감기지 않는다.

"제 생각엔 김 박사님이 Y15116번 유전체의 성질을 규명하셨으면 우리가 발견한 K56445번 뉴런과 관련 기능을 밝혀서 뭔가 유용하게 쓸 데가 있을 것 같아서요."

"아하, 박인선 부장님이 늘 관심을 표하시는 화이트 월드 프로젝트와 관련된 관심이시군요. 글쎄요. 그렇다면 정말 아직입니다."

하, 이것 참 갈수록 태산이네. 그러면 그렇고 아니면 아닌 것이지 웬 안개는 이리 피울까.

"김 박사님, 말이 나왔으니 말인데 K뉴런과 Y유전체의 결합 양상을 밝히게 되면 흉악범들의 재범률이나마 크게 낮출 수 있지 않겠습니까? 지금은 약물로 교도소에 갇힌 흉악범들의 폭력성을 완화시키고 있는 정도지만 K뉴런과 Y유전체의 결합 기전이 밝혀지면 단기 출소하는 흉악범들의 재범 가능성을 미연에 방지할 수 있게 되는 거죠."

"글쎄요. 저는 약물치료라면 모르지만 수술을 통해 한 인간의 전모를 바꾼다는 것은 반대이고 또 그건 가능하지도 않을 겁니다. 두 요인들이 결합하면 인간의 폭력성과 범죄성이 촉발될지는 몰라도 꼭 그것만이 인간의 범죄성을 구성하는 건 아닐 겁니다. 또 그런 성향의 제거술이 가져올 부작용도 우려치 않을 수 없고요."

"글쎄, 그러니 우선 그런 요인을 발견하셨으면 터놓고 우리 쪽의 연구 결과와 접합시켜 보면 될 것 아니겠습니까? 우선 결합시켜 봐야 부작용이 있을지 없을지 알 수 있지 않겠어요?"

"그 말씀도 일리는 있지만 말씀 드린 대로 아직 결과가 나온 것이 아닙니다. 실은 나는 인간의 범죄성과 관련한 유전체를 찾으려고 하기 보단 인간의 선성을 규명하려는 쪽에 더 관심이 많았어요. 물론 인간의 선성은 오랜 공동체 생활을 해오는 동안 인간이 자신들의 안전과 영속을 보증할 수 있는 쪽으로 심성이 진화되어

오다보니 DNA에 하나의 유전적 소인으로 찍힌 것이라는 가설이 오래 전부터 제기되어 있었습니다만 나는 이것이야말로 유전자에 어떻게 그 흔적을 남기고 있을까를 궁금해 했죠. 이런 관심을 가지고 침팬지를 연구 대상으로 삼아 실험하던 참에 오히려 침팬지의 폭력성을 형성하는 유전체를 발견하게 된 거죠. 그러나 아직 단서 정도일 따름이고 구체적 결론은 나오지 않은 상태에요. 누가 이 이야기를 듣고 내가 그 연구를 완성했다고 침소봉대한 모양이군요."

어쨌든 일말의 단서는 얻은 것이 분명하군. 그렇다면…… 나는 이쯤에서 일단 돌아서기로 했다.

"잘 알겠습니다. 괜한 넘겨짚기로 김 박사님을 괴롭힌 것 같네요. 정말 미안합니다. 내 언제 한 번 실례를 보상하기 위해 한잔 사겠습니다. 핫핫."

이러고 내가 일어서려 하자 그는 나를 눈짓으로 잠시 제지하더니 몇 마디 덧붙였다.

"유 박사님, 제가 잘난 척을 하려는 건 아니고 생명 현상이라는 건 정말 신기한 일이 많더군요. 도요새 아시죠? 그 종 가운데 큰뒷부리도요는요, 일 년에 한 번씩 장거리 이동을 하는데 알래스카에서 태평양을 가로질러 1만1680km를 8일 동안 쉬지 않고 날아 뉴질랜드까지 이동한다는군요. 시속 60km로 8일을 쉬지 않고 난다는 것 자체가 경이롭기 짝이 없는 일인데 또 하나 이 생명체의 신비는, 비행하는 동안은 최대한 비행에 필요한 지방을 축적하기 위해서 불필요한 소화기관 등의 장기는 가능한 한 축소시키는 극단적 생리 변화를 일으킨답니다. 그리고 목적지에 도착하면 원래 장기의 크기로 돌아간다고요. 정말 희한하지 않습니까? 또 미국 동부 델라웨어만에 가면 4억4000만년 된 살아있는 화석을 볼 수 있데요. 뭔가 하니 아메리카 투구게horseshoe crab란 놈인데요, 이놈은 4억4000만년 전 지구에 등장한 놈인데 아직도 살아서 5~6월이면 산란을 위해 수만 마리가 뭍으로 올라오는 장관을 연출한다는군요. 4억4000만년이면 어휴, 정말 어마어마한 세월 아닙니까. 그 세월을 살아온 생물종이 아직 있다는 거죠. 기가 막히는 것은 이놈들 암컷 한 마리가 알을 9만개 낳지만 그 중 하나만이 8~10년 생존해서 바다로 나갔다가 다시 이 해안을 찾는다는군요. 이런 것이 생명인데 이것을 인과적으로 해부해서 이 기전은 이렇고 저 기전은 저렇고 하는 것은 참 허망한 일이다 싶은 생각이 들어요. 물론 우리 하는 일이 이런 신비를 계속 발견하고 탐구하는 일이지만 너무 그 결과를 실용으로 옮기려고만 하면 그 본분을 벗어난 일이 되지 않을까 싶군요. 언젠가 김 박사님도 우리 연구원 자체 세미나를 할 때 과학은 발견 자체를 위한 것이지 실용을 염두에 두면 못쓴다고 그러신 적이 있잖아요? 그리고 실제 한 번 뇌파탐지기를 내놓으셨다가 고생한 적도 있으시고 말이죠."

그러면서 그는 빙긋 웃었다. 아니, 괘씸한 자식. 이거 나를 은근히 조롱하고 있구만. 내가 네놈만한 그런 상식이 없어 지금 여기 앉아 있는 줄 알아. 너도 잘난 척하지만 구린 구석이 있다는 것을 내가 다 알고 있다구. 일전에 행정지원실 이 실장과 한잔 할 때 그 사람이 그러더군. 김명규 팀장이 연구비를 남용하고 있다고 말이야. 필요 이상의 시약, 기자재를 들이고는 지불을 청구하고 때로는 가용家用으로 쓴 것이 분명해 보이는 영수증을 들이밀 때도 있다고. 이건 학자의 양식에 어긋나는 일인데 큰 액수도 아니어서 자신은 말도 못하고 지불하기는 하는데 참 난감하다고 나한테 하소연하더군. 어물전 망신시키는 꼴뚜기 노릇을 하면서 이건 뭐, 참. 나는 불쾌한 심사를 가눌 수 없었으나 짐짓 미소지었다. 그럼요, 우주의 크기에 비하면 우리 인간 존재야 모래알조차도 안 되는데 겸손해야죠. 다음에 재미있는 이야기 좀 더 나누죠. 핫핫. 이러고 그의 방을 나왔다.

7

박 부장에게 김명규와 만난 결과를 보고했더니 역시 그의 표정은 구겨졌다. 나라를 위하고 인류를 위한 일이 되는데 그런 시건방진 생각으로 중차대한 과학의 임무를 망각하는 김은 자기 마음 같으면 잘라버려야 할 인물이라 했다. 내 생각도 그에 다르지 않았다. 고개만 주억이는 나에게 그는 의미심장한 말을 던졌다.

"이봐, 김명규가 일단 단서라도 얻었다면 그 결과를 우리와 통하는 유전공학부 이 박사 같은 친구에게 넘기면 금방 다른 방도가 생길 걸. 그러나 그게 쉽지가 않은 것 아닌가. 할 수 없지 뭐. 안 되면 포기해야지.”

이러면서 예의 번득이는 눈빛으로 내 눈을 지그시 쏘아보았다. 그의 방을 나온 나는 결국 2단계 행동으로 들어가기로 결심하였다. 안 되면 포기하란 것은 이 일을 포기하란 말이 아니다. 평소 그의 어법과 표정으로 짐작건대 김명규에게서 연구의 단서를 빼내 오지 못하면 나의 미래를 포기하라는 것이다. 물론 그가 부원장으로 승진하는 것을 포기한다는 전제가 여기에 깔려 있음도 물론이다. 그렇게 되면 나의 승진도 물 건너 갈 수밖에 없겠지.

나는 다시 김명규와 우연히 부딪힐 기회를 노렸다. 그러다 어느 날 저녁 다시 구내식당에서 그와 조우하였다. 나는 반갑게 그와 인사를 나누고 같은 테이블에서 식사를 했다. 물론 김과 식당에서 마주친 적이 이미 몇 번 있었지만 심상히 넘기고는 했다. 너무 조바심치는 모습을 보여서는 안 되었다. 저녁 식사를 마치고 나는 김에게 그의 방에서 다시 차를 한잔 하자고 청했다. 이젠 지난 번 같은 화제가 아니라 세상 돌아가는 이야기나 하자는 핑계를 붙였다. 그는 흔쾌히 그러자고 하며 앞장섰다.

“오늘은 홍차를 한잔 할까요. 차이나 티라고 솔잎 향이 나는 홍차가 있어요.”

그가 차를 내오자 나는 이런저런 이야기를 꺼내 놓으며 틈을 노렸다.

“사실, 내가 박 부장님의 프로젝트도 이해가 되는 것은 나의 어린 시절 경험과 관련이 없지 않아요. 내가 중학교 다닐 무렵 소위 일진들에게 고초를 당했거든요. 그때 뿐 아니라 살면서 이런저런 인간형들을 접해 보니 심성이 애초부터 그른 사람들이 있어서 남을 괴롭히는 저런 악질들은 그저 약물이나 수술로 제거할 방법이 있으면 그런 방법으로 이 세상에서 격리해 버렸으면 좋겠다는 생각이 든 탓이었죠."

"하하, 그런 생각을 금할 수 없을 때가 많죠. 그러나 다른 사람들을 착취하고 등골을 빼먹다 보면 자신도 결국 그 사슬에 얽히고 만다던데 그런 인간성을 호모 서케르라 한다고 어떤 이가 언급한 것을 읽은 적이 있어요."

이건 또 무슨 이야기야. 이런 이야기를 하려고 온 것은 아닌데. 나는 손에 진땀이 배는 것을 느꼈다. 더 이상 시간을 지체해서는 안 되겠다.

"김 박사님, 저 쪽에 『사회생물학의 논리와 지향』이란 책은 최근에 나온 건가요. 상당히 두툼한 게 제목이 독특하네요. 좀 볼 수 있습니까?"

"아 그럼요. 재미있는 책이죠. 가져올게요."

그가 책이 꽂혀 있는 서가 쪽으로 발을 옮길 때 나는 손 안에 숨겨두고 있던 작은 튜브를 짜 그 안의 액체를 그의 찻잔에 재빨리 떨어뜨렸다. 0.5cm도 채 안 되는 작은 고무 튜브에 담긴 것은 내 연구실에서 가져온 것으로 사람들을 마취시킬 때 쓰는 페놀계 프로포폴이었다. 환각작용이 있어 한때 환각제 대용으로도 썼다는 그것인데 이제는 극히 소량으로도 사람이 의식치 못한 채로 잠들게 할 수 있을 뿐 아니라 깨어나도 잠시 졸고 일어난 것처럼 가뿐하게 느껴질 만큼 성능이 강화되었다. 김이 책을 빼느라 등을 보인 순간 그것을 짜 넣느라 피가 얼굴로 확 솟았으나 그가 돌아와 건네준 책을 받아들고 태연히 뒤적거렸다. 이제는 등마저 진땀이 돋는 것이 느껴지는 순간 김이 그의 잔을 들어 남은 차를 남김없이 들이켰다. 이제 됐다. 10분 정도만 더 지체하면 그는 곯아떨어질 것이다. 곯아떨어진 30여분 동안 그의 컴퓨터를 뒤져 Y15116번 유전체의 연구결과를 나의 USB에 옮기고 나가면 된다. 나중에, 이야기하던 중 갑자기 김 박사님이 피곤해 하시길래 나는 일어났다고 둘러대면 그만이다. 그런데 그가 가져온 책을 펼치고 거기서 뭔가 이야기를 만들 단서를 찾는 순간이었다. 응접탁자위에 올려놓은 그의 휴대폰 벨이 울리기 시작한 것이었다. 심상히 전화를 받던 그의 안색이 갑자기 확 변하였다. 아, 알았어요. 곧 갈게요. 그리고 그는 갑자기 지금 급한 일이 있어 나가야겠다며 양해를 구해왔다. 이건 또 무슨 일이람. 이러면 이거 계획이 완전히 틀어지는데. 야단났군. 그가 몹시 서두르는지라 쫓겨나듯이 그와 함께 방을 나왔다. 그리고 어어, 하는 순간 그는 복도를 냅다 달려 나의 시야에서 사라져 버렸다. 이거 어떡한다. 저러고 어디를 가는 거지. 얼마 못가서 쓰러질 텐데. 그렇다고 이실직고하고 잡을 수도 없고 아니 잡을 틈도 없이 너무 순식간에 어딘가로 달아나 버렸다. 큰일은 없어야 할 텐데. 에이 모르겠다. 괜찮겠지. 머리의 피가 어딘가로 다 빠져나가 버린 듯 눈앞이 핑 돌았다. 허청거리는 걸음으로 내 연구실이 있는 동으로 돌아오니 복도를 지나던 연구보조원 하나가 나를 보고 물었다. 아니 팀장님, 괜찮으세요? 안색이 너무 좋지 않으신데요. 아니 괜찮아 별일 없어. 나는 손사래를 치고 내 방으로 들어와 무너지듯 주저앉았다. 그리고 손톱을 씹으며 거의 밤을 새우다시피하다 집으로 돌아왔다.

8

다음 날 아침 나는 아침도 먹는 둥 마는 둥하고 연구원으로 나왔다. 김명규라는 이름을 먼저 발설치는 못하고 사람들의 눈치만 살피다 건물 옥상에 있는 휴게실로 올라갔다. 연구동 건물 옥상에는 연구원들이 올라 와 간단한 요기도 하고 음료수나 차를 마실 수 있는 정원이 있다. 매점에서 커피를 한 잔 받아 나는 우리 팀의 연구원 두 명이 있는 파라솔 밑에 앉았다.

"무슨 이야기들 하고 있는 거야. 표정들이 심각하네."

"아, 팀장님. 아직 이야기 못 들으셨어요? 어제 유전공학부 김명규 팀장이 심한 교통사고를 당하셨다는데요."

으음, 나는 속으로 신음을 삼킨다.

"아니 요즘 같은 세상에 무슨 교통사고야. 차가 알아서 목적지에다 데려다 주는데."

"어제 저녁에 갑자기 이제 갓 대여섯 달 된 김 팀장님 둘째 애기가 뭘 잘못 삼켰나 봐요. 집에서 급한 연락이 와서 급히 가노라고 직접 운전을 하신 모양인데 얼마나 급했는지 사고를 일으켰다는군요. 그 쪽 팀 연구원이 어제 밤늦게 병원을 다녀왔는데 생명에 지장은 없고 다행히 애기도 괜찮은데 김 팀장님은 몇 곳에 골절상과 타박상을 입었다구요. 의식은 있어서 하는 말이 자기도 모르는 사이에 사고가 났고 눈을 뜨니 병원이더래요. 거, 참, 별일이죠?"

커피잔을 쥔 손이 떨리는 것을 애써 누르며 나는 커피를 한 모금 들이켰다. 커피의 맛을 느낄 수 없었다. 박 부장에게 알릴까? 아니 그게 무슨 소용인가. 그가 약을 타라고 한 건 아니다. 연구 결과도 빼내지 못한 채로 난감한 사태가 되어 버렸다. 아마도 이해 못할 교통사고가 생겼으니 수사가 시작되겠지. 으흐음. 오열과 같은 신음이 빠져 나오려는 걸 애써 참고 나는 먼저 자리에서 일어서 연구실로 내려오는 엘리베이터 앞에 선다. 그러다 나는 발길을 돌려 계단으로 향한다. 엘리베이터를 탔을 때 그 하강 속도를 이기지 못할 것만 같다. 나동그라질 것 같은 몸을 지탱하느라 난간을 잡고 한걸음 한걸음을 조심해서 딛는다. 텅 빈 통로를 울리는 내 발걸음 소리에 흠칫흠칫 놀라며 조심스레 내딛는다. 어쨌든 박 부장에게 운은 떼 봐야겠다. 다른 방법이 없잖은가? 머리속은 오락가락하는 심사로 어지러운데 계단은 지하세계로 이어지는 어두운 통로처럼 끝이 없다. 아, 이 망할 계단은 언제 끝나지?

▸ 작품에 활용된 미래의 모습은 미치오 가쿠 저, 박병철 역, 『미래의 물리학』에 많은 도움을 받았고 차용된 의학 정보는 정재승, 김대식 등 뇌과학자들의 대중적 저서와 글에 많은 도움을 받았다. 물론 기초적 지식에 한한 것이고 그 이상은 허구이다.

광덕의 아내

광덕의 아내

1

구황철 씨는 가뭇없이 걷고 또 걷는다. 양쪽으로 절벽이 버티고
선 골짜구니 길은 앞을 가늠할 수 없이 캄캄하다. 그리고 춥다.
이 춥고 어두운 골짜구니를 걷는 사람은 구씨만이 아니다. 어두움
에 가려 얼굴도 잘 보이지 않는 사람들이 구씨의 앞뒤 혹은 옆으로
터덕터덕 긴 대열을 이루어 걷고 있다. 언제 끝날지 알 수 없는
길을 걷던 구씨의 발걸음이 그런데 어느 순간 앞으로 나가질 않는
다. 자꾸 걸음질을 해도 제자리이기만 한 그는 대열에서 점점 뒤로
처진다. 그렇게 밀려 처지다가 그가 선 곳은 갑자기 사방이 훤한
황토길이다. 황토길 가에는 웬 사단인지 사지가 잘려 엎어진 사람,
몸이 동강나서 피를 흘리는 사람, 머리가 깨진 사람 등이 널브러져

있고 돌쟁이쯤으로 돼 보이는 아기가 그들에게로 기어가고 있다. 구씨가 아기에게로 뛰어가려 하나 발걸음이 움직이질 않고 안 돼, 안 돼 소리를 지르려 하나 소리가 나오지 않는다. 하릴없이 악을 쓰던 그는 갑자기 주위가 부융해지며 여럿의 시선이 자기를 향하고 있음을 감지한다. 누구시더라. 이 말을 뱉으려 애쓸 즈음 누군가 먼저 말을 걸어온다. 영감, 이제 정신이 돌아오우? 얼굴에 수심이 가득한 반백 머리의 여자가 눈물 그렁한 눈으로 자기를 쳐다보고 있는 것이 눈에 들어온다. 어, 마누라 아니가. 이 할마이가 왜 울고 있나? 정신은 혼미하지만 그는 아내가 자신의 손을 꼭 잡고 있어 손 부위가 따뜻해 옴을 느낀다. 아내가 나의 손을 어루만지고 있구나. 그의 눈에 다른 얼굴들도 두 셋 눈에 들어온다. 걱정스런 얼굴도 있고 부아가 난 듯한 얼굴도 있다. 아들들과 며느리이다.

어인 일들이냐? 말을 뱉어보려 하나 입과 코에 무언가 걸려 있고 팔도 동여맨 듯 꼼짝할 수 없어 마음뿐이다. 아내가, 영감 왜 그런 짓을 했수? 하는 바람에 그는 정신을 수습해 본다. 아내의 얼굴 위로 한줄기 눈물이 타고 흐른다.

2

온몸을 무엇으로 얻어맞은 듯 몸이 무겁고 쑤시는 중에도 구씨가 주위를 가늠할 수 있게 된 것은 병원에 실려 온지 이틀이나 지난 뒤이다. 그가 의식을 회복하고 목숨에는 지장이 없다는 의사의 판단을 전해 듣자 아들 내외들은 돌아가고 아내인 오길분 여사만 그의 병상을 지키고 있다. 오 여사가 얼굴도 닦아주고 손발도 주물러주고 병상을 잠시도 떠나지 않고 있지만 그는 아내의 눈을 제대로 바라보지 못한다. 병실 천장 쪽으로 생기가 빠진 눈을 고정시킨 채 허공만 바라본다. 여섯 사람이 쓰는 병실이라 사람들이 드나드는 기척, 누군가 신음을 내뱉는 소리, TV의 소음 등으로 수선스럽지만 그는 그런 소리들에 무감하다. 멍하니 허공을 바라는 그의 머리속은 자책과 회한, 자괴감으로 가득할 뿐이다.

그가 몰래 사모아 두었던 수면제를 한꺼번에 털어 놓은 것은 그저께 밤이었다. 장남과 둘째가 아비가 보는 앞에서 다툼질을 하다 급기야 멱살잡이까지 하고 속을 뒤집어 놓고 간 끝이었다. 첫째 놈이 원흉이었다. 진득하니 붙어보는 일이 없고 이 가게를 하네 저 업종을 하네, 하는 일마다 털어 넣기만 해서 겨우 스무 몇 평짜리 낡은 연립주택에 사는 부모의 속을 끓여오던 인사였다. 그제 밤에도 마침 형제가 부모를 찾아온다고 왔다가 공교롭게 둘이 마주쳤지만 첫째 놈은 돈 말을 꺼내기 위해 찾아온 것이고, 둘째는 그냥 부모를 보러 들른 길이었다. 첫째의 입에서는 술 냄새가 났다. 자기도 맨 정신으로 생떼를 쓰기에는 무렴했을 터였다. 택배일을 하는 첫째는 나이 마흔 중반이 될 때까지 비디오 가게, 치킨집, 꼬치집, 택시운전 등 몇몇 업종을 차례로 말아먹었다. 사람을 상대로 돈을 벌어먹으려면 가게를 시작하기 전에 그 방면의 일손부터 재바르게 닦아놓고 목도 알아보고 일을 벌여야 하건만 이 인물은 뭣이 좀 된다더라 하는 말만 들으면 우선 덤벼들고 보는 식이니 성업을 하기는 애초에 그른 놈이었다. 될 성부른 나무는 싹부터 알아본다고 첫째는 학교 다닐 당시부터 애를 먹였다. 특히 놈이 다니던 고등학교는 지금은 없어졌지만 공업전문학교라는 이름을 가진 5년제 학교였는데 여기를 착실히 나왔으면 자격증이나 얻어서 밥벌이는 조련히 했으련마는 제 깐에 음악을 한답시고 기타를 들고 설쳐대다가 학교도 제대로 마치지 않은 채 밴든가 그룹인가를 결성해 나대기를 시작하더니 종내 들어선 길이 '딴따라'의 길이었다. 그 일로 밥을 먹으려면 엔간한 재능과 노력으로 될 일이 아닌 법이라 구씨가 그 일로는 밥 벌어먹지 못한다고 몽둥이를 들고 나서 막았지만 도대체 씨가 먹히지 않았다. 별쫑난 재능을 가지지 못한 기타리스트가 할 수 있는 일은 결국 밤무대나 따라다니는 일이었고 나이가 들면서 그 쪽에서도 밀리게 되자 손을 접고 나선 뒤의 일들이 다들 섣부르게 시작해 말아먹은 일들뿐이었다.

구씨가 아비의 탓이 없는 것도 아니다 싶게 켕기는 구석이 있는 것은 녀석이 한창 크던 시기에 자신이 직업군인이어서 이곳저곳을 옮겨 다니느라 저는 저 나름대로 어느 한군데 마음 붙이고 친구나 배움터를 가져보지 못한 탓인가 하는 자책이 없지 않은 때문이었다. 그러나 꼭 그렇다고 할 수만은 없는 것은 저보다 세 살 아래인 둘째는 그럭저럭 대학교를 마쳐서 어느 식품회사에 착실히 다니고 있는 까닭이었다. 이놈도 주식인가를 했다가는 제법 돈을 까먹기도 하곤 한 눈치였지만 어쨌든 부모에게 손을 벌리진 않았다. 그런데 첫째란 놈은 무슨 웬수인지 부사관으로 20년 남짓 군에서 때운 아비가 무슨 여윳돈이 있겠다고 걸핏하면 돈을 좀 달라, 어디서 얻어내라 하다가 그 날도 지금 있는 집을 은행에 잡혀서라도 얼마를 얻어 달라는 말을 내놓았다가 동생과 실랑이가 붙은 것이었다. 택배일도 이 나이에 남의 밑에서 도저히 못해먹겠으니 자기가 사무실을 얻어 직접 해야겠다고, 개업경비가 필요하다는 것이었다. 그나마 지금 이 집마저 잘못해 거덜나면 늙은 부모가 길거리로 나앉으라는 말이냐고 동생이 퉁을 놓자 니놈이 날 언제 도와 준 적이 있냐, 너는 언제 부모를 살갑게 모신 적이 있냐로 윽박지르니 둘째 놈도 얼굴을 붉히고 댓거리를 하다 결국 부모 앞에서 두 녀석이 멱살을 쥐고 잡채는 몰풍경을 연출했던 것이다.

놈들이 서로 의가 좋지 않아 얼굴을 붉히고 으르딱딱대는 꼴을 본 것이 한 두 번이 아닌 구씨인지라 그날 약을 털어 넣은 것이 꼭 이 일 때문만은 아니었다. 그의 나이 일흔 셋, 누가 보아도 노인이다 싶게 그는 몸이 표 나게 쪼그라들고 다리는 힘이 빠져 제 몸을 마음대로 가눌 수 없는 형편이었다. 고혈압, 소화불량, 신경통, 온갖 병증이 몸에 붙었는데 제일 문제인 것은 당뇨였다. 조금만 신경을 놓으면 혈당이 올라가 온몸이 후들후들 힘이 빠지는 이 병은 오십 대 후반에 찾아와 지금에 와서는 급기야 그의 발이 괴사하는 증세를 보이는 데까지 이르러 있었다. 증세가 이 지경까지 온 데에는 여러 병증을 가진 데도 불구하고 술을 끊지 못하고 섭생을 제대로 해오지 않은 그의 탓이 컸다. 당뇨가 생긴 이후로도 그는 손에서 술잔을 놓지 못했다. 군에서 제대한 이후로 마치 하루의 일용할 양식인 듯 장복해 온 술을 일시에 끊지 못했던 것이다. 자식들을 다 여의었으니 언제든 세상을 떠도 이제 책임은 다했다는 생각도 작용하였다. 무엇보다 사는 일이 귀치 않았다. 술만이 그가 얻을 수 있는 망각의 순간을 잠시 제공해 주었다. 그런 판이니 일흔 셋이나 산 것은 길게 산 것이었고 아내에게 궂은 치다꺼리를 맡기지 않아야겠다고 생각하고 수면제를 사 모으던 차에 첫째 놈의 행패가 기름을 끼얹은 꼴이 되었던 것이다. 아들들이 돌아간 후 소주를 한 병 반나마 마시고 부엌에 딸린 작은 방에 드러누워 약을 삼켰다. 무언가 이상한 기척을 눈치 챈 아내가 밤중에 방문을 열어 보지 않았으면 그는 어두운 골짝길을 계속 걸어 불귀의 객이 되었을 것이다. 구급차에 실려와 급하게 위세척을 한 탓에 그는 뜻을 이루지 못했다. 왜 살려 냈노, 그냥 죽도록 놔두지. 멍한 정신 가운데 그의 머리속엔 이 말만이 맴돌았다.

3

무거운 몸과 마음의 무게에 눌려 까무룩 잠이 들었던가 보다. 눈을 뜨니 아내의 젊었을 적 얼굴과 흡사한 웬 젊은 여인네가 자신을 지켜보고 있다. 응? 할마이가 갑자기 젊어졌나? 한 것도 잠시,

딸 영미인 것을 알아보았다. 어찌 저리도 엄마를 닮았는지. 둥그스름한 얼굴에 어글한 눈매, 숱이 많지도 적지도 않은 팔자 눈썹에 얌전하게 다문 입 등이 어디 한 곳 날카로운 구석이 없고 선하게만 생겼다. 아버지, 왜 그러셨어요. 가만 계셔도 이제 자연스레 가실 것인데…. 눈에 눈물이 그렁해서 아버지를 나무라는 딸의 말에 구씨는 대꾸할 말이 없다. 자신의 눈에도 뭔가 뜨거운 것이 차오르는 것을 느끼며 자기 손을 잡은 딸의 손을 조금 힘주어 잡을 뿐이다.

자식 셋 중 막내로 딸을 얻었으니 아들들과는 다른 기쁨을 주던 아이였다. 엄마를 닮아 복성스럽게 생긴 데다 성격조차도 지 에미를 닮아 무던하기 짝이 없던 아이였다. 전문학교나마 마쳤으니 좋은 남편 만나 그렁저렁 잘 살아갈 줄만 알았던 자식이었다. 그러나 팔자에 무슨 살이 들었던지 제약회사의 영업직으로 일하던 남편이 교통사고로 죽은 것이 이삼 년 전이다. 지방 출장을 갔다 돌아오는 새벽녘에 음주운전을 한 승용차와 정면으로 충돌한 것이다. 남편을 잃은 딸의 심정이야 더 말할 나위도 없는 것이지만 아이가 둘이나 딸린 딸의 앞날을 생각하매 구씨와 오길분 여사는 몇 날 동안 침식을 이을 수 없었다. 실성 지경에 이르러 기진해 누웠던 딸이 자식들을 위해 이러고 있을 수는 없다며 입술을 깨물고 일어났을 때 그래 살아야지, 살아야 한다, 고 마음속의 응원을 보냈던 그였다. 그러나 나이가 이제 겨우 마흔 밖에 안 된 것이 남은 세월들을 어떻게 살아낼 지를 생각하면 한숨이 절로 나오는 딸이었다. 남편이 살아 있을 때는 얼굴도 뿌여니 곱던 것이 이제 얼굴에 기미가 덮여 예전의 곱던 얼굴이 아니다. 배상금과 보험금만으로는 못 산다고 작은 분식집을 하고 있는데 중학교와 초등학교 다니는 남매들 키우기까지를 해야 하니 저 혼자 얼마나 힘들 것인가. 지 에미와는 있는 말 없는 말을 다 주고받는 혈맹쯤 되어서 온갖 한탄도 잘 털어놓는 모양이지만 애비에게는 늘 덤덤하니 그저 아내를 통해 지 어려움이 그만한가 할 따름이다.

그런 딸이 제 앞날만 해도 구만리 장정인데 애비 때문에 또 한 번 마음을 다치게 하였으니 구씨는 마음이 쓰리다. 아마도 자기가 죽고 나면 아내에게 제일 의지가지가 될 것은 이 딸이요 딸에게는 지 에미가 또한 그럴 것이다. 꼼짝 못하고 누운 애비에게 딸은 물을 떠 넣어 준다, 마실 것을 권한다 하다가 저녁 무렵이 되자 아이들 밥을 챙겨줘야 한다며 돌아갔다.

4

병원에 들어온 지 사흘째가 되자 구씨의 코에도 병원 특유의 소독약 냄새, 사람들의 체취 등이 뒤섞여 풍겨오기 시작하고 드나드는 사람들의 동정도 눈에 들어온다. 위세척을 해 낸 만큼 당분간 음식을 조심하고 주는 약을 챙겨먹으면 회복할 것이니 내일쯤은 퇴원해도 되리라고 의사가 아침 회진 시에 전하는 말을 구씨도 들었다. 단지 여러 가지로 노쇠한 증상이 많은데 그에 따른 처방은 따로 받아야 할 것이란 다짐도 잊지 않았다. 그러나 다른 치료란 언감생심 받아볼 염도 낼 수 없는 사정이요 받을 필요도 없는 형편이었다. 이번 소동의 후유증이 회복된다 해도 구씨는 자기의 여명이 이제 얼마 되지 않을 것이란 사실을 잘 알았다. 그렇지 않아도 당뇨로 몸이 쇠잔해 진 상태인데 수면제를 먹고 명을 끊으려 시도했으니 그 타격이 컸을 것임은 자명한 일이었다.

구씨의 병상은 창가 자리인데 그 안쪽 옆자리에는 또 다른 노인이 누워 있다. 이 사람은 머리에 무슨 수술을 했는지 머리를 붕대로 칭칭 동여맨 채 수발하는 사람들이 물도 떠먹여 주고 밥도 떠먹인다. 역시 자식들로 보이는 사람들이 번갈아가며 와서 수발을 하는데, 속들은 어떤지 모르나 보기에는 정성으로 아비를 구완한다. 가족이란 것을 으뜸가는 삶의 가치로 아는 한국사회이지만 실상 그 속을 열고 보면 가족도 원수만한 증오로 묶여있는 관계도 드물지 않다. 구씨의 경우 큰아들이 그런 축이다. 하는 일마다 번번이 말아먹고는 부모에게 손을 벌리는 것이 마치 부모를 골탕 먹이려 작심하고 하는 짓 같다. 아무렴 제 못나서 그런 것이지 그럴 리야 있겠나마는 제대로 가족도 건사하지 못하는 터수에 마누라를 치고 박지르기를 예사로 해 마침내 이혼까지 하고 짝 없는 외기러기 꼴을 하고 있는 모양을 보면 저 인간은 누구에게서 빠져 나왔는가 싶을 때가 한 두 번이 아니었다. 큰아들을 생각하면 몸이 다시 어두운 골짜기로 빠져드는 느낌이지만 옆자리의 노인을 보면 그래도 위급할 때는 가족이 제일이구나 싶은 생각을 하지 않을 수 없다.

자신도 마찬가지다. 아내와 둘째 아들 내외, 딸이 번갈아가며 자신을 돌보는 것을 보면 미안하기도 하고 부끄럽기도 하다.

실상 구씨 자신도 가족을 건사하는 것을 제 일의 의무이자 책임으로 알고 젊은 시절을 보내었다. 지금은 저리도 애를 먹이는 큰 놈이지만 그 놈을 처음 봤을 때 그 놀랍고 신기함이란…. 지금은 다 어엿한 병원에서 안전하게 아이를 출산하지만 1960년대 중반에는 대개 산파의 손을 빌어 자신이 사는 방에서 아이를 받는 것이 일반이었다. 부대에 출근했다 돌아오니 비릿한 냄새와 익숙한 이불 내음이 뒤섞인 가운데 얼굴이 발간 놈이 눈을 꼭 감은 채 지에미의 품에 안겨 누워 있는 모습은 지금도 구씨의 뇌리를 떠나지 않는 장면이다. 그 때 아내는 고된 출산을 남편이 없는 가운데 끝내고도 얼마나 환한 얼굴이었던가. 생각하면 자신에게도 그처럼 환하던 순간이 때로 있었다. 그러나 삶은 거칠고 험한 자갈밭을 맨발로 걷는 것처럼 그에겐 곤고한 순간으로 더 많이 기억된다.

5

오길분 여사가 이제는 미음을 좀 먹어도 된다며 점심에는 죽을 떠먹여준다. 죽자고 했던 놈이 다시 먹을 것을 받아들이기가 민망했지만 우선 속이 쓰려 그 죽을 넘기지 않을 수 없었다. 이럴 때는 자기가 동물과 다른 것은 무엇인가 하는 생각을 금할 수 없다. 아니

이 생각은 구황철 씨가 종종 해 온 생각이다. 고프면 먹고 잠이 오면 자고 욕정이 치밀면 교접하고, 거의 본능에 몸을 맡긴 채 생존을 위해 몸부림쳐 온 것이 자신의 삶인 양하다. 오히려 자신의 삶을 스스로 마감하고자 약을 먹은 것이 그가 살아온 것 중에 가장 인간적인 행위가 아니었나 생각한다. 자신의 이성과 사고에 따른 결단을 충동적이었으나마 온갖 두려움과 주저를 물리치고 가장 강력한 의지로 행한 것이었으니까.

아내가 그릇을 내놓으러 잠시 자리를 뜨자 그는 창밖으로 시선을 던진다. 산을 등지고 자리를 잡은 종합병원의 산 쪽 방향이라 푸른 산과 하늘이 창을 가득 채우고 있다. 여름의 짙은 녹음과 파란 하늘이 잘 어우러진 풍경이지만 그에게는 무심하게만 느껴질 뿐이다. 내가 죽고 한 줌의 재로 어디엔가 뿌려진다 해도 저 하늘과 산은 저러하겠지. 대체 나는 누구의 무슨 의지로 나서 또 스러지는지? 언젠가 그는 우리 은하계엔 수천억의 별이 있고 이런 은하계가 또 수천억이 존재한다는 신문기사를 보고 도대체 이해할 수 없는 이 우주와 세계에 잠시 정신이 멍했던 적이 있었다. 그는 우주의 모습과 수수께끼를 담은 TV 다큐 프로를 우연히 본 적도 있었다. 해설은 잘 알아들을 수 없었지만 지구에서 수십 수백 광년 거리에 있다는 성단星團이 펼쳐놓은 화려하고 기이한 화면은 일부러 누군가 조작하여 만든 그림이 아닐까 싶게 신비하고 아름다웠다. 그 아름다움에 대한 경탄과 함께 그가 금할 수 없는 것은 그처럼 측량 불가한 무한정의 우주에서 도대체 미물에 불과한 나라는 생명체는 왜 태어나서 시난고난한 삶을 살다 가야 하는지, 나와 같은 생명체가 사는 별이 또 어디엔가 있어 그러한 생명들을 주재하는 조물주가 있다면 왜 저마다 누리는 복록도 이리 고르지 못한지, 도대체 나를 왜 이 세상에 보냈나, 나는 이 우주에서 무슨 의미를 가진 존재인가 등의 덧없는 탄식이었다. 창밖의 저 푸른 녹음 또한 그러하다. 무슨 연유로 저처럼 푸르렀다가 노랗고 붉은 온갖 조화의 가을산을 연출하고는 마치 늙은 노인의 짧게 깎은 머리 같은 잿빛의 겨울산으로 화했다가 또 다시 연두 빛 신록으로 치장하는지. 우리의 삶처럼 쉼 없이 이어지고 변화하는 자연들을 바라보면서 그는 신통하면서도 덧없다는 마음을 금치 못하였다.

6

　지금까지 살아온 길을 돌아볼 적마다 그는 조상의 가호가 알지 못하게 미쳤거나 아니면 자신의 명줄이 참으로 질겼거나 둘 중의 하나였으리라 생각하곤 한다. 자칫 걸인이나 부랑배가 되어 떠돌다 마감했을지도 모를 삶을 용케도 면하고 한 가족을 이루어 그럭저럭한 삶을 이루어 온 과정을 생각하면 기적 같기도 하다는 생각조차 드는 파란의 역정이었다.

　그는 6.25 당시 월남한 피난민이었다. 그것도 혈혈단신 남쪽으로 넘어온 피난민이었다. 애초부터 홀몸이었던 것은 아니었다. 아버지가 그의 손을 이끌어 허위허위 고향을 떠났다. 황해도 사리원에서 양조장을 경영해 오던 아버지가 반동 소자본가로 낙인찍혀 1.4 후퇴 당시 월남 행렬에 섞이지 않을 수 없게 된 것이다. 어머니와 구씨의 손위 손아래 누이들은 따라 나서지 못했다. 노환이 심해 몸을 운신치 못하는 할머니가 있었기 때문이다. 곧 돌아오겠다는 다짐을 어머니와 아내에게 남기고 그의 아버지는 떨어지지 않는 발길을 남으로 향했다. 아버지와 구씨에 이르기까지 이대독자로 이어지는 탓에 집안의 대는 이어야 한다는 암묵적 동의는 그들의 남행을 부득이하게 재촉하였다.

열 세 살짜리 더딘 아이 걸음 탓에 이틀인가를 걸어 서울도 거의 다 와가는 지점 어디쯤이었다고 구씨는 기억한다. 주위는 휑하니 펼쳐진 빈 논밭뿐이고 자갈이 뒤섞인 마른 황토길을 피난민들이 띄엄띄엄 열을 이루어 걷고 있을 때였다. 쌕쌔기다 하는 사람들의 외침과 함께 사람들이 허겁지겁 논두렁에 몸을 던졌다. 고막을 뚫고 지축을 흔드는 듯한 굉음이 엉덩이를 쳐든 채 땅에 머리를 박은 그의 위를 훑고 지나갔다. 퍼퍼퍽 절구공이로 땅을 후려치는 소리가 연이어 들린 후 사람들이 일어나서 뛰는 기척에 그도 고개를 들고 아버지를 찾았다. 순간 그의 눈에 들어온 건 허리가 반나마 잘린 채 푸들대고 있는 아버지의 처참한 육신이었다. 그는 엉거주춤 엎드려 아비에게로 기어가려 했으나 몸이 말을 듣지 않았다. 짐승 같은 신음에 이어 비명을 질렀다. 그 때 그의 목덜미를 확 낚아채는 손이 있었다. 그 손에 끌리어 저항이고 뭣이고를 할 염도 내지 못한 채 그는 다시 남으로 내려가는 대열에 섞였다. 공포와 불안에 질린 그를 낚아챈 손의 주인공은 서울에 들어설 때까지 어린 구씨에게 먹을 것을 나누어 주었다. 그러나 서울에 들어선 이후 그는 어느새 그의 가족만을 데리고 구씨를 떠나 버렸다. 그는 하늘을 가릴 곳도, 따뜻한 물 한 모금 건네 줄 사람도 없는 서울 한 복판에 홀로 버려졌다. 아직도 전쟁이 끝나지 않은 1951년 매운 겨울의 한가운데였다.

이때부터 약 일주일간을 그는 잊지 못한다. 하루쯤을 그는 어느 빈 집의 부엌에서 손가락 마디조차를 움직일 수 없는 공포에 사로잡혀 꼼짝없이 오그려 앉아 버티었다. 그러나 하루쯤이 지나 주린 배가 그를 일어서게 만들었다. 길바닥에 버려진 비루먹은 개처럼 그는 생존을 위해 발이 닿는 대로 헤매다가 결코 해 본적 없고 꿈꾸어 본 적도 없는 비럭질을 하지 않을 수 없었다. 그래도 어린 것이 아무 대문이나 열고 들어서면 식은 밥이나마 적선해 주는 곳이 적지 않아 굶어죽는 일은 면할 수 있었다. 알지 못할 운명에 메어 꽂히다시피 한 밑바닥에서의 허덕임이 오래 가지 않은 것은 그의 명민함이랄까, 본능이 시킨 자기보호벽 때문이라 할 만한 것이 작용한 탓이었다. 그는 아비가 자신을 데리고 내려오면서 서울의 네 고모집으로 우선 가볼 것이라고 한 말을 잊지 않았다. 아버지에게는 손위 누이가 딱 한 명 있었는데 그 누이가 시집가 서울에 살고 있던 것이었다. 고모집의 주소 같은 것도 없었는데 천행이었던 것은 네 고모부가 서울의 무슨무슨 중학교의 선생님이라는 말을 그가 잊지 않았던 일이었다. 그는 며칠 사이에 상거지 꼴이 되어 사람들에게 물어물어 그 중학교를 찾아갔고 고모부를 만나 마침내 고모와 상봉했던 것이다. 젊어 시집간 후 몇 번 친정에 갔을 때 안아주곤 하던 조카가 거지꼴이 되어 나타난 사연을 듣고 고모는 대성통곡을 했다. 시간이 지나 정신을 수습한 고모는 친정의 종손을 거두어야 할 것은 자기밖에 없는 사정을 파악하고 어린 구씨를 거두어 주었다.

거지대장에게 걸려 넝마나 줍고 다닐 뻔 했던 그는 이렇게 핏줄의 연을 잡아 중학교에도 진학할 수 있게 되었다. 그러나 고모 네에 얹혀 그가 팔자 좋게 계속 학업에만 전념할 수는 없었다. 그 집에도 아이가 넷이나 있는 데다 늙은 어머니까지 있어 몇 푼 안 되는 교사 월급으로 늘 허덕지덕 하는 판이라 그가 천연스레 부모에게 양육 받는 집 자식처럼 학교에 다니기에는 어린 나이에도 눈치가 보였다. 그런 판이라 공부가 제대로 될 리도 없었고 성적도 신통치 않았다. 중학교를 겨우 마친 후 인쇄소에 취직해 3년 쯤 잡일을 하다 군대에 지원했다. 육군 사병으로 2, 3년 근무한 그는 장기복무가 가능한 하사관으로 갈아탔다. 눈치 보일 수밖에 없는 고모네 울타리를 벗어나 자기 힘으로 자기 입을 해결할 방도를 일찌감치 잘 갈망해 낸 셈이었다. 1980년대 초반 상사로 제대할 때까지 20여 년을 그는 군문에서 보내었다.

지나놓고 보면 그나마 운 좋게 불행의 구렁텅이를 벗어난 것 같지만 구씨로서는 아버지의 손에 이끌려 고향을 떠난 이후 순간 순간이 백척간두에서 생명줄을 놓치지 않기 위한 끈질긴 몸부림으로 이어졌다는 느낌을 금치 못하였다. 고모 네에 얹혀 살 때부터 그랬다. 혈육인 고모이지만 빠듯한 교사월급으로 예닐곱의 입을 해결하는 형편인 그 집에서 고종 형제들과 같이 놀기만 하거나 책을 잡고 있기에는 눈치가 보였다. 마당을 쓸고 연탄을 나르고 손아래 동생들을 씻기고 자기 깜냥으로 그 집의 일손을 덜 수 있는 일이라면 마다하지 않았다. 그런 중에도 어린 그는 아무도 해결해 주지 못하는 공포에 홀로 부대끼었다. 밤에 불을 끄고 잠자리에 들면 옆에 사촌들이 누워있어도 그는 어두움 속에서 붉은 피가 엉긴 황토와 그 위에 조각난 사지들이 나뒹구는 참상이 떠올라 몸을 옹송거리고 쉽게 잠들지 못했다. 겨우 잠들어도 그 장면은 꿈으로 화하여 재연되었고 웬 아이가 그 지옥 속에 울고 있곤 하였다. 식은땀을 흘리며 꿈에서 깨어나도 그 무섭고 두려운 장면을 하소연할 데도 없었고 오로지 혼자서 어린 영혼을 고문하는 그 꿈을 삭이고 물리쳐야만 했다.

군에 들어가서도 그러하였다. 고아인 처지나 다름없는 신세이지만 얼굴이 해사하고 몸이 재바르지 못한 그는 무작스런 상급자들에게 종종 시달렸다. 양말을 빨아 와라, 무얼 좀 챙겨라 하는 일은 그나마 나았고 밤이면 옆에 들어붙어 몸을 더듬으려 드는 자의 추태는 참으로 참지 못할 고통이었다. 자리를 걷고 벌떡 일어서면 히히히 웃고 더 지분거리지는 않아 그나마 다행이었지만 고참병인 그 상급자가 제대할 때까지 그는 괴롭고 불안한 시간을 보내었다. 하사관으로 지원하여 하사 계급장을 붙이고 나니 그런 일은 없었 지만 이번에는 고참 병장이 그를 길들이려 들어 애를 먹었다. 보급 부대에서 행정을 보고 있던 구씨에게 그 병장은 바로 아래 계급이 었다. 애송이 하사쯤은 내 알 바 아니라는 놈의 어깃장이 마침내 어느 날 구씨의 억눌린 뇌관을 건드려 목숨을 걸다시피 둘이 엉기 게 되었다.

놈은 구씨가 작성한 보고서를 어디다 숨겨놓아 끌탕하게 하는가 하면 자기 아래의 병사들을 겁박하여 구씨의 지시가 먹혀들지 않 도록 훼방 놓기도 하였다. 그 날은 구씨가 점심을 먹고 식판을 들고 식당을 빠져나오는 길인데 놈이 실수인지 고의인지 구씨와 부딪혀 남은 국물이 구씨의 바지에 엎질러지고 말았다. 그냥 지날 수 있었 지만 원망스레 쳐다보는 구씨를 두고 놈이 어, 삼팔 따라지 짜식이 지가 잘못해 놓고 누구를 쩨리냐 하는 말이 도화선이 되고 말았다. 이 새끼가, 니가 그렇게 나를 잡아먹고 싶으면 지금 당장 보급대 창고 뒤로 나와. 계급장 떼고 한 판 붙어. 그가 낮게 으르렁대자, 아쭈 이 자식이 그래 조오치, 로 놈이 받고 나왔다. 둘은 처음 부닥 친 걸 목격한 병사들 몇이 지켜보는 가운데 보급대 창고 뒤의 으슥 한 곳에서 엉겨 붙었다. 몇 합의 주먹질과 발길질이 오간 결과 주먹이라고는 써 본 적이 없던 구씨가 결국 밑에 깔려 놈의 주먹을 받아내는 꼴이 되었다. 여기서 당하면 끝이라는 절망감이 밑바닥에 깔려 허우적대던 구씨의 의식을 사납게 몰아 붙였다. 손에 걸리는 대로 잡은 짱돌로 놈의 뒤통수를 찍으면서 전세는 역전되었다. 나동그라진 놈을 구씨는 죽을 힘을 다 해 주먹으로 가격하고 발로 질렀다. 어느 새 그는 놈의 위에 타고 앉아 놈의 목을 조르고 있었는데 구씨의 눈에 번들거리는 붉은 살기를 본 병사들이 떼놓아 그 판은 겨우 마무리되었다. 아무리 고참 병장이고 신참 하사이지만 그래도 엄연히 계급장이 다른데 더 이상 주눅 들어서는 안 된다는 위기감이 결기를 자극한 탓도 있었겠지만 그의 깊은 곳에 숨어 있던 삶에 대한 공포의 발버둥질이 폭력적인 몸부림으로 드러난 것이 아닌가 하고 그는 후일 회상하였다. 어쨌든 그의 속에 숨어있던 폭력성의 노출 이후 그 고참 병장 놈도 더는 지분거리지 않았고 그의 동료들도 그를 새롭게 인식하여 그의 군 생활은 차츰 안정을 찾았다.

그렇다 하여 그가 마냥 평화롭고 무사한 군 생활을 할 수 있었던 것은 아니다. 중사가 되어서 결혼하여 가정을 가진 이후에도 그는 상관인 상사에게 몽둥이세례를 당했고, 장교에게는 뺨을 얻어맞았다. 하사관이나 장교를 가리지 않고 군의 보급품이 국가의 재산이고 국민의 세금에 의한 것이라는 인식 없이 밖으로 빼가지고 나가 가용에 보태 쓰는 것을 당연시하던 1960년대였다. 기강을 빳빳이 잡고 질서를 다잡으려면 폭력은 필수불가결이라는 일제식 군대의 관습이 아무런 자의식 없이 행해지던 시대였으니 구씨가 경험한 폭력은 하소연할 데도 없는 시절이었던 것이다.

8

구씨에게도 누구에게나 한 때 있을 법한 황금시절이 없었던 것은 아니다. 그의 황금시절은 지금의 아내인 오길분 여사를 만나 신혼에 이르던 그 시절이다. 하사관으로 복무한지 5, 6년이 되자 그도 중견 부사관급인 중사가 되어 있었다. 그 때 그는 경기도의 O시에 있는 어느 부대에서 근무를 하던 참이었다. 보급물자를 다루는 부대여서 시가지 중심부에서 머지않은 곳에 자리 잡고 있었는데 그는 부대 근처에 방을 얻어 출퇴근을 하는 처지였다. 그 때 그가 밥을 대어먹던 식당에서 그는 오길분 여사를 만났다. 오 여사는 그 집 주인아주머니의 딸이었다. 전근을 간 지 얼마 되지 않아 매식을 정한 식당이었는데 오 여사는 어머니를 도와 주방과 홀의 일을 고루 돕고 있었다. 테이블에 밥을 나르다 보면 구 중사에게도 자연히 밥상을 가져다주는 일이 많았다. 짝을 찾는 시기에 이르는 남녀가 눈길이 마주칠 때는 어느 한 쪽의 눈길에 의해서 그리되지 않고 피차에 서로의 눈길을 자석처럼 끌어당기는 법이다. 구 중사와 오길분 여사가 처음 마주칠 때도 그랬다. 구 중사가 주문을 받으러 온 오 여사와 처음 마주칠 때 구 중사는 왠지 심상치 않은 오 여사의 인상에 가슴이 아연 설레었다. 눈에 확 띄는 고운 얼굴은 아니었지만 둥그스름하고 보얀 얼굴, 통통한 손은 그의 마음을 붙드는 구석이 있었다. 맏며느리 같은 상이라 말하는 그런 얼굴이요 몸집이었다. 이성을 구하는 남녀는 자신의 얼굴이 변형된 그런 얼굴을 구한다는 실험결과도 있지만 구씨는 오 여사에게서 어릴 적 일찍이 그 품을 떠나지 않을 수 없었던 자신의 어머니를 떠올렸다. 스물을 막 넘긴 젊은 처녀인 오 여사도 그의 눈길을 받고는 황급히 얼굴을 돌렸지만 밥을 떠넣는 구 중사를 홀깃 훔쳐보다 그와 눈길이 마주치는 것은 어쩔 수 없었다. 한 달이 채 지나지 않아 여전히 수줍음을 떨치지 못하는 오 여사에게 구 중사가 먼저 쪽지로 데이트 신청을 넣었고 어느 주말 그 도시의 다방에서 약 한 시간여를 초조하게 기다리던 끝에 오 여사가 나타났을 때의 순간을 그는 평생 잊지 못한다. 식당에서의 차림과는 다르게 검은색 플레어스커트에 미색 블라우스를 받쳐 입고 나타난 오 여사는 마치 여대생 같았는데 구 중사의 눈에는 활짝 핀 달맞이꽃마냥만 하여서 다방이 오 여사로 하여 일시에 환해지던 느낌이었다. 커피를 마시고 나와 두 사람은 구씨가 쪽지에 제안한 대로 〈오발탄〉이란 영화를 보러 갔다. 최무룡과 김진규가 주연한 비극적인 결말의 영화였지만 두 젊은 남녀에겐 어두운 결말조차도 한껏 낭만적인 감정으로 전이되어 그들을 슬프게 만들진 못하였다. 아니 두 사람은 옆에 앉은 서로의 체온에만 신경이 쓰였을 뿐 영화는 제대로 눈에 들어오지도 않았다.

그렇게 몇 차례의 데이트를 갖게 되자 오 여사의 어머니인 정례 씨가 그들의 연정을 모를 수 없었다. 넓지도 않은 식당에서 그들의 수작이 눈에 들어오지 않을 리도 없거니와 구 중사의 동료들이 정례 씨와 오 여사를 놀리곤 한 까닭이다. 아이구 아주머니, 사위 들어오네. 후딱 밥상 차려다 주쇼. 아따, 거 낭군님이라고 계란부침도 얹어주면서 우리는 반찬 꼴이 이게 뭐다냐. 아, 식당을 옮기든지 해야지 이거 서러워 살겠나. 시끌벅적하게 농지거리를 던져대는 구 중사의 동료들 덕에 성격이 걸실한 정례 씨도 구 중사가 오면 아이구 우리 사위 왔구만 하며 대놓고 반기는 형편이 되었다. 얼굴이 남다르게 해사한 면이 있는 구씨인데다 원래 정례 씨도 이북 출신으로 피난길에 남편을 잃고 이곳 O시에 자리를 잡아 삼남매를 어기차게 길러오던 터인 만큼 정례 씨에게 구 중사는 유난히 마음이 쓰이던 차였다. 구 중사가 붙임성이 있는데다 장녀인 자기 딸과 연을 맺으면 든든한 맏아들을 하나 얻는 격이라 딱 어울린다 싶은 마음이었다. 구 중사 또한 후견인 격의 고모가 있지만 장성한 뒤로는 그 혼자 떠돌던 셈이라 자기를 챙겨주는 정례 씨의 후의가 더없이 살가웠고 그만큼 오 여사와 구씨의 사랑은 막힘없이 진행되었다. 만난 지 대여섯 달이나 되었을 때쯤 그들은 식을 올리고 작은 방을 얻어 신접살림을 차렸다. 구씨의 나이가 스물 여섯, 오 여사의 나이가 스물 둘 이었으니 여유 있는 집안의 자제들이라면 아직도 학업에 매달릴 시기였지만 열대여섯 살부터 식당일을 도와온 딸을 놓아주려는 어머니의 마음과 하루 빨리 마음 붙일 짝을 옆에 매어 두고 싶은 구 중사에겐 이르달 것도 없는 결혼이었다.

단칸의 신혼살림이지만 그때가 구씨로서는 가장 풍족하고 여유 있었던 시절로 기억된다. 어렸을 적 어머니가 지어주던 밥을 먹어 본 이후로 자기만을 위해 따뜻한 밥을 지어주는 아내가 있었고 부대에서 퇴근하면 자기를 기다리는 사람이 있었기 때문이다. 특히 이 시절에 남는 기억은 아내가 부엌일을 하든지 마루를 훔칠 때든지 그녀가 콧노래를 흥얼거리던 모습이다. 잘하는 노래 솜씨는 아니었지만 그녀는 무엇이 즐거운지 늘 일을 하며 콧노래를 불렀다. 노래를 부르는 그녀의 얼굴 또한 웃음이 어려 있어 구씨는 아내가 힘든 얼굴을 감추려 일부러 저러는가 했는데 살아 보니 그것은 그녀의 천성이었다. 그녀의 미소 띤 얼굴의 가치를 헤아려 볼 새도 없이 아이들이 계속 나고 그 아이들을 먹이고 가르치고 하는 일들에 치이면서 오롯하던 시절은 어느새 지나가고 말았다. 아이들을 가르치고 자기들이 입고 먹고 하는 일들로 부산나게 돌아치다 보면 세월은 또 저만큼 물러서 있곤 하였다.

9

구씨는 살아오면서 아버지가 그때 피난길에 오르지 않았더라면 자신의 삶이 어떻게 달라졌을까를 곱씹어 본 적이 더러 있었다. 아버지는 사리원에서 양조장을 하고 있다가 해방 이후 김일성이 권력을 잡으면서 반동자본가로 지목되면서 그것을 나라에 뺏기게 되었다. 그는 당에서 배치하는 대로 생판 일 해 본 적이 없는 방직 공장으로 나가야 했다. 그래도 묵묵히 일할 수밖에 없었던 그는 국군이 북진해 밀고 올라오자 태극기를 들고 그들을 눈물로 맞았다. 국군 치하에서 그들을 위해 잔일들을 돕던 아버지는 중공군의 참전으로 전세가 뒤바뀌자 얼굴이 노랗게 변하였다. 국군을 위해 부역한 셈이니 원수의 공산당 놈들이 필시 그를 가만히 놓아둘 리 없었던 것이다. 노모와 아내, 아이들을 둔 채 피눈물을 삼키며 남으로 발길을 떼놓아야 했던 연유였다. 그러나 그렇다 해도 그가 국군을 도우며 남을 해코지한 것도 아닌 만큼 공산당 치하에서 약간의 패악만 감수했더라면 가족이 풍비박산나는 일 없이 함께 살 수는 있지 않았을까, 생각하면 가슴이 에이는 구씨였다. 아니, 왜 나는 당초에 길을 거슬러 어머니가 있는 고향으로 돌아가지 못했을까. 이 생각도 그의 오장을 뒤집어 놓았지만 열세 살의 어린 셈속으로 언제 다시 비행기가 달려들어 기총 세례를 퍼부을지 모를 그 길을 거슬러 갈 요량은 하지 못하였다. 삶이란 것은 자신이 어떤 길을 결정하여 나아갈 수 있는 때도 있지만 자신의 의사와 상관없이 지쳐가야 할 길 또한 많은 법이어니와 그 때 구씨의 처지가 그러하였다. 부모를 선택하여 날 수도 없는 법이고 어느 때 어느 장소를 가려 날 수도 없는 법이니 이러한 연유로 사람들이 사주팔자니 전생이니 하고 매이게 되는가 하였다.

어쨌거나 망할 놈의 공산당이었다. 일제 말에 사람들이 자기 집에 술지게미를 얻으러 오던 시절에도 구씨는 보리밥이나마 쌀알이 더러 섞인 뜨거운 밥을 먹었고 해방 후에는 다시 형편이 펴이려던 무렵 공산당의 박해로 가족이 생이별을 하는 지경에까지 이른 것이었다. 자신의 비참한 가족사를 생각하면 공산당은 정말이지 갈아먹어도 시원치 않을 원수의 패당이었다. 그리하여 구씨는 1980년대 이후 학생들의 데모가 은근히 북한을 편드는 쪽으로 나간다 할 때 개탄해 마지않았을 정도가 아니고 욕설을 서슴지 않았다. 둘째 아들이 80년대의 대학생들이 데모로 날을 지새울 때도 구경꾼 비슷한 방관자로 물러나 있었던 것도 아비의 이러한 탄식과 원망이 그의 머리속에 깊게 박힌 탓이었는지 모른다. 그렇다 해도 남한이 미국의 시종이나 된 양 곁에 없으면 결딴이나 날 것처럼 미국에 기대고 조아리는 것도 마음이 편치 않았다. 그 날 기총소사를 가해 아비를 도륙낸 것은 미국 쌕새기였기 때문이다. 피난민들 틈에 인민군이 끼어드는 적이 있어 그렇게 비행기가 달려들곤 했다는 이야기를 후일 들었지만 아무려면 그렇게 남행하는 대열이고 피난민들의 후줄근한 행색이 그렇게도 눈에 들어오지 않는다는 말인가! 아무래도 양키 코쟁이들이 재미삼아 산사람들을 상대로 사격연습을 한 것이 아닌가 하는 의심조차 드는 것이었다.

그의 생각은 그러나 반미니 민중이니 하는 생각으로는 언감생심 번지지 않았다. 배움을 중도에서 파했던 탓이고 몸으로 겪은 공산당에 대한 혐오와 군대에서 체화시킨 반공 의식 때문에 한국을 둘러싼 제세력의 쟁투와 한국 자체의 모순 등으로 하여 분단에 이르렀다는 성찰 같은 것은 가져볼 겨를이 없었다. 차라리 그는 자신의 팔자가 어떻게 타고 난 것이기에 이처럼 곤고한 것인가를 종종 생각할 따름이었다. 80년대 중반의 언젠가 군문을 나선지도 2, 3년이 되었을 무렵 서울의 파고다 공원 옆을 지나다가 길거리에 판을 깔아놓은 역술가에게 자신의 운을 물어 본 적이 있었다. 여러 가지를 주절대었지만 그 길거리 점쟁이 — 그는 역술가나 점쟁이나 똑같다고 생각한다 — 가 한 말 중에, '고'와 '액'이 끼었으니 부모형제와 이별하거나 외롭게 살 팔자이고 학업도 성사되기 어려워 속을 끓겠다. 그러나 복이 있어 그럭저럭 먹고 살만은 하겠다, 는 말은 지금도 기억한다. 넉넉하게 먹고 사는 것은 아니나 끼니는 이어왔고 외롭고 고된 살이는 여축 없이 맞추었기 때문이다. 그러나 사람이 타고난 팔자가 어떠하기에 어떤 사람은 사변 통에 기총소사를 맞아죽고 어떤 사람은 부모형제와 생이별을 하는가. 지금도 건물에 불이 나 죽고 타고 가던 차가 뒤집어져 죽는가 하면 비행기째로 들이받힌 건물 속에 있다가 수천 명이 떼죽음을 당하는 경우들이 있으니 그런 경우에도 팔자가 당하는가를 생각하면 이 또한 허탄하다는 생각을 금할 수 없었다.

조물주의 장난인지 세상의 갈지자걸음 탓인지를 모르는 가운데 그가 세상의 파도에 덧없이 휘말려 또 한 번 애간장이 뒤집어진 일은 북녘에 남았던 자기 누이들을 만났을 때였다. 북쪽에 남은 자신의 혈육과 고향땅이 그리워 애간장이 타는 날들을 보내고 혼자 눈물을 삼키곤 했던 날들이 그에겐 하루 이틀이 아니었다. 그가 술만 취하면 흥얼거리는 노래는 손인호가 부른 〈한많은 대동강〉이

었다. 군에 있을 때는 삼팔 따라지라는 말을 듣기 싫어 잘 부르지
않았으나 얼근히 취하면 저절로 터져 나오는 노래를 막을 수 없었
다. 한 많은 대동강아 변함없이 잘 있느냐 모란봉아 을밀대야 네
모양이 그립구나. 대동강이나 을밀대는 그가 본 적도 없는 풍경이
지만 이 노래를 부르면 그가 어릴 적 물장구를 치던 동네의 개천과
주변의 방죽들이 눈앞에 선해 지면서 그의 눈은 젖어들었다. 특히
〈비내리는 고모령〉이라는 노래는 때로 대취에 이른 그의 가슴 속
을 뒤집었다. 어머님의 손을 놓고 돌아설 때에 부엉새도 울었다오
나도 울었소 현인이 불러 유명해진 이 노래는 알고 본 즉 일제시대
에 고향을 떠나는 젊은이들의 서러움을 실은 노래였지만 바로 자
신의 신세를 표해주는 듯만 하여 술이 거나하게 들어간 젊었을
적의 그는 몇 소절을 부르다 울고 결국은 오열하곤 하였다. 그의
가슴에 켜켜이 쌓인 이산의 슬픔과 향수를 곡진하게 표현하기는
어떤 시도 이 노래들에 당하지 못하였다.

　그렇다 한들 노래가 그의 한을 다 달래 줄 수는 없는 일이었다.
꿈속에 나타나 그의 손을 말없이 어루만지는 어머니, 그를 안타깝
고 애절하게 바라보는 누나와 여동생. 이들이 뒷걸음질 쳐서 멀어
져가는 꿈을 꾸고 나면 허전한 바람이 그의 가슴을 뚫고 지나갔다.
그러나마 꿈에라도 자주 나타나지이라던 어머니와 누이들도 그
영상이 다 낡아 너덜너덜해질 무렵 그는 이산가족상봉단에 끼이게
되었다. 북한에 퍼주기만 해서 김정일 놈의 배만 불린다고 욕을
퍼붓던 김대중 대통령 시절 수차례 이어진 이산가족 상봉단에 마

치 복권당첨처럼 선발되었던 것이다. 삿대질하며 욕을 퍼붓던 자 덕분에 꿈에도 그리던 가족들을 만날 수 있게 된 터라 다소는 민망한 염을 금치 못하며 북행 버스에 올랐다.

금강산의 온정각 식당에서 만난 그의 누이들은 이미 호호 할머니가 되어 있었다. 그 또한 편한 세월을 살지 못하여 나이보다 더 젊어 보이지는 않지만 칠순이 넘은 그의 누나와 아직 육십 대 초반인 여동생은 얼굴에 골골이 파인 주름과 여윈 얼굴에서 힘든 삶을 살아온 흔적이 고스란히 드러났다. 풋풋하던 누나와 귀엽던 여동생이 이런 모습으로 나타난 것도 기가 막혔지만 남편과 아들을 남으로 보낸 이후 이들을 만날 날만 기다리며 온갖 궂은일을 다 이겨오던 어머니가 십 년 전 돌아가실 때도 남편과 아들을 부르다 눈을 감았다는 이야기를 듣고 그는 바닥에 엎어져 대성통곡하였다. 누이들과 헤어질 때 그는 단장의 아픔이라는 것이 이런 것이구나 할 격심한 고통을 느끼며 버스 창밖에서 애타게 손을 흔드는 누이들과 헤어졌다. 돌아오는 차안에서 어머니를 부르며 그는 뜨거운 눈물을 흘렸고 누구에게라 할 것 없이 나쁜 놈들, 나쁜 놈들을 이빨 사이로 낮게 내뱉으며 몸을 떨었다.

10

한낮을 달구던 해가 산 너머로 떨어지자 이제 산의 전면은 그림자로 짙게 가리고 능선만이 뚜렷이 드러난다. 구씨의 검버섯이 핀 얼굴도 산그늘이 스민 듯 차분히 가라앉았다. 살아온 것이 한바탕 꿈만 같다. 어린 나이에 수숫대만 남은 황량한 겨울 들판에 내던져진 이후 온갖 두려움과 고통, 슬픔을 홀로 맞서며 살아왔다. 고아나 다름없는 처지에서 그래도 손자 손녀까지 있는 가족을 일군 것은 참으로 대견한 일이었다. 그러나 되돌아보면 그가 이룬 것은 이처럼 후손을 남기고 제 명을 보존해 온 일밖에 없는 성싶다. 먹고 입고 자식들을 키우고 가르치다 보니 삶의 사이클이 다해 버린 것이다. 그도 좀 더 온전한 환경을 만나 제대로 배우고 그리하여 좀 더 나은 일을 했더라면 이런 후회가 좀 덜 했을 것이라는 생각을 한 것이 한두 번이 아니다. 그저 생존을 위하여 동물처럼 살아 온 것처럼만 여겨진다.

군에서 나온 후 연금만으로는 생계나 아이들 교육에 턱없이 미치지 못하여 그는 아내와 함께 슈퍼를 열었다. 그가 필요한 아침 장을 봐 오면 대개 아내가 가게를 돌보았다. 그가 군에 있을 때에도 그의 벌이만으로는 아이들 셋을 뒷바라지하기 힘들어 오 여사는 식당일이나 파출부 일을 손 놓지 못하였다. 그럴 때에도 애들 뒷바라지에, 가외의 노역에 짜증이 치밀 법하건만 남편을 원망하는 법이 없었고 오 여사의 얼굴은 늘 평온하였다. 구씨가 하사관의 박봉에 궂은 시대를 거쳐 오면서도 일탈적인 삶을 살지 않았던 것은 이처럼 그의 옆을 말없이 지켜온 오 여사가 있었기 때문인지 모른다. 슈퍼를 열고나서 그가 술에 빠지기 시작한 이후에도 그랬다.

군문에서 나오자 조직 속에서 긴장해 있던 정신이 이완되면서 그는 술을 탐하기 시작하였다. 가게에 늘 진열된 것이 술이라 손 뻗기도 쉬웠다. 점심을 먹으면서 소주 한 두병을 쉽게 비웠다. 그러기를 몇 년 하니 자연 몸에 경고 신호가 왔다. 간이 나빠진 데다 위천공을 앓아 구급차에 실려 가기까지 했던 것이다. 그러고 나서 주량을 줄이기는 했지만 당뇨인 것이 밝혀지고 난 다음에도 그는 술을 아주 끊지는 못하였다. 이처럼 술로 인한 적폐가 심한 데도 오 여사는 남편을 크게 나무라지 않았다. 여보 그러다 더 큰 일 나면 어쩌려 그러우. 이 정도로 참견하고 말았다. 어느 날 구씨가 아내에게 물었다. 여보 왜 내가 이처럼 술을 마시는 데도 당신은 크게 말리거나 나무라지 않소? 그랬더니 오 여사의 답인즉 술이라도 마셔야 당신의 아픈 마음이 위로받지 않겠느냐고, 그리고 당신은 무어든지 잘 이겨내고 참는 사람이니 언젠간 조절하리라고. 오 여사의 이 말이 과연 그가 더 이상의 무절제한 과음에 이르는 것을 방지한 것인지도 몰랐다. 몸이 따르지도 못했지만 그는 나름의 절제를 발휘해 자신을 방기할 정도의 중독에 이르지는 않았던 것이다. 그러나 남편의 주벽은 고사하고 장남이 걸핏하면 애를 끊이고 딸이 남편을 잃었을 때 아내의 속이야 또 얼마나 타들어갔으랴. 그런 때에도 가슴을 치고 치밀어 오르는 대로 화기를 발산한 것은 구씨이고, 눈물을 흘리면서 비탄에 잠기지 않은 것은 아니었으나 먼저 평정을 되찾고 생활을 이끌던 것은 역시 오 여사였다.

구씨는 침대 옆에 앉아 그를 간호하는 아내를 무연히 올려다본다. 여보 미안하오. 정말 미안하오. 이 소리를 속으로 웅얼거리던 그는 결국 입 밖으로 이 말을 밀어낸다. 벽에 매달린 TV에 눈길을 주고 있던 오 여사가 마침 그 말을 알아듣고 대꾸한다. 으응, 여보 무어라 그랬어요? 미안하다고? 그런 말 말아요. 미안하긴 왜 미안해요. 구씨가 기어드는 목소리로 답한다. 당신을 편하게 해주들 못하고 끝까지 애를 먹이니…. 여보, 당신이 나를 얼마나 위해주었는데. 무엇보다 당신은 우리 가족을 이만큼 건사해 오지 않았어요. 술이 좀 과하긴 했지만 그런 위안이라도 없으면 어떻게 했겠어요. 실의에 빠진 남편을 그저 위로하느라고 하는 말인지 진심으로 하는 말인지 구씨는 면구하다. 늘 신세 한탄에 제대로 한 번 당신 호강도 못 시켰으니…. 그만하면 잘 살아 왔어요. 몇 년 전에 아이들이 돈을 모아줘서 태국 구경도 갔다 왔잖수. 큰 아이도 없는 형편이지만 몇 푼 내고 말이우. 그렇게 보고파 하던 시누님들도 만났으니 당신도 많이 이루었다오. 흠, 그런가. 얕은 한숨과 함께 구씨는 수긍인지 부정인지 모를 한마디를 뱉는다. 그런데 여보, 내 말 들어봐요. 내가 어쩌다 들르는 심정사라는 절이 있다우. 우리 집에서 멀지 않아요. 그 절의 스님이 어느 날 이럽디다. 여러분이 부처님 부처님하고 열심히 빌어쌓지만 사실 여기 있는 보살님들이 모두 부처라오. 그 중에서도 모진 고생 많이 했으면서도 남에게 나쁜 짓 하지 않은 사람. 슬프고 화나고 괴롭고 힘든 중에도 그런 일을 피할 수 없이 다 받아들여서 거짓 없이 울고 웃고 화내고 슬퍼한 이들이 모두 부처요. 이럽디다. 내 그 말이 무슨 말인지 다 알아듣지는 못하겠습디다만 우리 남편이야말로 그럼 부처겠다, 이런 생각을 했더라오. 당신이야말로 어려서 부모 슬하를 떠나 온갖 슬픔과 괴로움을 다 겪음 하면서 그래도 주어진 팔자냐라 하고 잘 겪어오지 않았어요? 어느 추운 겨울 지하철역에서 올라오다 구걸하는 노인에게 당신이 입고 있던 옷을 벗어준 적도 있잖아요. 이러면서 오 여사는 부드러운 웃음을 입가에 떠올린다. 아내가 자신을 치세움 해주느라 가당찮은 말을 하는구나, 하면서도 구씨 역시 입가에 희미한 웃음을 떠올린다. 여보, 이제 얼마 있지 않으면 저절로 갈 목숨인데 다시는 모진 일 하지 마소. 당신이 힘들면 내가 늘 옆에서 지켜주리다. 당신이 나와 우리 가족을 지켜온 것처럼. 이 말을 하고 오 여사는 내일 퇴원할 때 입을 옷가지들을 좀 준비하러 잠시 집에 다녀오겠다고 일어선다.

창밖은 이제 푸르스름한 땅거미가 지려한다. 그 푸르스름한 색조와 아내의 위로에 다소는 훈훈해진 구씨의 심정 탓인지, 구씨의 머릿속에 웬 아득한 기억 속의 그림 한 폭이 떠오른다. 푸른 하늘에 주먹만 한 별들이 휘황하게 빛나는데 그 하늘은 짙푸르게 소용돌이치고 땅에서는 뒤틀린 나무가 그 하늘을 향해 치솟아 오르던 그림이다. 그 그림은 그가 십 몇 년 전 당뇨 진단을 받으러 들른 어느 병원의 벽에 걸려 있었다. 그때 그는 진찰 결과를 기다리며 초조한 기분이었는데 그 그림은 그에게 희망과 불안을 동시에 느끼게 하는 묘한 그림이었다. 그 그림이 지금 왜 불현듯 떠올랐는지 그 이유를 낱낱이 분석하지 못하는 그이지만 어쨌거나 자신의 삶이야말로 그처럼 희망과 절망, 기쁨과 고통이 뒤섞인 삶을 살아온 것이 아닌가 하는 생각이 든다. 그림 전시회는커녕 미술책조차 곰곰이 들여다본 적이 없는 구씨이니 그 그림이 고흐의 〈별이 빛나는 밤〉이란 그림인 것을 알 턱이 없었다. 더구나 그 고흐에 심취해 돈 매클린이란 가수가 이런 노래를 불렀다는 사실도 물론 알 수 없었다.

별은 찬란히 빛나고, 빈센트 당신의 청자 빛 눈에 불꽃처럼 타오르는 꽃들, 보랏빛 안개 속에 휘도는 구름들이 떠 있네요. 바뀌는 색조들, 낟알이 누런 아침의 들판, 고통으로 주름진 얼굴들이 당신의 사랑스런 손길로 위로받아요.

그러나 그림이라는 것은 마음으로 전해지는 법이고 구씨처럼 가방끈이 짧은 사람이라도 그의 삶과 합치하는 깨달음이 담긴 그림을 문득 만나지 못하라는 법도 없는 법이다. 구씨는 점점 어두워져 가는 창밖으로부터 병원의 흰 천장으로 시선을 돌린다. 소용돌이치는 하늘, 환한 별들이 그 천장에 떠있는 듯 그는 그 천장으로부터 시선을 거두지 않는다.

11

오 여사가 걸어간다. 병원을 나와 해가 저무는 산 쪽으로 걸어간다. 그녀의 집은 산기슭 가까이 자리 잡은 연립주택이다. 낡은 건물이지만 제법 여러 동이어서 토박이 거주민들이 꽤 된다. 오 여사역시 산이 가까워 공기가 좋고 조용한 이 연립주택의 토박이 주민이다. 더 넓고 큰 집으로 옮겨볼 염도 내지 못한 채 이만한 집이라도 내 집이니 얼마냐 하고 살아온 집이다. 근처에는 아파트 단지도있어서 집으로 가는 도로변에는 상가들이 제법 줄느런하다. 분식집, 슈퍼, 삼겹살 구이집, 회집, 과일가게 등이 제법 구색을 갖추고늘어서 있다. 아는 주인들은 오 여사에게 눈인사를 던지기도 한다.오 여사도 가볍게 인사를 하며 눈감고도 갈 수 있는 익숙한 길을간다. 남편이 병원에서 벗은 옷가지를 챙겨들고 걸어가는 그녀의얼굴은 다소 불그스레하다. 서쪽 산에 번져 오른 붉은 노을이 그녀의 얼굴을 물들인 탓이다. 가까이서 꼼꼼히 보면 기미가 끼고 주름도 잡힌 그녀의 얼굴이 드러날까, 노을에 물든 오 여사의 화평한얼굴에서 그런 자국은 쉽게 드러나지 않는다. 긴 주름치마에 흰모시 윗도리를 입은 오 여사에게서 곤고한 삶의 흔적은 드러나지않는다. 안온하게 자식들 부양을 잘 받으며 사는 편안한 할머니만같다. 자신의 외양이야 어떻든지 오 여사는 타박타박 자기 앞만보고 걷는다.

오후의 산책

오후의 산책

1

　잠에서 깼을 때 그는 다소 얼떨떨한 기분으로 여기가 어딘가 하였다. 눈을 몇 번 씀벅인 후 자기 집 거실의 소파 위란 걸 이내 알아차렸지만 몽롱한 정신은 쉬이 맑아지지 않았다. 차에 물건을 싣고 팔러 다니는 장사꾼들의 확성기 소리 같기도 한 소음이 아파트 창밖에서 흘러들어 왔다. '~니다', '~시다'로 끝나는 문장인데 단지 전체를 울려대는 확성기 소리 때문에 내용은 무언지 알 수 없는 그런 소음이었다. 그런가 하면 어디선가 풍물을 울리는 소리가 들리는 듯도 하였다. 아파트 단지에서 대낮에 풍물을 울리는 사람은 없을 터였다. 그러나 귓가에는 꽹과리와 징소리의 여운이 맴돌았다. 수 년 전 살던 한 아파트 단지에서 누군가의 천도굿을 하느라 무당이 징을 울려대며 아파트 동 입구에서 굿을 하던 것을 본 적이 있어, 혹시 그런 일이 또, 하는 생각이 들었으나 공기를 흔들어 대는 굉음이 들려오지는 않는 걸로 보아 그도 아닌 듯했다. 그런가 하면 아파트 가까운 초등학교에서 확성기를 틀어 학생들에게 훈시하는 소리가 들리는 듯도 했다.

혼돈스런 느낌과 허탈감이 묘하게 섞인 상태에 잠시 몸을 맡기고 있던 그는 누워있던 소파에서 몸을 일으켰다. 그리고 손으로 마른세수를 몇 번 했다. 그러자 그런 소음들과 마음의 이상한 진공 상태는 일시에 사라져 버렸다. 조금 열어놓은 베란다 창문으로 질주하는 자동차들이 내는 소음만이 밀려들어 올 뿐이었다. 어젯밤 과음이 문제였군. 속으로 중얼거리며 그는 주방의 냉장고로 가서 물병을 꺼내어 따라 마셨다. 찬물이 속으로 쿨럭 넘어가자 잠시 몸과 마음을 떠났던 감각이 다시 되돌아오는 것을 느꼈다.

식탁을 보니 아내가 차려놓은 밥과 반찬이 단정하게 놓여 있다. 화실에 갔다 서너 시쯤 올 거예요. 점심은 혼자서 좀 드세요. 아내가 노란 포스트잇에 한 메모도 식탁 한 모서리에 붙어 있다. 그러고 보니 한 아홉 시쯤이었던가 아내가 억지로 깨워 해장국이라며 끓여준 콩나물국을 몇 모금 후루룩 거린 기억이 난다. 그리고 다시 곯아 떨어졌는데 아내는 아마 그때쯤 화실로 나간 모양이다. 거실 벽에 달린 시계를 보니 벌써 오후 한 시가 가까워 오고 있다. 이제 점점 술을 못 이겨 과음한 날은 오후나 되어야 정신이 돌아왔다. 그는 가스레인지 위의 콩나물국을 데워 식탁에 앉았다. 순순히 밭

아주지 않는 속을 거스르며 국을 떠 넣었다. 이렇게라도 몇 순갈 넘겨둬야 속이 좀 편할 것이었다. 된통 마시고 아예 술과는 연을 끊을 일도 아닌데 웬 상성이 나서 그렇게 퍼 넣었는고, 씁쓸한 생각이 든 것도 잠시, 김 교수 최 교수들 앞에서 횡설수설한 것을 생각하니 이것 참 병이군 하는 후회가 밀려든다. 술을 마시는 사람들이야 으레 에고의 잠금쇠를 적당히 열어놓고 잉여의 리비도를 소진하려 괴발개발 수작하는 것이지만 요즘 과음 뒤엔 왠지 모를 자책감이 찾아오곤 해서 이젠 술을 덜 마셔야지 하는 후회가 들곤 했다. 나이 오십이 넘으니 술 마신 뒤끝이 전 같지 않은 만큼 당연한 후회겠지만 자책이 잦은 걸로 보아 아마도 중독 상태로 빠져드는가, 하는 자가진단을 해 보기도 한 터이다. 하지만 이번 술자리는 꽤 오랜만이었다. 탈고해야 할 논문이 있었던 데다 문예지에 낼 잡문까지 겹쳐서 꼬박 이 주 넘게 일에 매달릴 수밖에 없었던 것이다. 수업을 감당해가면서 끝낸 원고다 보니 지친 몸과 마음을 달래노라는 핑계로 한 잔 술이 그립던 터수였다. 오랜만의 좌석인지라 술친구인 영문과 김 교수, 사학과의 최 교수도 거나해지자 수다스러워졌다. 그가 쓴 글, 영화이야기, 학교 사람들, 정치인들, 세태에 대한 개탄, 심지어는 아내와 자식들까지를 술상에 올리느라 저녁 여섯 시쯤 시작한 자리가 밤 열두 시 가까워도 파흥이 되지 않았다. 마지막 화제가 그가 몸담은 대학이 속한 소도시의 문화인물 선정과 관련한 것으로 옮겨지자 세 사람은 또 새로 열이 올랐다. 시의 문화담당 부서와 도내道內 문화지원 단체가 지역의 교수들에게는 제대로 된 자문도 없이, 지역에서 정치적 발판을 만드느라 문화운동가랍시고 나대는 한 인물에게 선정권을 넘겨준 것이었다. 그나 김 교수, 최 교수 등이 관여를 했건마는 지방의원 선거에도 나섰던 전력이 있는 그 문화운동가와 관변의 부서가 한 통속이 되어 문화와는 그닥 관련이 없는 인물을 지역의 문화인물로 선정하는 것을 보고 그나 김 교수 등은 혀만 차 오던 터였다. 어느 포장마차로까지 옮겨 공적인 의사 결집의 불합리한 과정과 공무원들의 관료적 경직성까지를 싸잡아 비난하다가 눈꺼풀들이 무거워질 무렵이 되어서야 헤어졌던 것이다. 드물게 오래 끈 술자리였던 만큼 마지막 포장마차에서의 대화 내용은 잘 기억나지도 않았다. 그러나 그가 두 사람보다 더 흥분하여 손가락으로 허공을 찔러가며 열변을 토했던 것은 어렴풋이 떠올랐다. 사람을 안주로 한 그런 자리에서 수긋하자고 하던 스스로의 단속이 술자리에서는 일쑤 허물어지는 바람에 그의 자책이 솟아오르곤 했던 것이다. 아마도 일주일치 수업이 다 끝난 목요일이고 내일은 수업이 없는 금요일이라는 안도가 통음을 부른 것 같다.

속을 달래기 위해 억지로 밥 몇 숟가락을 넘긴 그는 식탁에서 일어섰다. 화장실로 들어가 구역이 올라오는 것을 참으며 양치질을 마쳤다. 거울을 보니 이마에 주름이 진하게 잡히고 머리털이 난마가 된 푸석한 장년의 한 사나이가 초점 흐릿한 눈동자로 그와 눈동자를 마주쳐 온다. 요즘 안압이 유난히 높아지고 그에 따라 눈의 정채는 더욱 빠진다 싶은 것이 거스를 수 없는 시간의 무게

탓인 듯하다. 한숨을 삼기고 그는 머리에 물을 묻히고 엉긴 머리를 가라앉혀서 밖으로 나왔다. 다시 시계를 보니 두 시쯤이다. 맑은 정신도 회복하고 마음을 추스를 겸 아파트 근처나 산책하자는 셈이 들었다. 헐렁한 면바지에 운동화를 신고 그는 아파트 현관을 나섰다.

2

아파트 바깥으로 나서자 한창 깊어가는 가을 오후의 청량한 햇살이 일시에 그의 얼굴로 쏟아진다. 하늘엔 새털 같은 구름이 가볍게 몇 점 걸렸을 뿐 가없이 푸르기만 하다. 투명한 대기와 눈을 찌르는 밝은 햇살에 그는 잠시 멈칫했다가 발걸음을 옮기기 시작한다. 단지 내엔 늘 그렇듯이 사람들이 그다지 눈에 뜨이지 않는다. 아침에 아이들이 학교를 가고 유치원을 가고 하는 시간이 그나마 부산할 뿐 그 외엔 사람들이 몰려다니는 흔적이 잘 보이질 않는 조용한 아파트이다. 강원도에서도 작은 도시에 드는 이곳 J시인만큼 때로는 너무 한적하다 싶을 만큼 조용한 아파트 단지였다. 그는 일주일에 서너 번 운동 삼아 오르곤 하는 단지 옆의 야트막한 산을 오르기로 하고 그 쪽으로 걸음을 옮긴다.

단지의 울타리를 터서 만든 샛문을 향해 가는데 대여섯 살짜리 아이들이 몇 명 모여 놀고 있는 놀이터가 눈에 들어왔다. 녀석들은 미끄럼틀이나 시소, 그네들은 다 버려두고 자기들끼리 머리를 동그랗게 모으고는 무엇엔가 골똘히들 몰두하고 있다. 가던 걸음을 멈추고 뭘 그리 몰두하고 있는지를 짐짓 지켜보니 개미를 가지고 장난질들이었다. 굵은 개미 한 마리를 잡아서는 다른 개미 위에 덮쳐 얹는가 하면 놀이터의 모래를 한 움큼 뿌리기도 하면서 바둥거리는 개미를 놓고 즐거워한다. 종종 보는 일이지만 아이들에게는 개미가 재미있는 장난감이나 되나 보았다. 그는 희미한 미소를 지으며 속으로 요 녀석들아 너희들은 장난인데 개미들은 목숨이 걸린 거야 하였다. 그래놓고 발걸음을 떼는데 뭔가 석연치 않은 불편한 감정이 가슴에 슬몃 차오른다. 사돈 남 나무라는 격이지. 오랜만에 다시 찾아오는 회오의 감정이다. 바쁘게 돌아가는 삶의 하중으로 눌러두고 있는 부끄러움은 이처럼 불현듯 그 머리를 내밀곤 하였다. 그럴 때에는 한창 젊은 때에 그럴 수도 있는 것이지, 라는 생각과 후안무치도 아니고 인면수심이라는 말이 네게 딱 적실한 표현이 아닌가, 라는 자책이 가슴 속에서 충돌했다. 오늘의 이 불편함은 실로 오랜만인데……. 아마 어제 먹은 술이 원인인가 보다, 고 생각하지만 반드시 그렇지만도 않은 것 같았다.

3

그리 많은 양은 아니지만 쏟아져 바닥에 번지는 물처럼 머리

속에 스미는 회오와 자책의 감정을 털어버리기 위해 그는 머리를 한 번 세차게 흔들었다. 그리고 아파트 단지를 벗어난 지 십여 분만에 나지막한 야산의 입구에 들어선다. 아침 무렵이면 드나드는 사람들이 제법 있지만 시간이 늦은 만치 사람들의 흔적은 드물다. 10월도 다 끝나가는 참의 산 속은 저 홀로 깊어가는 단풍들과 바닥에 깔린 낙엽들로 호젓하기만 하다. 나지막한 경사로인데도 숙취가 다 풀리지 않은 탓에 무거운 걸음으로 오르는데 무언가 바삭소리를 내는 것이 있다. 무심코 고개를 돌리니 청설모 한 마리가 무언가를 입안에 우겨 넣는 모습이 눈에 들어온다. 언제부턴가 같은 다람쥐과라지만 몸에 까만 줄을 두른 귀여운 다람쥐는 어디론가 사라져 버리고 잿빛 성긴 털에 덩치는 커서 잔뜩 혐오감만 안기는 청설모만 부쩍 눈에 띈다. 실제로 그랬는지는 모르지만 언젠가 놈들이 우리 고유의 다람쥐를 해치는 장면이 TV에 나왔다 하고 그 이후로 사람들이 대체로 놈들을 싫어한다는 데 그 역시 청설모란 놈들은 그런 연유와 관계없이 혐오스런 외양 때문에 도대체 익어지지를 않고 싫은 증만 든다. 그러나 놈들의 살아가는 양태를 TV의 다큐 프로에서 한 번 본 적이 있는데 혐오스런 외양과는 달리 놈 또한 생명의 놀라운 본성을 체현하는 것을 보고 혀를 내두른 적이 있다. 우리나라가 아니라 일본의 방송사가 홋카이도에 서식하는 청설모를 찍은 것이었는데 생명의 종 유지 본능이 어떤 것인가를 경이롭게 재현한 다큐였다. 놈들의 보금자리는 나무 둥치에 나있는 빈 구멍들이었는데 놈들은 자기를 노리는 적들에게 노출되는 것을 피하기 위해 이 나무에서 저 나무로 옮기는 습성이 있었다. 그러나 말이 이사이지 그들에겐 지난한 공간 이동이었다. 한 배에 난 여섯 마리나 되는 새끼를 어미 청설모는 한 마리 한 마리 입에 물고 여러 마장 떨어진 다른 나무로 오르내리기를 끈질기게 반복해야만 하는 거였다. 입으로 물어내는 새끼들이 구멍에 걸려 잘 빠져나오지 않는 경우도 있고 새 둥지로 밀어 넣는데 어렵사리 밀려들어가는 놈도 있어 참으로 지난한 이사였다. 더구나 주위에는 놈들을 노리는 맹금류가 도사리고 있어 보는 사람이 안절부절을 금치 못할 정도였다. 마지막 여섯 마리째는 구멍으로 다 들어갔던 새끼가 나무 밑으로 떨어져 버려 이제는 어미든 새끼든 죽겠구나 하는데 기어코 그 새끼를 다시 물고 나무로 기어 올라가 새 둥지에 밀어 넣고 말아서 그는 어미 청설모가 보여준 우매할 정도의 보호본능에 혀를 내두를 밖에 없었다. 생김새가 혐오스럽다 하여 종을 유지하려는 본능이 덜할 법은 없으련마는 그처럼 악착스런 번식욕은 어디에서 기원한 것인지 그로서는 가늠키 어려웠다.

자기를 주시하는 눈길을 느꼈는지 청설모는 그를 힐끗 보더니 나무들 사이로 후다닥 달아난다. 저처럼 미물도 생명의 유지와 지속에는 맹목적인 집착을 보이건만 인간은 자기 스스로 제 목숨을 끊기도 하고 자신이 만든 종을 털어내기도 한다. 인간이 스스로를 파괴하는 행동은 주체적 의지의 극점인가, 존재 유무가 불명한 조물주에 대한 섣부른 반기인가? 그러나 이러한 동기도 아니면서 생명을 내치는 경우도 있다. 그 때의 그가 그러했다. 그는 차갑게 아무런 의식 없이 한 생명과 한 여인을 내쳤다. 자신의 책임을 그토록 차갑게 방기한 자신이 부끄럽지만 그는 그 부끄러움을 해소할 가슴도 머리도 없이 어정쩡하기만 하다.

4

지금으로부터 십오륙 년 전이니 그가 삼십 대 중반에 막 접어들던 무렵이겠다. 그는 정해진 일자리도 가속도 없는 부평초 같은 신세였다. 막 시간강사를 시작한 무렵이니 당연한 노릇이었다. 가슴 속에 늘 검은 먹장구름 한 장이 드리워져 있는 듯하던 시절이었다. 지금 생각하면 참 무모하게도 뛰어들었다 싶은 길이었지만 어쨌거나 스스로 잡아 든 길이었으므로 누구를 원망할 수도 없는 상황인지라 마음의 어두운 구름을 걷어낼 염도 못 한 채 그저 견딤으로 보내야만 하던 나날들이었다. 그나마 박사과정까지를 수료하고 강의라도 얻어걸려 그 길을 계속 걸을 수 있는 것만을 다행스럽게 알았다.

잘 다니던 직장을, 그것도 사람들이 부러워할 만한 직장인 은행을 그만 두고 대학원 진학을 한 것은 무언가에 홀리듯이 저질러버린 결정이었다. 대학 다닐 당시에 교내 신문에 투고한 시가 당선이 된 것이 그 무모한 선회의 싹이었다. 경영학과를 다녔지만 회계를 배우고 경영이론을 배우는 것은 왠지 부질없이만 느껴졌다. 수식을 푸느라 골몰하고 효율을 따지는 삶 따위는 그에게 살갑지 않았다. 반드시 살아내야만 할 필연성도 없는 삶이 그에겐 짐스럽게 느껴졌고 이토록 덧없는 삶이 왜 나에게 주어진 것인지, 부질없는 의문에 그는 집념했다. 실존이 정합성 있는 답으로 정리될 것이 아니건만 현실에 밀착하지 못하는 만큼 눈앞에 펼쳐진 현실 너머의 다른 세계가 막연히 그리웠다. 보이지 않고 만질 수 없는 막연한 세계에 대한 갈증이 항상 그의 가슴 어디에선가부터 피어올랐다. 시를 읽고 쓸 때, 그리고 교내 문학 동아리의 문우들과 술잔을 부딪치며 가슴 속의 열기를 발산할 때가 그래도 자신과 세상이 가장 일치하는 순간이었다. 은행에 취직하여 매일 늦은 저녁까지 숫자와 씨름하고 때로 간밤의 회식으로 인한 숙취로 머리를 털며 출근해서 또 빼곡한 하루를 보내고 퇴근하는 쳇바퀴 같은 날들을 이년 정도 보내자 이건 아니라는 회의가 조수처럼 밀려왔다. 짠 바닷물 같은 회의의 밀물이 마침내 그의 목 근처까지 차올랐다 싶을 때 그는 사표를 던졌다. 시장에서 국밥집으로 형제 둘을 키워 온 홀어머니의 장남인 그의 처지를 생각하면 더욱 그럴 수는 없는 일이었다. 그러나 썩 탐탁해 하지는 않으면서도 어머니는 내가 아직 더 일할 수 있다며 아들을 말리진 않았고 대학을 마친 동생도 자기 직장을 얻어 형의 결정에 토를 달지 않은 탓에 그는 이십 대의 끝물에 늦깎이 대학원생이 되었다.

대학원에서 국문학을 전공하고자 했을 때는 시 창작으로 본격 데뷔를 하고 싶은 의도였지만 막상 대학원 공부를 하게 되자 텍스트를 분석하고 해석하는 일에 더 매달리게 되었다. 달고 시원한 샘물 한 바가지를 찾다가 미지근한 수돗물을 마시는 느낌이었다. 그러나 해야 하는 학습의 양은 만만치 않았다. 그가 아무 생각 없이 돌 하나를 던져 놓고 그 돌을 맞은 존재야 누구든 어떻게 되든, 이라는 작패를 부린 것은 늦은 공부에 접어든지 육 년 쯤 지난 무렵, 생각보다 팍팍하기만 한 길이 점점 미로로 빠져드는가 싶던 때였다.

5

고등학교 동기 중에 출판사를 하고 있는 친구가 있었다. 출판사 래야 봐야 사장인 친구, 그 밑의 영업부장, 그리고 회계와 잔심부름까지를 도맡아 하는 여직원 한 명이 직원의 전부인 출판사였다. 한 건 대박이 터지기를 기다리며 책을 찍어내는, 전국에 널린 이천여개 영세 출판사 중의 하나가 친구의 출판사였다. 친구는 그나마 박사 공부를 하는 그라고 자문위원이라는 직을 맡겨 한 달에 두어 번 그와 만나 출판 관련 아이디어를 얻고자 했다. 특별히 아이디어를 짜내기 보다는 한 달에 한두 번 술친구 겸하여 술이나 마시면서 이런저런 방담이나 나누면 되는 자문위원이었기에 그도 친구의 출판사에 부담 없이 나들었다. 그 술자리에 젊은 여성이 가끔 동석하는 수가 있었다. 출판사의 경리 겸 잡무를 도맡아 보는 미스 리였다. 얼굴이 둥글고 실한 몸집에 순한 미소를 머금는 얼굴이 이른바 맏며느리 상이라 할 만한 여성이었다. 말 수도 별반 없었다. 늦은 오후 그가 출판사에 들러 자리에 없는 친구를 기다리노라 소파에 앉아 책을 뒤적이고 있노라면 말없이 티백 녹차를 갖다 주고 그와는 눈도 잘 맞추지 않은 채 예의 그 유순한 미소를 흘리곤 자기 자리로 돌아가는 것이었다. 소파 뒤쪽에 그녀의 자리가 있어 보이지는 않았으나 그는 그녀의 눈길이 가끔 그의 뒤통수에 닿는 것을 느꼈다. 친구에게 듣기에 그녀의 나이는 스물 일곱, 이년제 대학을 마치고 두어 곳 사무실을 거쳐 그의 사무실에서 일하게 된 것이라 했다. 심성이 유하게만 생겨 커리어 우먼이 되겠다는 의지 같은 것은 별무소관인 듯 마지못해 심심풀이로 직장생활을 하는 듯 보였다.

친구가 돌아와 저녁 겸하여 호프집을 향할 때, 미스 리도 같이 가지, 하면 약간 주저하는 양 하다가 순순히 따라 나섰다. 주로 친구와 그가 이런저런 이야기를 나누다 보면 영업을 맡은 박 부장이란 이는 술에 취미가 없어 먼저 일어났다. 미스 리는 별로 하는 이야기도 없이 맥주를 홀짝이며 그들의 이야기를 듣다 TV에 눈길을 주다 하다간 그들이 일어나면 같이 일어나 집으로 가곤 했다. 대 여섯 달쯤 그곳에 드나들며 미스 리와 서너 차례 그렇게 동석했을 때쯤이었던가.

강사에겐 무덤이나 다름없는 방학이었다. 요즘이야 강사들도 학술지원기관에서 이런저런 후원을 해 주어 좀 나은 듯하지만 1990

년대 초만 해도 박사과정을 하는 이들이 기댈 곳은 대학 강의 밖에 없었다. 원래 친구도 많지 않은 편이었지만 늙은 학생이 되어 있으니 젊은 시절의 친구들과도 멀어졌다. 화제가 같지 않으니 술자리도 뜸해졌던 것이다. 6, 7년을 하면 뭔가 끝이 나지 않을까 하고 생각했던 공부는 갈수록 끝이 보이지 않았다. 팔십 년대 초에 졸업 정원제 도입으로 석사 학위만으로도 전임 진출을 할 수 있을 정도로 한 때 반짝했던 대학 시장은 '80년대 중반을 넘어서면서 얼어붙기 시작해 '90년대에 접어들면서는 혹한기로 들어서고 있었다. 마침 딱 그 시기에 걸린 그는 불운을 스스로 재촉한 셈이었다.

겨울 방학을 맞아 하릴없이 집과 도서관만을 맴돌던 그는 친구의 출판사를 찾았다. 모처럼 만난 그를 친구는 술집으로 끌었고 그와 친구, 그리고 미스 리가 같이 술잔을 나누었다. 소주 몇 순배가 돈 후 친구는 다른 약속이 있다며 그와 미스 리를 남겨두고 먼저 일어서 버렸다. 머쓱하게 된 두 사람도 얼마 지나지 않아 자리를 털고 일어 설 밖에 없었다. 친구의 출판사가 강남역 근처의 골목길 안에 있었기에 두 사람은 그 근처의 식당에서 골목길을 터덜터덜 걸어 나왔다. 대로로 나오자 연말의 도심은 북적이는 인파로 흥청거렸다. 화려한 공작의 깃털 마냥 명멸하는 네온사인, 환한 얼굴로 삼삼오오 오고가는 인파 속에서 잠시 그는 낯선 나라의 어느 거리에 버려진 듯한 느낌에 빠져 얼떨떨하였다. 난감한 기분에 빠진 그를 구원한 것은 미스 리의 돌연한 제안이었다. 우리 소주 한 잔 더 하실래요. 어, 이건 또 뭔 일이람. 다소 뜬금없어 하면서도 그는 주저 없이 근처 식당 한 곳의 문을 열고 들어갔다.

　그들은 소주와 생선찌개를 시켰다. 연말의 아쉬움과 덧없음을
술로 날려보려는 사람들로 인해 식당 안은 왁자지껄하였다. '건배'
구호와 취중 홍소가 폭탄처럼 터지는 어수선한 분위기 속에서 뜨
거운 찌개 국물에 차가운 소주가 몇 순배 돌자 그들 역시 식당안의
부산스러움이 오히려 편안하게 느껴질 정도가 되었다. 몇 잔 술에
얼굴이 발그레 물들자 미스 리는 의외롭게도 평소와 달리 제법
말이 많아지는 것이었다. 자기의 아버지는 군인 원사. 하나 있는
남동생은 대학생. 딸에 대한 부모의 바람은 돈은 벌지 않아도 좋으
니 좋은 남자 만나 하루 빨리 시집가는 것. 부모님들은 출판사에
나가 몇 푼 되지도 않는 돈을 버는 것보다 빨리 좋은 남자 만나
시집이나 가란다고 묻지 않은 말들을 붉어진 얼굴로 도담도담 털
어놓는 것이었다. 동생을 자랑스러워하는지 입대하여 해병대 군복
을 입고 환하게 이빨을 드러낸 동생의 사진을 지갑에서 꺼내어
보여주기조차 하는 것이었다. 술이 좀 더 취하자 그녀는 평소와
다르게 미소를 머금고 그의 눈을 오래 마주보기도 했는데 이런
눈길이 어색해 술잔을 부지런히 비운 그도 어지간히 취해 버렸다.
둘 모두가 취기가 한껏 올라 밖으로 나왔을 때 그가 이번에는 내가
한잔 사야죠, 하고 주변의 호프집으로 그녀를 끌었다.
　술이 목줄에 묶여있는 리비도를 풀어놓는 주범인 것은 동서고금
을 털어 부인 할 수 없는 사실이다. 모든 페스티발에서 왜 술이

빠지지 않겠는가. 그래도 그는 이 날 밤의 일이 자신이 먼저 주도한 것은 아니라고 믿는다. 호프집에서 나온 그녀는 그에게 집이 멀어 가겠느냐고 물었다. 그럼? 하고 묻기도 전에 그녀가 이 근처 모텔에서라도 묵고 가라고, 그리고 그가 따르는 꼴이 되었다. 실상 그의 집은 서울 근교의 S시였으므로 총알택시라도 타야할 형편이었다. 근처의 모텔에 들어섰을 때 그는 이건 무슨 상황이지 하는 각성이 조금 들었으나 세상일이 모두 허허롭고 또 황홀할 만큼 이미 술에 잔뜩 적셔진 상태였다.

지금 생각해도 그때 왜 그 지경까지 갔을까, 어쩌면 그처럼 통속적인 스토리를 만들었을까, 생각하면 스스로 의문스러워진다. 실상 그가 육체적 경험이 없었던 것도 아니다. 대학 다닐 때에는 사귄 후배가 있었지만 길게 사귀지 못해 키스도 한 번 못한 채 헤어졌다. 대한민국의 남자들이 대체로 그렇듯이 그는 대학을 쉬고 육군 사병으로 근무할 때 휴가 나와 술김에 여자를 사고 동정을 뗐다. 그리고 은행에 있을 때에도 두어 번 동료들과 그랬다. 대학원 들어와 사귄 여학생이 또 있었지만, 그 여자와는 여관까지 들어갔지만 무슨 생각인지 맨숭맨숭하게 그날 밤을 보내었다. 그러자 그 여자도 그의 곁을 떠났다. 그 뒤로 그는 마치 금욕하는 수도사 마냥한 날들을 보내온 것이다. 이렇던 그가 술이 오른 상태라지만 별 마음에도 없던, 그저 좋은 며느리 후보 같기만 한 미스 리와 왜 몸을 섞었는지? 요즘이라면 삼십 대 중반의 한 건장한 독신 남자가 그만그만한 젊은 여자와 관계를 가졌다면 매우 쿨한 하룻밤의 정사로 포장될

만한 일이지만 그에게 그날 그와 미스 리의 관계는 낭만도 욕정도 없는 누추하고 죄스러운 해프닝만 같았다.

6

산비둘기가 꾸꾸꾹 호젓이 우는 야산의 오솔길을 홀로 걷노라니 추억은 더욱 선명해진다. 아마도, 6, 7년이 지났지만 언제 끝날 수 있을지 출구가 보이지 않는 공부, 말은 하지 않으나 걱정스럽게 아들을 지켜보는 어머니의 눈빛, 점점 어려워지는 경제적 형편에 켜켜이 쌓인 가슴 속의 분만과 우울을 막아오던 둑이 어느 한 모 터졌던 것이리라.

그러나 그러한 일탈이 한바탕의 곤혹과 마음의 무거운 짐으로 남을 줄 그날 밤은 또 전혀 헤아리지 않았던 것이 그의 사정이었다. 무책임한 정사를 치른 남자답게 그는 두어 달 친구의 출판사에 발걸음을 하지 않았다. 그러자 어느 날 미스 리가 집으로 전화를 걸어왔다. 언제 저녁식사나 같이 하지 않겠냐는 거였다. 핸드폰은 커녕 삐삐도 흔치 않은 시절이었으니 집으로 전화를 하기까지 미스 리가 꽤나 고심했을 것은 짐작이 되었다. 일껏 건조한 톤으로 전화를 받은 그는 어느 주말 오후 약속한 식당으로 나갔다. 찌개와 함께 그는 소주를 마셨지만 미스 리는 잔이 찬 소주잔만 만지작거리고 있었다. 테이블에 눈을 고정시켜 놓고 가끔 그를 슬몃슬몃 올려다보던 미스 리가 물었다. 왜 그동안 통 안 들리셨어요? 뭐 일이 많아서… 마지못한 듯이 답한 그가 소주를 입에 탁 털어 넣었다. 그는 이 여자가 하룻밤 우연한 관계를 가지고 이제 연인이 된 듯쯤 생각하나. 내심으로 영 못마땅해 하면서도 자신의 실수를 탓했다. 어떻게 이 여자와 무 자르듯이 아무 일도 없던 관계로 돌아갈까. 이 생각에 골몰하던 그에게 미스 리가 또 입을 뗐다. 그런데요, 부담을 드릴려고 하는 말은 아니구요. 너무 무겁게 듣지 마세요. …우스운 거 있죠…. 그 날 이후루요, 여자들이 달마다 하는 거, 그게 없어서…. 그는 머리가 순간 휑하니 비는 느낌이었다. 아니, 이 여자가, 아니 이 바보 같은 놈아. 속으로 그는 외치고 술을 거칠게 따라 단숨에 비웠다. 겁먹은 듯한 눈초리로 미스 리가 그를 홀낏 바라보았다. 그는 입을 꾹 다물고 미스 리는 외면한 채 술집의 벽만 노려보았다. 벽에 걸린 주류 회사 달력에 한 풍만한 여자가 가슴은 반나마 드러낸 채 펄럭이는 치마를 감싸 누르고 있었다. 마릴린 먼로를 흉내 내었지만 왠지 추워 보이는 포즈였다. 달력의 모델에게 차가운 연민이 느껴지려는 순간 그는 자리를 박차고 밖으로 나와 버렸다. 문을 열고 밖으로 나오자 아직 차가운 한기를 품은 이월 말의 까칠한 바람이 그의 뺨을 쳤으나 그는 아랑곳하지 않고 빠른 걸음으로 그곳을 벗어났다.

7

오솔길처럼 이어지는 등성이 길을 그는 다른 때보다 힘겹게 걸었다. 과음한 뒤끝의 피로 탓이기도 했지만 무거운 추억을 지고 오른 탓이기도 할 것이었다. 이십 여분 걸으면 나오는 산 속의 휴게 시설에서 그는 걸음을 멈추었다. 산중에 마치 여느 집 정원 마냥 벤치와 운동기구들을 적절하게 배치해 두고 있어 쉬는 날이면 사람들이 제법 모여드는 곳이었다. 금요일 오후인지라 사람들은 그리 많지 않았다. 정자 모양의 나무 마루 위에는 할머니 두 사람이 신발을 벗고 올라가 한 사람은 잠들어 있고 한 할머니는 곁에 앉아 무료하게 숲을 응시하고 있다. 탁자를 가운데 둔 나무 벤치 주변에는 노인 몇 사람이 모여 내기 윷에 몰두 중이다. 그는 탁자가 있는 나무의자 한 군데에 가서 앉았다. 나무들은 붉거나 노란 단장으로 한창 입성을 바꾸는 중이다. 여름의 싱싱하던 녹색이 한층 차분하고 성숙한 느낌의 갈색으로 바뀌고 있으나 조락의 징후 또한 그 안정감 속에 숨어 있다. 그의 나이 쉰셋이니 계절로 치면 가을이고 갈색으로 성숙해진 나무들과 같은 시기이다. 그러나 그는 자신이 여전히 아직 여물고 익지 못한 삶을 살고 있는 것으로 느낀다. 삶을 여유 있게 관조하지도 못하고 속으로 익지도 못한 채로 끊임없이 동요한다. 오십이면 지천명知天命이라 했는데 그는 자신이 더 이상 다른 길을 택할 수 없이 문학 교수로 업을 삼을 것과 지금 자리 잡은 이 대학이 평생직장이 될 것이라는 정도의 갈망을 할 나이가 되었다는 것쯤으로 이 말을 해석할 따름이다. 그러고 보면 젊은 시절 안정되게 살 수 있었던 은행을 집어던진 것도 지금 이 길로 접어들 수밖에 없는 강력한 운명의 자장이 작용한 것으로 생각된다. 그가 젊은 시절 읽었던 미시마 유키오의 아포리즘을 그리하여 그는 종종 떠올린다. 삶의 매 기복마다 우리는 고뇌하고 번민하지만 지나고 나면 모든 것이 운명으로 여겨진다…….

 그렇다 하여도 미스 리와의 일은 그것을 보거나 만지면 이물감과 함께 상처의 추억을 불러일으키는 흉터처럼 그에게 남아 있다. 그가 걸어야 할 운명이 남을 아무렇게나 밀어뜨리고 갈 알리바이가 되는 것이 아니라는 것쯤은 그도 잘 아는 것이다. 그날 미스 리와 그렇게 헤어진 후로 그는 친구의 출판사에 또 한참 발길을 끊었다. 나중에 친구가 전화를 해 와 그는 미스 리가 그날 그와 헤어진 그 며칠 뒤 회사를 그만두었다는 것을 알았다. 전화가 끝난 뒤 그는 허탈한 안도를 느끼는 자신과 그런 자신을 어처구니없어하는 모순된 자의식을 약간의 혐오감과 함께 받아들였다. 그러나 그것으로 끝이었다. 미스 리의 앞 날, 하룻밤의 정욕이 빚어낸 생명이 어떻게 되었을까에 대해 그는 판단을 중지하였다. 다만 그렇게 사라져 준 미스 리에 대해 그 후 육칠 년 더 고된 시간들을 보내면서 파렴치 했다는 자의식이 없는 건 아니지만 가끔 고맙다는 생각을 했을 따름이었다. 자신 속에 도사린 모순에 아연하면서도 그랬던 것이다.

 그는 대학원에 진학하던 당시의 셈과는 다르게 거의 십이삼 년이 지난 마흔 두 살 무렵 천신만고 끝에 강원도에 있는 현재의 대학에 자리를 얻었다. 그때까지도 그는 미혼이었다. 홀어머니가 달린 노총각, 그것도 시간강사에게 마땅한 혼처가 나설 리 없었고 그도 열의를 내지 않았다. 자리를 잡자 그의 지도교수가 먼 친척 중에 아직 결혼하지 않은 조카뻘이 있다며 넌지시 그의 의사를 물었다. 여자 역시 서른 중반을 넘은 노처녀에 화가라고 했다. 몇 번 만난 뒤 그들은 쉽게 결혼에 골인했다. 아내는 미술을 전공하고 서울에서 한 번 전시회를 가진 적도 있으나 결혼한 후로 그를 따라 쉽사리 이곳으로 옮겼다. 아이를 낳고 아이가 대여섯 살까지는 집 안일에 매달려 있더니 그 이후로는 집근처에 조그만 작업실을 얻어 그곳에서 그림도 그리고 아이들 몇에게 레슨도 했다. 초등학교 저학년짜리인 딸아이는 학교를 마친 후 자기 엄마의 화실에 가면 되기로 그리 문제 될 일이 없었다.

8

노인들이 후여 윷을 던지고 허허허 너털웃음을 웃어가며 윷놀이에 몰두하는 것이 재미있다. 머리가 벗어지고 남은 머리가 허연 사람, 반백이지만 머리숱은 온전한 사람, 볼이 홀쭉 들어간 이, 비교적 몸이 튼실한 사람, 각색의 외양을 한 노인들이지만 입성들은 다 같이 허술하다. 색 바랜 점퍼에 흙도 간혹 묻은 바지를 아무렇게

나 허리를 질끈 묶어 입은 모양새다. 나이가 들어 저렇게 소일을 할 수 있는 건 그래도 큰 다행이다. 아프거나 끼니를 해결할 수 없는 버려진 노후도 많다. 그렇다 해도 저렇게 남은 시간을 죽이다가 그들도 어느 시점에 이 세상과 하직해야 할 것이다. 저들은 어떤 삶을 살아왔을까? 작은 지방도시의 산중 휴식처에서 남루한 차림새에 윷놀이로 소일하는 노인들의 삶이 그리 대단치는 않았을 것은 자명하다. 넉넉지 못한 집에서 태어나 그럭저럭 학교를 마치고 고만고만한 직장을 잡아 가정을 꾸리고 자녀들을 키우고 교육시켜 성가시킨 뒤 부모가 살았던 삶을 반복해 왔을 것이다. 시난고난 살아온 삶일망정 밥술이나 먹고 산중의 작은 공원에서 소일하는 것이 그나마 다행인 삶. 윷놀이에 몰두해 있는 노인들에게서 그는 삶의 불가해함을 느낀다. 그는 가끔 역 광장에서 부딪히는 노숙자들, 철가방을 싣고 도로를 곡예하듯 질주하는 배달부 아이들을 보면 저들은 왜 태어나서 저처럼 신산하고 위태한 삶을 사는지 의아해 한다. 고달픈 삶을 사는 이들을 보는 눈만 그런 것이 아니다. TV나 신문들을 통해 영욕을 겪고 부침하는 정치인, 또는 유명인이라는 사람들을 볼 때에도 그들의 사자후 혹은 만면에 띤 미소는 어떻게 가능한 것이며 그들 역시 그렇게 웃고 여유작작해도 삶의 신산과 고뇌는 마찬가지일 것을 누가 삶을 주어 그토록 집착하고 욕망케 하는 것인지 궁금해 한다.

집착과 욕망이 거대해지면 전쟁과 살육도 서슴지 않으며 이러한 집단 광기에 휘말린 자들은 정의, 자유, 평화 등을 내세우나 이 또한 자신의 집념과 욕망을 분식하기 위한 구두선에 지나지 않는다. 아무런 징조도 없이 시작된 일과가 폭탄이 되어 날아든 여객기로 산산조각이 나는 살육극은 왜 벌어지며 어린 아이들이 무슨 죄로 온몸에 화상을 입고 신음하며 다리가 절단 된 채로 공놀이를 하며 그래도 미소를 띤 아이들은 무엇인가. 테러와 폭격을 자행한 자들은 그들이 태어난 조국이 달랐다면 또 그 이념에 맞추어 그러한 폭력을 자행했을 것이 아닌가. 세상에 벌어지는 온갖 곡절의 파노라마, 소설보다 더한 극적인 현실들에 충격 받고 좌절하는 만큼 삶이 주어진 근원에 대해 늘 의문을 버리지 못하는 그이기에 종교에 늘 관심을 갖지만 종교가 오히려 조장하기도 하는 갈등과 광기를 꺼려해 종교에도 선뜻 다가서지 못한다. 그는 생명과학자인 리처드 도킨스가 말한 것처럼 개인이 망상에 시달리면 정신이상이라 하지만 다수가 망상에 시달리면 종교라 한다는 의견에 동조한다. 그러므로 차라리 종교가 없는 세계가 오히려 갈등과 반목이 없는 평화로운 세계를 가능케 할 것이라는 데도 역시 동의의 박수를 보낸다.

그는 미국의 창조론 신봉 단체들이 진화론의 불경성과 비진리성을 들어 법에다가 진위 여부를 의탁하여 지루한 법정공방을 벌여온 것이 신기하다. 그에게 성경은 유대민족의 신화로 분식된 역사서이며 특히 구약은 그러하다고 생각한다. 구약이 유일신 야훼의 증명서일 수 없는 것은 잘 알려진 것처럼 이슬람 경전에서도 구약과 유사한 일화가 다수인 데서 증명된다. 유대의 시조인 아브라함은 이슬람의 시조인 이브라힘과 동일 인물이며 그들의 자손은 유대의 야곱과 이슬람의 이스마엘로 각각 분화된다. 말하자면 기독교와 이슬람은 형제간인 것이다. 이삭을 하나님께 바쳐야 하는 아브라함의 곤경은 이스마엘의 아버지인 이슬람의 이브라힘에게도 공유되고 있으며, 유사한 발음을 가진 인물들이 구약과 꾸란에는 너무 빈번히 등장한다. 오늘날 이슬람과 기독교가 충돌하고 있는 것은 같은 전극이 서로를 밀어내는 것과 같은 원리를 닮은 것인지 모를 일이다.

그리하여 그는 신이 창조하지 않은, 빅뱅 이후의 우주와 생명의 역사가 과학적으로 규명되기를 기다린다. 물론 그가 빅뱅을 충분히 이해하는 것은 아니다. 한껏 응축된 질량을 가진 눈에 보이지도 않는 점 같은 물질이 폭발하여 오늘날 광대무변한 우주의 원천이 되었다니 도저히 이해할 수 없는, 그야말로 불가사의의 담론인가 싶은 것이다. 그러나 그는 그 나름의 이해로 바꾸어 생각하기를 우리가 지금 이만한 몸집을 가진 개체가 되어 있지만 애초에는 눈에 보이지도 않는 정자와 난자가 수정되어 현미경으로나 보이는 수정란 상태에서 이만한 육체가 비롯한 것이니 우주의 탄생도 그랬던 것인가 쯤으로 짐작한다. 우주의 탄생은 이러한 가설이 서있다 하나 정작 우주의 진화 과정은 어느 연결 고리가 입증이 되지 않아 진화론도 완전하게 입증된 학설은 아니라 하니 그는 기다려 볼 따름이라고 생각한다.

인간은 역시 몇 백만 년 전으로 거슬러 올라가면 원숭이를 자기

할아버지로 만나게 될 것이다. 특히 언젠가부터 그는 사람들과 동물들이 그리 다르게 보이지 않았다. 인간들이 하는 온갖 행태가, 그것이 선한 것이든 악한 것이든 동물적 욕망에 기원한 것으로 보이기 일쑤였다. 인간이 먹지 않고 섹스하지 않는 한 인간이 동물의 상태를 벗어나기 힘든 것임을 그는 뒤늦게 깨달았다. 마르크스가 동물을 벗어나기 위해 애쓴 시도는 오히려 인간의 동물성 앞에 무참해졌을 따름이다. 프로이트의 자연주의를 극복한 담론은 아직 없다. 그러니 그는 일가족들의 단란한 나들이를 보면서도 초원으로 자신의 새끼들을 데리고 나온 야생의 동물들을 일쑤 떠올린다. 자신의 주위에 있는 존재를 다 동물로 빗대어 생각하고 자신만은 사람으로 여기는 사람에겐 매저키즘적 성향이 있다고 에리히 프롬은 말했지만 그는 공원에 가족을 데리고 나온 자신도 그렇게 인식하기를 마지않는 터였다. 아마도 이처럼 어두운 자연주의는 그가 대학원을 마치고 대학에 자리 잡기까지의 과정이 워낙 혹독하고 신산한 과정을 겪은 데서 온 탓일지도 몰랐다. 허무주의에 빠져 모든 것이 부질없고 문학에서 그나마 낙을 찾던 이십 대였을 때에도 비록 행위와 사고는 괴팍하고 설익은 것이었지만 이처럼 우울한 자연주의자는 아니었다. 젊은 시절에는 그도 여느 꿈 많은 젊은이와 마찬가지로 별과 하늘과 달, 바람과 구름, 길섶의 꽃과 조약돌에도 깊이 감응하는 감수성을 가졌으며 아름다운 이성과 멋진 로맨스가 있을 것임을 믿어 의심치 않은 로맨티스트였으며, 세상의 일은 공평하고 무사하게 운영되며 자신이 품은 이상은 곧 실현될 것임을 확신하는 낙천주의자였다.

　그러나 세상의 일이 자신이 원하거나 바라보는 바와 반드시 일치하여 돌아가지 않는다는 사실을 그는 뼈저리게 겪음하였다. 사적이거나 공적인 영역에서 모두 그러하였다. 그의 어머니는 결혼도 못한 맏아들이 마흔이 넘게 매인 직장도 없이 적막한 독신으로 죽살이를 치는 탓에 속을 무진 끓이다가 그 아들이 자리를 얻은 지 몇 년 후 암으로 세상을 등졌다. 젊은 나이에 남편을 교통사고로 잃고 늘그막까지 묵묵히 아들의 뒷바라지를 해온 어머니였다. 유일한 낙이 가끔 나가는 절에 나가 기도를 하고 바람을 쐬고 돌아오는 것이었다. 그는 어머니의 병이 자신의 우둔한 삶 탓에 비롯한 것이라는 생각을 금치 못하였고 어머니의 몸이 그토록 상한 것을 미리 발견치 못한 자신을 탄식하지 않을 수 없었다. 학업을 이으면서도 예기치 못한 난관과 씨름해야 했고 혼탁한 현실의 이면을 신물나게 경험하였다.

　가령 어느 해의 방학 무렵 그는 학비의 조달을 위해 아르바이트를 나섰다. 그때는 '80년대 말의 군부 정권이 과외금지 조치를 내려 과외가 비밀리에 성행하던 시기였다. 아는 후배의 소개로 그도 비밀과외를 하게 되었는데 그 과외를 알선하는 업체는 서울 도심의 빌딩에 영재교육 연구소 운운으로 번연히 사무실을 내고 있었다. 사장이란 자는 전직 경찰이라는 자였는데 한마디로 사기꾼이나 다름없었다. 학부모들에게 학력을 속인 교사들을 대어주면서 일이 년치 되는 고액의 과외비를 갈취했다. 부자 집 아이에겐 돈을 더 받고 그렇지 않으면 덜 받는 식으로 과외비도 주먹구구로 받는 식이었는데, 이런 회사에 교사들이 선이 대어 있어 아이들을 소개해 주고 있었고 사장, 의사, 검사, 심지어는 언론사 간부의 아들까지 이 회사로 꿰어오고 있는 요지경 속에는 어안이 벙벙할 따름이었다. 그는 삼 개월을 채 버티지 못하고 이곳을 그만 두었다. 족집게 과외교사는 흉내도 못내는 자신의 본색이 탄로 날까 두려웠고 마굴 같은 그 속에서 점차 질식할까 두려웠기 때문이다. 그렇건마는 이곳에서 공부한 아이가 서울대 법대에 너끈히 붙는 사례도 있었으니 그 아이가 법을 다뤄 장차 어떤 사람이 될지 궁금하고 두려운 일이었다. 대학 다닐 당시에 군부 독재에 맞서는 시위에 나서 조각낸 보도블록을 던지기도 했으나 삶의 현장에서 마주친 복마전에는 돌멩이 하나 던져보지 못한 채 무력하게 물러나야만 했다.

대학원 공부도 그가 기대한 것만 같지 않았다. 시 창작에 대한 열의는 이론 학습을 따르느라 진작에 꺾였지만 자신의 지식욕과 삶을 투시하는 혜안을 만족시킬 수 있는 학업의 성취는 교수들에게서 제대로 얻지 못했다. 지금은 그렇지도 않고 그럴 수도 없지만 그 당시만 해도 교수들은 대학원 수업에 그리 열성을 보이지 않았다. 그는 자신의 지식욕과 사유를 자극할만한 영감을 교수들에게서 얻기 보다는 동료들과의 경쟁에서 획득한 편이었다. 무엇보다 그가 건넌 시대 전체가 사람이 가진 동물성을 더욱 확장시키고 부조시킨 시대였다. 소련과 동구권이 무너지면서 인간의 본질에 대한 믿음이 흔들리고 학교 사회에까지 몰아닥친 신자유주의의 열풍 속에서 그 역시 환멸과 상실의 사람이 되었다. 한 원로 비평가가 이미 '90년대 초에 한국 사회의 '80년대가 '우리는 사람이었어'를 외친 시대라면 '90년대는 '우리는 벌레다'가 명제가 될 것이라 예견했거니와 '벌레' 대신에 '짐승'이라는 어휘를 대체해도 무방할 명제를 수립한 비평가의 혜안에 그는 그저 감탄했을 따름이다.

9

산속의 나무의자를 떠나 왔던 길을 다시 걸어 내려온다. 야트막한 산이니만큼 굴곡도 심하지 않고 마치 숲속의 오솔길처럼 평탄하게 이어지는 이 등성이 길을 그는 사랑한다. 그가 올라올 때보다 태양빛은 시간이 흐름에 따라 그 명도가 사위어진 것 같다. 숲 사이로 보이는 그의 아파트 건물이 햇살을 튀겨 내기보다는 하릴없이 그것을 흡수해 버린 듯 회갈색 외관이 그림자 져 보인다. 시간은 세 시가 넘어 반을 향해 간다. 산 속의 맑은 공기도 마시고 약간의 땀도 흘렸지만 여전히 정신은 맑지 못하다. 사실 요즘 정신이 차고 맑은 상태를 그닥 경험치 못하는 그이다. 수업과 글쓰기, 이런저런 잡무들, 사람들과의 만남에 휩쓸리다 보면 과열된 머리속에 옅은 연기가 항상 차 있는 느낌이다.

그가 가는 반대편 방향에서 검은 배낭을 메고 올라오던 중년의 남자가 그에게 안녕하세요, 인사를 하고 스쳐간다. 그도 가벼운 목례를 한다. 면식도 없던 사람이 저처럼 인사를 하고 스쳐 지나가는 경우도 있으나 저 이는 몇 번 본 적이 있는 다소 낯익은 사람이다. 기의가 기표를 빗긴다지만 우리도 이처럼 가벼운 목례를 하는 데서 그 빗김을 피할 수 있지 않을까, 그는 뜬금없는 생각을 한다. 그러나 다만 생각뿐이다. 미스 리와의 관계에서 있었던 것과 같은 모순을 자기 안에서 종종 발견하는 그는 늘 행동 앞에서 망설인다. 어젯밤처럼 술이 취한 끝에 흰소리를 하고 나면 부끄러워진다. 아직도 생명이 왜 주어진 것인지, 왜 사람과 뭇 생명은 천태만상으로 태어나고 생장하고 스러져 가는지 그는 확신이 없다.

아직 맥이 돌아오지 않은 그의 발걸음은 아파트 근처의 상가에 있는 아내의 화실로 터덜터덜 향한다. 좀 더 머리가 맑아지려면 아내의 화실에서 커피나 한 잔 마셔야겠다고 생각한다. 늦게 본 초등학생짜리 딸아이가 제 어미의 화실에 있을 것이다. 자기를 반길 아이를 생각하니 문득 발걸음이 조급해진다. 그러나 화실로 올라갈 필요가 없었다. 상가의 입구에 이르렀을 때 아내의 손을 잡고 건물 밖으로 나오던 아이가 그를 먼저 알아보았다. 아이는 청바지단으로 만든 치마에 분홍색 사각무늬 블라우스로 앙증맞은 치레를 하였다. 단정하게 뒤로 빗어 넘긴 머리는 호박색 머리띠로 멋을 낸 아이가 "아빠"를 반갑게 외치며 그의 품 안에 뛰어든다. 두 팔로 아이를 감싸 안은 그에게 아이의 얼굴에서 나는 향긋한 비누냄새와 땀냄새가 섞여 끼쳐온다. 아이의 보드랍고 연한 뺨, 무엇보다 그에게 꼬옥 안겨 그의 귓가에 전하는 숨결이 그에게 또 하나의 판단중지를 명한다. 그래 우선 생명이다. 이 달콤하고 따뜻한 호흡의 기원은 '나'이다. 어떤 오류를 저질렀어도, 어떤 풀리지 않는 의문이 있다 해도 이 어린 생명을 부인할 수는 없다. 한때는 생명을 유기한 자신이 이처럼 생명을 절절하게 느끼기도 하는 모순을 그는 순간적으로 망각한 듯하다. 사람들이 오가는 인도에서 다른 때와 달리 아이와 긴 포옹을 하고 있는 그를 아내가 의아하게 쳐다보고 있는 줄도 모르고 그는 아이를 오래 깊게 안고 있다.

한 여사 연대기

한 여사 연대기

2005년 7월 28일, 우리 가족은 머리털이 올올이 서도록 잔뜩 긴 장한 채 30킬로그램들이 수하물 짐을 대 여섯 개나 끌고 밀면서 뉴욕시 인근의 케네디 국제공항에 내렸다. 나까지 포함해 가족 넷 이 내가 얻은 일 년의 연구년 기간 동안 미국을 겪음해 보겠노라 생판 낯선 땅에 겁꾸러기가 되어 조심스러운 발자욱을 내딛은 것 이다. 나처럼 하는 일이 대학에서 학생들을 가르치는 사람들은 기 껏 해봐야 그저 학교나 나들고 사람을 활발히 만날 일도 없는지라 새로운 경험을 하기도 쉽지 않은데 그러나 그 일 년 미국에 머물 동안 나름으로는 색다른 경험을 꽤 치러내었다. 그리고 이제 또 한 삼 년이나 지나고 보니 그때의 이야기를 옮겨보고 싶은 마음이 낟가리에 숨은 불씨마냥 솔솔 피어나기 시작한 것이다. 좁쌀 한 섬 들고 흉년 들기 기다린다고, 그 일 년의 경험으로 무언가 신통한 이야기 싹이 자랄 거라 처음엔 기대하는 맘이 없지 않았다. 그러나 별쭝난 이야기 거리도 떠오르지 않고 시간은 무심히 잘도 흐르는지라 이러다 기억이란 것도 시간과 함께 녹슬게 마련인데 나중에 기록조차 남기지 못하지 않을까 싶은 노파심이 컴퓨터 앞으로 의자를 끌어당기게 하는 것이었다. 그리하여 내게나 긴한 일이지 누구나 겪음직한 이야기를 침소봉대하는 것이나 아닐까 하는 노심은 여전히 들지만 기억의 변형이 오기 전에 기록이라도 남기려는 심정이 이 옹색한 글을 펼친 사단이다.

*

미국 땅에 발을 디딘 후 두어 달 동안 치른 고생은 필설로 다할 수가 없다. 낯선 이국땅에 삶의 터를 새로 일구려니 당연한 일이겠지만 앞서 체재하던 방문교수가 있으면 그 사람의 생활도구 일습을 넘겨받으련만 마침 그런 사람도 없어 우리는 그 고생부터 날것으로 치르지 않을 수 없었다. 중학교 2학년짜리와 초등학교 4학년짜리인 남자 아이들 둘 입학시키는 문제에서부터 미국에서는 참으로 발이나 다름없는 자동차 구입은 물론이고 식탁, 침대, 주방 기구들, 하다못해 청소도구까지 일일이 우리가 구하느라 마트, 중고품 가게, 야드 세일 등을 돌아다니며 겪은 체험기만 해도 늘어놓자면 한 보따리가 될 터이다. 그러나 겪은 사람에게나 절실한 그런 사적인 고생담은 접어두어야겠다. 다만 이 때 말이라는 것의 중요성을 새삼 절감한 사실 정도는 기록해 두어도 괜찮을 성 싶다. 생활영어 정도는 익힌다고 애써 왔으나 막상 현지에서 써먹기에는 턱없이 부족했고 말이 제대로 통하지 않으니 지식인이네, 학자네 하는 자존심이나 사십 대 후반이나 된 나잇살이 다 부질없는 판이었다. 미국은 원체 다인종 사회라 그런지 이국에서 날아온 어리버리한 동양인에게 말의 속도를 좀 줄여준다든지 등의 배려란 전혀 없고 특히 뉴욕 쪽 영어는 더 속사포 같아서 연음으로 마구 쏘아대는 그들의 어법에 적응하기란 여간 어려운 노릇이 아니었다. 낯선 물정과 습속에다 말이 원활치 않으니 나와 아내가 겪는 스트레스의 배출구는 자연히 서로에게로 향할 수밖에 없어 격렬한 말다툼을 한 것이 한 두 번이 아니었다. 한국 문학을 전공으로 하는 처지에 국내에서 좀 더 여유 있게 이런저런 책이나 읽고 여행도 하면서 연구년을 보내고 싶었으나 아이들에게 산 영어를 체험케 해 줘야 한다는 아내의 성화에다 나도 미국을 수박 겉핥기 식이나마 겪어보고픈 욕구도 있어 어렵사리 결정한 미국행이 참으로 후회막심 할 지경이었다. 우리가 둥지를 튼 롱아일랜드는 뉴욕 시의 동쪽으로 길게 뻗은 섬으로 뉴요커들의 베드타운 같은 곳이어서 경관이 뛰어난 곳이고, 우리가 세든 포트 제퍼슨 지역의 작은 아파트 단지만 해도 주변에 수목이 빽빽이 우거져 마치 우리나라의 콘도를 연상케 하는 곳이었지만 이처럼 도착하자마자 눈앞의 민생고에 시달리느라 그런 경관을 즐길 여유를 가질 수조차 없었다. 남은 미국 생활 내내 우리 어린 양들의 목자이자 절친한 이웃이 된 민수 어머니 — 한명숙 여사를 만난 것은 이처럼 목전의 급한 현실을 어느 정도 해결하고 한숨 돌리던 무렵이었다.

집에서 걸으면 15분 정도의 지척에 있는 포트 제퍼슨 항구 주변의 가게에서 커피를 한 잔 청해 대서양으로 연결되는 바닷가를 거닐기도 하는 정도의 여유를 갖게끔 된 것은 도착한 지 두 달도 훨씬 지났을 쯤이었다. 비가 한 차례 지나가고 난 뒤 남색 하늘이 한국의 가을 하늘이나 진배없이 맑고 투명하게 펼쳐진 10월 초쯤의 어느 하루였던가 싶다. 나뭇잎들도 노란 빛으로 물들면서 가로에는 성급하게 맥을 놓은 낙엽이 날리고 있었다. 아내와 나는 우리가 사는 아파트에서 자동차로 10여 분 되는 거리에 있는 쇼핑몰의 빨래방으로 묵은 이불 빨래를 하러 나섰다. 롱아일랜드의 기후는 한국과 비슷해서 10월 초쯤 되니 가을의 정취가 완연하였다. 반팔 티셔츠를 입은 팔에 닿는 공기가 제법 차가워서 이제 긴 팔을 입어야겠군, 이라 생각하며 아내와 함께 빨래를 마치고 이불 짐을 차에 싣고 있는데, 거 이 교수님 아니시오, 하는 소리가 들려왔다. 이곳에 나를 아는 한국인이 있나? 놀란 마음으로 고개를 돌렸더니 낯익은 얼굴이 우리를 쳐다보고 빙글빙글 웃고 있는 것이다.

이곳 쇼핑몰은 샌드위치 가게, 중고품 가게, 사진관, 슈퍼마켓, 잡화점, 빨래방 등이 'ㄱ'자 형태로 늘어서 있는데 그 중의 사진관 가게 앞에서 며칠 전 골프 연습장에서 만난 조 사장이란 이가 담배를 피우고 있다간 반갑게 아는 체를 해온 것이다. 원체 잡기라고는 하는 것도 없고 몸담고 있던 대학에서 테니스 정도나 하는 정도였는데 말도 땅도 낯선 곳에서 테니스 멤버를 구하려니 여의치 않아서 어찌어찌 물어 찾아간 골프 연습장에 두세 번 나간 터수나 될까 하던 차에 그곳에서 조 사장을 만났던 것이다. 오십 대 중후반 쯤 되는 조 사장은 작은 키에다 마른 체구, 성근 머리숱에 하관도 쪽 빠진 인물이라 다소 날카로운 인상을 풍겼으나 의외로 성격이 서근서근해서 이런저런 말을 나누었다. 영어가 신통찮으니 어디서나 한국 사람이라면 반갑던 터라 조 사장의 붙임성 있는 태도에 반가운 말길이 트였다. 조 사장의 말에 포트 제퍼슨 역 근처의 쇼핑몰에 한국 사람이 하는 포토샵이 하나 있는데 이 가게에 자기와 같은 한국 사람들이 여럿 모인다면서 한 번 놀러 오라는 당부까지를 했던 것이다.

조 사장 옆에는 나와 비슷한 연배로 보이는 한국인 한 사람이 사람 좋은 웃음을 지으며 같이 담배를 피우고 있었는데 이 사람이 바로 사진관 주인인 하종현 씨였다.

"하종현입니다. 낯선 곳이라 힘든 일이 많으시죠."

"이철규입니다. 한국 분을 만나서 반갑네요."

수인사를 나누고 잠시 자기 가게에 들러 차라도 한잔 하라는 하 사장의 권유에 우리 부부는 가게 안으로 들어갔는데 그곳에 우리의 한명숙 여사가 기다리고 있었다. 이십 평에 가까울 법한 길쭉한 형태의 가게는 입구로부터 반은 사진관으로 쓰고 나머지 안쪽의 반은 칸막이를 해 그곳에서 액자를 만들기도 하고 컴퓨터 작업도 하는 하 사장의 작업실로 쓰고 있었는데 이 작업실 입구 쪽에 주방기구와 작은 테이블을 놓아 일종의 응접실로 쓰고 있었다. 나는 이곳을 나중에 하 사장네 사랑채라 불렀거니와 이곳은 사실 하 사장의 작업실이기도 했지만 조 사장 외에도 최 사장, 김 사장, 스티브 아빠 등, 식당이나 네일 숍 등의 자영업을 하는 한인 동포들이 종종 들러 차를 마시면서 한담을 나누곤 하는 장소였기 때문이다. 한 여사는 이곳에 뒷짐을 진 채 서 있다가 우리를 맞았다. 숏컷한 머리에 검은 색 굵은 뿔테 안경을 끼고 몸피가 퉁퉁한 데다 검은 색 면셔츠에 검은 바지, 게다가 눈까지 부리부리해서 완연한 여장부의 상이었다. 하 사장의 소개로 우리는 한 여사가 하 사장과 부부인 것을 알았는데 하 사장이 보통 키에 마르지도 살찌지도 않은 몸집이지만 아내보다 왜소해 보일 지경이었다. 나중에 보여준 한 여사의 대학 시절 사진은 아니 이 사람이 이 사람인가 싶게 한 명의 상큼한 여대생이었지만 이제 사십 중반이 된 한 여사는 우람한 몸피의 과묵한 중년여인으로 밖에 보이지 않았다. 그도 그럴 것이 커피를 내놓고도 우리가 나누는 담소에 한 여사는 전혀 낄 염 없이 자리만 지키고 앉아 있었던 탓이다.

그러나 한 여사는 과묵하고 뚱한 중년 여성이 아니었다. 그녀가 매우 조리있고 재치있는 언변을 가진 하이 컬러의 여성임을 우리는 얼마 되지 않아 곧 알게 되었다. 첫 수인사를 나눈 일주일 뒤쯤의 어느 저녁, 우리는 하 사장의 초대를 받아 아파트에서 자동차로 이십 분쯤 걸리는 그들의 집으로 향하였다. 이 자리에서 한 여사의 진면목이 드러나기 시작한 것이다. 한 여사는 웬 도토리묵 무침에 도가니까지 삶아 내놓아 우리를 놀라게 했다. 내가 한국에서 가져온 소주를 가져가겠다 하니 이처럼 푸짐한 안주를 준비해 놓은 모양이었다. 나도 처음에는 그랬지만 미국에서 도토리묵에 도가니라 하니 의아해 할 사람도 있겠다. 그러나 우리도 이곳 사정에 익숙해지고 본 즉 한국인이 운영하는 큰 마트가 자동차로 사오십분되는 거리에 위치해 있어 그곳에 가면 한국보다 좀 비싸 그렇지 삼겹살, 어묵, 칼국수 등 없는 게 없을 정도였다. 롱아일랜드의 이곳저곳에 한국인이 꽤 흩어져 살고 있다는 증거였다. 아닌 게 아니라 미국에 사는 한국 동포의 집중적 주거지가 로스앤젤레스 다음 뉴욕 주변에 몰려있다 하니 그럴만한 사정이었다. 어쨌든 한 여사가 맛깔스럽게 요리한 안주에 소주 몇 순배가 돌고 나니 분위기가 거나하게 되었다. 현관만 나서면 하얀 목조 주택 일색에 외제 자동차들이 줄가리 마냥 늘어선 미국 땅이지만 완연히 한국의 어느 집에 모인 것 같은 분위기였다. 주흥이 오르자 한국의 정치판에 대한 화제도 안주감으로 올랐다. 당시의 노무현 대통령에 대해 한 여사가 재기에 찬 논평을 내놓았다. 한 여사는 자기주장을 펼칠 때는 손가락을 빳빳이 모은 손끝을 뾰족하게 만들어서 가볍게 흔들며 열변을 토하곤 했는데 이날도 그랬다.

"아니, 노 대통령이 말이 험하고 대통령의 격을 떨어뜨린다고 하는데 그처럼 논리적이고 이성적인 대통령을 우리가 가져 본 적

있나요? 그이가 말이 험하다지만 그건 소탈한 성격의 한 표현이고 그 사람의 진정성의 발로라 해야지 않겠어요? 아마 시간이 지나면 우리 역사에서 그처럼 이성적인 판단과 언변으로 정치를 이끈 사람은 많지 않다는 것을 한국사람 모두가 알게 될 거라 생각해요. 그에 대한 비난은 보수 언론이나 우꼴들이 권력을 뺏긴 다음 품은 원한 때문에 과장된 것이지 뭐예요."

진정성이라니! 나는 속으로 탄성을 흘렸다. 내가 물었다.

"아니, 그런데 우꼴은 뭐죠?"

"하도 좌빨좌빨 하니 나는 우파 꼴통을 줄여 우꼴이라 하죠."

우리는 한바탕 폭소를 터뜨렸다. 나도 권력의 추가 우에서 좌로 옮겨진 것은 한국 사회의 건강한 발전을 위해 바람직하다 생각던 차이고 겨우 7, 8년 정도의 권력 이동에 보수신문들의 노대통령에 대한 감정 섞인 비판이 지나치다 싶은 감을 갖고 있던 차라 한 여사의 견해를 반박할 의사가 없었다. 이 모임에는 조 사장도 같이 했다. 나중에 알고 본즉, 조 사장은 이 집 저녁 식사 자리의 단골손님이었다. 그가 열린우리당에서 한 여사를 미주지부장 정도는 시켜 줘야 할 것이라 통을 놓아 우리는 또 한바탕 웃었다. 한 여사는 소주 넉 잔 정도가 딱 주량이었는데 기분이 고조되자 자기가 중앙일보 미주 판에 기고한 글을 보여 주었다. 2002년 월드컵 때 동포들이 느낀 일체감, 한국인으로서 느낀 자부심 등으로 채운 독자 기고였다. 내용은 그만그만했으나 글 솜씨가 조리정연하고 논리적이었다. 글 솜씨가 대단하네요 내가 칭찬했더니 아유, 국문과 교수님이

칭찬해 주니 황송하네요 하면서 자기도 한 때는 문학 지망생이었다는 것이다.

그럴 만도 한 것이 한 여사는 서울 근교의 모 사범대학 출신으로 서울의 어느 중학에서 아이들을 가르친 역사 교사 출신이었다. 남편인 하 사장도 알고 보니 서울에 있는 모모한 대학의 미술학과 출신으로 석사 과정까지 마친 고학력의 소유자였다. 그러나 이곳에서 만난 동포들이 이처럼 특출한 학력을 가지고 있거나 적어도 대졸 정도의 학력을 가졌음에도 그들이 종사하는 일은 주로 식당업, 세탁업, 식당에서도 주방장이거나 플로어 서빙, 잘 된 경우가 자신의 가게를 가진 잡화점 — 슈퍼마켓을 운영하는 정도로 보였다. 물론 동포 이 세들의 경우는 전문직으로 진출하는 경우가 꽤 되었지만… 하 사장이 하는 사진관 — 자신들은 포토샵이라 불렀다 — 은 그래도 막일은 아니었으나 디지털 카메라의 출현으로 전에 만한 재미가 없다고 했다. 이때까지 자신을 명확히 밝히지 않던 조 사장에 대해서도 이 자리에서 비로소 알게 되었다. 사실 조 사장이란 호칭은 내가 이들을 알게 된 다음 모두 조 사장 조 사장 하길래 나도 그렇게 불렀던 것이고 그때까지 나는 조상호 씨의 하는 일이 무엇인지 몰랐던 것이다. 이야기를 들어본 즉 조 사장도 한 때는 포토샵을 했다는 거였다. 한 여사네 가족과는 애초에 포트 제퍼슨과 뉴욕시 중간쯤인 헌팅턴에서 서로 사진관을 운영하다 보니 동종업종 종사자로 가깝게 되었다고 한다. 지금은 사진관 업이 하락세라 가게를 접고 집에서 쉬고 있는 참이라는 것이다. 그러나 시간이 지나면서 알고 본 즉 조 사장은 문제적 인물이었다. 잠시 쉬는 상태가 아니고 하던 일을 접은 지 꽤 된데다가 한량의 자질을 가진 인물이었던 것이다. 이 집의 바깥주인인 하 사장과는 밤이면 부근에서 일식당을 하는 김 사장이란 이의 집에 모여 포커를 즐기는 카드 게임 멤버인데다 아무에게나 붙임성이 있으면서도 생김새답게 얌통스러운 면이 있는 조 사장에게는 성격이 무던한 하 사장은 더 없이 만만한 상대였던지 내가 이후 하 사장의 가게에 들를 때마다 거기서 죽치고 있는 조 사장을 만나곤 하였다. 하 사장도 성격은 무던한 사람이었지만 도박을 유난히 좋아 해 한국을 떠나게끔 된 것도 나중에 알게 되었고 그때서야 두 사람이 친할 만한 머리가 요연히 짚이게끔 되었다. 카드 게임 장소는 김 사장이 하는 일식집이고 김 사장과는 조 사장이 또 친한 터이라 게임을 좋아하는 하 사장에게 조 사장은 징검다리 역이 되었다. 하, 조 두 사람은 게다가 포트제퍼슨 북쪽으로 두어 시간 가면 있는 모히칸 지역의 카지노에도 가끔씩 게임을 하러 갈 정도로 이 방면의 단짝이었다. 한 여사도 미국 정부의 지원을 받는 인디언들이 경영하는 이 카지노에 같이 따라가 즐기고 올 정도로 이들은 인생을 즐기자는 데는 이견이 없는 이들로 보였다.

우리가 저녁 자리를 마치고 자리를 일어설 때는 한 여사네 가족들이 모두 나와 우리를 배웅했다. 한 여사에게는 장남인 고교졸업반 민수, 그 아래로 고교생인 두 딸들, 막내로 초등학교 2학년인 늦둥이 딸이 더 있었다. 요즘 부부치곤 대가족이다 싶은데다 아이들이 얼굴도 제가끔인 듯해서 의아했으나 얼큰한 취기에 더 신경 쓸 염도 없이 집으로 돌아왔다.

*

　이 날 이후로 우리는 서로 간에 왕래가 잦아졌다. 사람 좋은 하 사장이 늘 우리를 반갑게 맞아주는 데다 그 집이나 우리 집이나 부부가 모두 인문학 쪽 전공자들이어서 의기가 상통한 것이다. 특히 공과금을 내는 문제라든지 공공 기관을 대해야 할 일 들이 생기면 한 여사가 나서서 해결해 주는 경우가 많아 말이 서툴러 아직도 겁꾸러기 신세를 면치 못한 우리로서는 한 여사네를 자주 찾을 수밖에 없었다. 가령 가스, 전기료 등의 공과금들이 이상스레 잘못 발급되어 나와 따져야 하는 경우가 제법 있었다. 알고 보니 이런 사업도 미국에선 민간업체가 맡아서 하는 모양이었는데 아무리 민간업체가 해도 그렇지 공과금 고지서 발급에 착오를 저지른다는 건 이해가 되지 않는 일이었다. 이런 경우 따지면 즉시 시정도 잘 해 주긴 했지만 이들은 대륙적 기질이라 그런지 사소한 행정착오 나 계산착오가 꽤 많았다. 이런 일들은 다 시정을 요청해야만 불이익을 면할 수 있었고 그런 만큼 미국에서는 적극적 자기표현이 강한 것이 미덕이라는 것이었다. 그러나 한국인이나 이곳 사정에 어설픈 외국인들이 처음 자리를 잡을 때 고의로 엉터리 고지서를 발급해 이득을 챙기는 구석도 있다는 것이 한 여사의 귀띔이었다. 아닌 게 아니라 나도 처음 아파트에 들어 이것저것 수리를 요청할 일이 많아 회사에 이런저런 수리 요청을 했지만 땅딸막한 키에 머리가 노란 젊은 담당 녀석은 말로만 '예스, 예스'할 뿐 도통 후속 조치를 해주지 않아 끌탕을 한 적이 한 두 번이 아니었다. 심지어 전화를 아예 받지를 않아 회사를 물어물어 찾아가 직접 따지기도 했지만 담당이 없거나, 있어도 다른 일을 보고 있으면 무작정 기다려야 하는 곤욕을 치르기도 하였다. 지나고 보니 미국이란 나라가 행정 서비스 면에서는 우리보다 더 관료적이었고 민간이 하는 서비스에서도 공평무사한 것이 아니라 말이 서툴러 허둥허둥하는 외국인들에게는 은근히 하시下視를 하는 부류도 꽤 있다는 것을 알게 되었다. 내가 이런저런 경험을 우리를 초청한 S대학의 P교수에게 털어놓았더니, 살아보면 사람 사는 곳이 다 똑 같더군요, 하는 답을 들은 적이 있었는데 이 말이 정답이었다.

내가 느끼기로는 미국인 일반이 한국에 대해 가지고 있는 이미지는 아직도 6.25 전쟁, 아니면 그 당시 강짜를 부리기 시작한 북한의 김정일과 관련된 것이 대부분이었다. 내가 접한 소수의 원주민(?)들로는 둘째 아이가 다닌 초등학교의 사십 대 중반쯤 되는 어머니회 회장, 현지 영어를 익히기 위해 만난 육십 대의 자원봉사 튜터 할머니(이런 튜터를 소개하는 공공 프로그램을 알게 된 것도 한 여사를 통해서였다), 아파트 이웃집에 살던 이십 대 형제 등이 있다. 이 중에 어머니 회장과 튜터인 노할머니들이 자기네 집에 초대해 만

찬도 베풀어 주는 등 우리에게 보여 준 따뜻한 후의는 잊을 수 없다. 특히 어머니회 회장은 자기네 크리스마스 파티에까지 초대해 주어 미국의 크리스마스 파티야말로 우리네 설에 맞먹는 풍성하고 즐거운 명절이라는 사실을 실감케 해주기도 하였다. 그러나 이들의 한국에 관한 이미지는 6.25 전쟁, 그때 한창 강짜를 부리기 시작한 김정일 정도에 머물러 있었다. 물론 우리 가족이 좀 더 영어가 유창했더라면 한국에 대한 이미지를 좀 더 달리 심어줄 수도 있었겠지만 마음뿐이지 쉽지 않은 일이었다. 특히 우리 아파트 옆집의 젊은 형제들 중 이십오륙 세쯤 되는 형이란 녀석은 어느 날 정원에서 몇 마디 말을 붙였더니 대뜸 김정일을 거론하며 퍼크 (fuck) 어쩌구 하는 상소리까지 섞어가며 맹렬한 적의를 표하였다. 아마 늘상 반바지 아니면 청바지에 페인트 묻은 옷을 입고 다니는 품이 건축회사의 미장일을 하는 듯 보였는데, 부시 대통령의 악의 축이란 발언에 그대로 감복한 보수주의자쯤이 아니었나 싶다. 이들은 자기네 습속대로 고교를 마치자 형제가 독립해서 사는 친구들인가 보았다. 녀석들은 자동차를 손보거나 세차를 하고 나면 우리 세대가 같이 공유하는 잔디밭에다 수리 공구나 호스 등을 치우지도 않고 부려놓는 망나니들이었다. 그러나 이런 일들도 그냥 못 본 체 할 수밖에 없는 것이 우선 그 놈의 말 때문이고, 한 때 포트 제퍼슨 역 주변의 바에서 백인과 유색인 — 중동 쪽 사람으로 기억된다 — 간에 말다툼이 벌어져 유색인이 살해된 일도 있는지라 일 년밖에 머물지 않을 사람이 괜한 트러블을 만들지 않는 것이

상책이었다. 어쨌거나 한국에 대해서는 이런 정도의 인식인지라 S대학에서 멀지 않은 대형서점에도 들러보면 아시아 여러 나라의 관광안내서가 진열되어 있었지만 — 심지어 월남이나 필리핀 관광 안내 책자는 있는데도 — 한국에 관한 안내서는 보이지 않았다. 물론 지역마다 다르겠지만 적어도 내가 산 곳에서는 그랬던 것이다. 식당만 하더라도 중식당, 일식당은 곳곳에 스며들어 있었고 태국식당조차도 있었는데 한국식당은 뉴욕 인근의 한국인 촌인 플러싱이나 맨해튼의 한국관광객을 대상으로 하는 식당이 아니면 찾기가 힘든 형편이었다. 아마도 이는 미국 속의 한국인들이 정주에 급급하다가 어느 정도 생계에 여유가 생기면 낚시나 즐긴다든지 미국의 자연 풍광이나 향유하는 정도로 안주하는 데 그치고 주류 사회에 진출하여 발언권을 확대하거나 한국을 적극적으로 알리려는 노력이 없는 탓인 듯 했다. 실상 내가 만난 하 사장, 조 사장, 최 사장, 김 사장 등 자영업을 하는 동포들이 모두들 저마다의 말 못할 사정으로 한국에서 쫓기듯 이곳으로 이주하여 온 사람들인지라 정치적 발언권 운운 등에 관심이 있을 사람들이 아니었다. 미국이라 하면 그저 미국 유학생 정도나 떠올리던 나로서는 의외로 막장에 몰리듯 삶의 터를 옮겨온 사람들이 꽤 많다는 것을 알게 된 것도 이곳에 와서 알게 된 가외의 일이었다.

*

    한 여사로부터 이런저런 도움을 받으면서 우리는 한 여사네와 더 자별하게 되었는데 이러는 중에 한 여사네도 각별한 사연을 가진 가족임을 차츰 알게 되었다. 하 사장의 사진관엘 들르기 시작하면서 장남인 고3생인 민수를 가끔 마주칠 때가 있었다. 그런데 내가 보기에 아버지와 아들의 관계가 영 서먹서먹하고 자연스러워 보이질 않았다. 아버지가 아들에게 이것 좀 도와다오 할 만큼 몸을 부릴 일이 있는데도 그러질 않는 것이었다. 처음 이 가족들을 만났을 때 아이들의 얼굴이 각각인 것도 다소 의아했지만, 일부러 캐물을 일은 아니었다. 나의 속을 모를 바가 없는 하 사장이 굳이 숨겨서 더 어색할 일은 피하고 싶었는지 결국 어느 날 이 사정을 스스로 털어 놓았다. 민수 엄마와 자기는 각각 한 번씩 이혼한 경력이 있는 사람으로 재혼을 한 사람들이다. 민수는 한 여사가 데리고 온 아들이고, 밑의 두 딸 즉 지연이와 지혜는 자기가 데리고 온 딸이며 막내딸 재현이는 두 사람이 재혼 이후 낳은 딸이라는 것이었다. 사정이 요연하게 이해되는 말이었다. 이 날 이후 어느 날 하 사장은 자기의 이혼담도 털어 놓았다. 하 사장은 서울 모 고등학교의 미술 교사였다고 했다. 석사 과정을 마친 후로 대학 강의도 틈틈이 나가기도 하는 정도였다. 아내도 미대 동기생이었는데 말은 않았지만 짐작으로 미인이고 섬세한 사람일 듯했다. 왜냐하면 두 딸들이 모두 예쁘고 음전스런 아이들이었던 까닭이다. 부러운 가정을 이룰

법 했지만 문제는 하 사장의 도박벽이었다. 하 사장의 말로는 자신은 무엇에 하나 빠지면 끝을 보는 성격이고 특히 게임에 몰두하면 그렇다는 것이다. 한국에서 끝을 보고자 했던 것은 고스톱이었다. 이른바 타짜라는 사람에게 기백 만 원 과외비를 줘가면서 고스톱 기술을 전수받을 정도였다는 것이다. 이 정도로 노름에 빠지다 보니 가정에 등한하게 될 것은 당연지사였다. 교사 월급으로 노름에 몰두하다 보니 빚을 지게 되고 자연히 부부 사이에 금이 갔다. 아이들의 어머니가 무던히 하소연도 하고 다잡아 보려고 했을 것은 짐작되는 사정이다. 그러던 중 아내 쪽에서 어느 날 갑자기 자기에게 다른 남자가 생겼다며 이혼을 요구하자 두 말 없이 승락했다고 한다. 그러나 아이들은 부득부득 내가 키우겠다 하여 지금 자기들이 아이들을 데리고 있다는 것이다. 그러고 보면 하 사장은 무던한 사람 같았지만 나름의 자존심이 대단해서 한 번 고집을 피우면 쉽게 자기주장을 꺾지 않는 면이 있었다. 아마도 웬만큼 무던해진 것은 대가 센 민수 어머니 — 한 여사와 만나 살다보니 그리된 것이 아닌가 싶었는데 이는 하 사장 스스로 인정하는 대목이기도 했다. 여기까지는 하 사장 자신이 밝힌 내력이지만 한 여사의 내력은 언급하지 않았다. 아마도 그건 한 여사의 프라이버시이기 때문에 자기가 밝히고 싶지 않다는 의도로 보였다.

결국 한 여사의 이력은 그 뒤 어느 시점에 한 여사 자신이 밝혀서야 알게 되었지만 그 뒤에 알게 된 내력에 비하면 그리 상세한 전말은 아니었다. 한 여사에 따르면 미국 땅에 먼저 발을 들여놓은 것은 자신이라고 했다. 대학 다닐 당시에 사귀던 같은 대학 선배가 미국으로 이민 간 부모를 따라 가더니 자기를 잊지 못해 한국으로 돌아와 청혼을 했다는 것이다. 인물도 잘 생긴 데다 미국행이란 데 거부할 수 없는 동경을 느낀 한 여사는 청혼에 응했다고 한다. 이때 한 여사는 교사를 하고 있었는데 교사로 임용되기 전 한 여사는 여군 장교가 되고 싶어 장교 공모 시험을 보아 두었다. 한 여사의 여걸스런 풍모를 보건대 그럼직한 선택이었다. 그러나 장교 선발 시험의 결과가 나오기 전에 교사 임용 통보가 먼저 있었고 놓치면 다시 잡을 수 없는 기회라 교사로 부임했다는 것이다. 교사로 2, 3년 근무하던 중 청혼을 받았고 그리하여 미국 땅에서 낳은 아이가 민수였다. 그러나 성격 차이로 걸핏하면 싸우다 결국은 이혼했다는 것이다. 만약에 자기가 여군 장교가 되었다면 민수 아버지와 결혼했을까, 교사와 여군 장교의 길, 이것이 내 인생의 '슬라이딩 도어스'였어요. 이러며 한 여사는 허전스레 웃었다. 민수 아버지와 이혼한 후 민수를 데리고 한국으로 다시 돌아 온 한 여사는 서울의 영어학원에서 강사로 일하며 민수를 키웠다. 그러던 차에 아는 사람의 소개로 이혼한 하 사장을 만났고 둘은 피차의 상처를 이해해 줄 사람으로 보고 재혼을 결심했다. 남다른 사연으로 재혼한 두 사람인지라 한국보다는 미국에서 새로 시작하는 것이 나아 보였고 한 여사의 미국 경험도 있는지라 미국으로 나왔다. 한 여사가 전 남편과 하던 일이 사진업이라 둘의 재산을 보태 지금의 업종에 종사하게 되었다는 것이다. 막내 재현이는 낳을까 망설였으나 두 사람의 새로운 출발을 위해 결국 낳게 되었는데 막내가 위의 다른 형제들과 터울이 많이 지는 것도 이런 내력 때문이다. 이것이 한 여사가 스사로이 밝힌 자신의 과거였다.

아이들이 각기 한 쪽 부모가 다르고 또 재현이까지 더 한 혼성 가족이었지만 그러나 이들 가족은 화목해 보였다. 아이들끼리도 의가 좋았고 한 여사의 전통적 한국식 가정교육에도 애들은 수근 수근 잘 따라 주는 듯했다. 그러나 사람 사는 일이 다 그렇지만 이 집도 우리가 모르는 이러저런 고충이 왜 없으랴. 그럭저럭 평온 하던 집이 어느 날 사소한 일로 파열음을 내면서 전에 모르던 한 여사의 그림자 짙은 운명의 굴곡을 나는 어쩔 수 없이 엿보게 되었다.

*

우리 가족은 사월의 어느 주말에 예일대, 하버드대를 견문하기 위하여 사흘 정도 집을 비웠다. 학생들뿐만 아니라 관광객들 까지 더해 그런지 붐비고 산만해 보이는 하버드대 보다는 오랜 역사의 무게가 새겨진 시계탑, 종루 등이 사월의 연초록 나무들과 어우러 진 예일대가 오히려 인상적이었다. 예일대가 있는 뉴헤이븐 시는 고즈넉하고 인적 드문 시가市街 전체가 사색적이며 지적 분위기에 쌓여 있어 캠퍼스 타운이란 바로 이런 곳이라는 인상을 강렬하게 전해 주는 곳이었다. 방문객들로 붐비는 하버드대보다 조용한 예일대가 훨씬 학구적이라는 느낌을 주어서 하버드대는 오히려 그 이름 때문에 손해를 보는가도 싶었다.

　새로운 풍정을 접하는 재미와 흥분도 있지만 역시 익숙하지 않은 이국땅에서의 여행인지라 긴장과 스트레스도 없을 수 없는 여행이었다. 그러나 우리가 이처럼 낯선 모험을 즐기고 있을 때 한 여사 네는 한바탕 소동을 치렀는가 보았다. 여행에서 돌아온 후 하 사장의 사랑채에 들렀더니 분위기가 다소 이상하였던 것이다. 다른 때 같으면, 어서 오세요 교수님, 하고 반갑게 맞을 한 여사나 허허허 웃으며 여행은 잘 다녀오셨어요 하며 맞아 줄 하 사장이나가 왠지 가라앉은 표정으로 건성의 인사만 건네는 것이었다. 두 사람 사이에 왠지 무거운 기압이 드리우고 있어 보였다. 어색한 분위기를 눈치 채고 오래 앉았을 수도 없어 잠시 앉았다 나오고 말았다.

*

　아파트 잔디밭에 생김새는 우리나라 박새와 흡사한데 덩치는 그 두 세배나 되어 보이는 미국 텃새가 내려앉아 모이를 쪼아대고 있는 한가로운 오후였다. 한 여사가 여러 가지 미용도구를 챙겨 우리 집으로 차를 몰고 왔다. 이 때 한 여사는 미용사 자격증을 따기 위해 고된 코스를 밟고 있는 중이었는데 미국에서 미용사 자격을 따려면 비용도 몇 천 달러가 넘는 약 1년짜리 연수를 하고 그러고도 필기와 실기 시험을 거쳐야 하였다. 특히 실기 시험을 보려면 파트너로 삼은 모델이 같이 참가해 주어야 하는데 젊은 러시아 처녀가 모델료를 받고 파트너가 되어주겠다 해놓고는 갑자기 일이 생겼다며 약속을 펑크 내어 버렸다. 이참에 늘 도움을 받는 데다 어차피 머리를 자르고 파마도 해야 하니 아내가 모델 역을 맡겠다고 선뜻 나서 미용기구를 챙긴 한 여사가 우리 집으로 온 것이다. 테라스에다 등받이 없는 의자를 내놓고 한국에서 가져온 소설책을 읽는 둥 마는 둥 하며 아내의 머리를 매만지는 한 여사가 아내와 주거니 받거니 하는 이야기를 나도 들었다.

"조 사장님이 우리와 오래 친한 사이라서 그렇지 내 요번에는 도저히 못 참겠어서 그 냥반에게 금족령을 내렸어요."

"아니, 왜요?"

얌전히 머리를 맡기고 있던 아내가 물었다.

"아, 글쎄 이 냥반이 밴댕이 속 같아 가지고 자기 잘 되라고 한마디 했더니…."

조 사장은 앞에서도 말했지만 진작 자기 일을 접고 아내 덕분에 사는 사람이었다. 이 사람도 원래는 젊은 시절에 한국의 건설 분야 대기업의 엘리트 사원으로 한때 호시절을 누리기도 했었다. 그러나 서른 중반쯤에 중동에서 벌어 모은 돈을 부동산에 잘못 투자했다가 말아 먹게 되자 형이 있는 미국으로 부부가 같이 훌쩍 건너온 것이다. 이곳에서 자신은 사진 기술을 익혀 사진관업을 했고 아내는 네일숍에 나가 일을 했다. 한 때 경기가 좋던 사진관업이 내리막 길을 걸을 때쯤 아내는 네일숍을 직접 차렸고 아내의 네일숍이 어느 정도 자리가 잡히자 자신의 일은 접어 버린 것이다. 그것이 5, 6년 전 일이었다. 그러니까 조 사장은 아직도 한창 일할 쉰 정도 되는 나이에 노동을 접고 아내에게 기대기 시작했던 거였다. 아내의 일이라도 거들어주면서 여유를 즐기면 좋으련만, 조 사장은 골프, 카드, 여기에 카지노까지 출입하면서 잡기에 빠지다 보니 아내와의 사이가 점점 틀어졌다. 게다가 젊은 시절 자기가 돈을 벌 때는 아내에게 인색하게 군 탓에 이제 아내로부터 그 되갚음을 당하는 형편이 되었다. 하 사장네 가게에서 죽치면서 저녁도 하 사장네 집에서 종종 해결하곤 하는 사정은 이런 이유 때문이었다. 한 여사가 한마디 한 사연은 이처럼 염량을 가리지 못하는 조 사장이 한국인이 운영하는 슈퍼마켓의 캐셔로 모처럼 두세 달 나가다 접어버린 탓이었다. 마켓 사장이 마뜩잖다고 사표를 던져버린 조 사장에게 한 여사가, 아니 그 분이 인품도 있어 보이던데, 왜 그러셨어요? 모처럼 얻은 일터를 그렇게 쉽게 버리면……, 했더니 대뜸, 아니 한 여사는 내가 여기 오는 게 싫은 모양이시구만 하고 받더라는 것이다. 한 여사로서는 한마디 던질 법도 한 게 저녁뿐만 아니라 점심시간에도 골프연습장을 거쳐 한 여사네 가게에 와선 아이구 배고프네 거, 라면 있으면 하나 끓여 주슈 하는 얌체머리도 다 받아주곤 한 터수였기 때문이다. 어쨌든 이후로 한 여사가 전 같잖게 쌀쌀맞은 눈치를 보이자 요즘은 발길을 끊었다는 것이다. 요즘은 역시 하 사장네 사랑채의 단골인 최 사장과 붙어 다니는 눈치라 했다. 오십 대 후반이어서 사랑채 멤버의 최고령인 최 사장은 역시 아내가 네일숍을 하고 있는 이로 이 사람은 한국에서 건설업을 하다 아이엠에프 때 도산하자 미국으로 온 사람이었다. 그러나 한국에도 자기 빌딩이 남아 있고 이곳에서도 아내의 일을 살갑게 도와주며 살고 있는 터라 가장 여유 있게 지내는 사람이었다. 이 사람과 요즘은 붙어 다니면서 한 여사네 가게는 일체 걸음을 하지 않는다는 것이었다. 최 사장 외에 사십 대 후반 쯤 되는 스티브 아빠라는 이도 사랑채의 단골이라 할 만한 사람이었는데 이 사람도 바지런한 이었다. 부부가 모두 일본사람이 하는 일식집에서 남편은 주방일, 아내는 플로어 서빙을 하면서 아담한 단독주택도 구하고 머지않아 자기네들 가게를 낼 계획으로 있는 건실한 사람이었다. 자기 가게가 없다 해서 아이 이름을 더해 스티브 아빠라고만 불리지만 잡기도 하는 것이 없는 매우 성실한 사람이었다. 첫인상에 키도 후리후리하고 얼굴도 호남형으로 생겨 염문 깨나 만들겠다 싶은 사람이었는데 의외로 맵짠 사람이었다. 그러므로 하 사장의 사랑채 멤버 중에서도 조 사장이 가장 문제적 인물이었던 셈이다. 나는 며칠 전 하 사장과 한 여사가 뿌루퉁하니 있었던 게 아마이 일 때문이었던가 했다. 단짝인 조 사장이 한 여사 탓에 발길을 끊었다고 못마땅해 한 하 사장과 말다툼이라도 있었나 싶었던 것이다.

그러나 정작 두 사람 사이에 저기압대가 형성된 사연은 이게 아니었다. 아내를 모델로 실습을 다 마친 한 여사는 우리네 좁은 거실의 식탁으로 옮겨 앉아 커피를 마시면서도 마음의 화를 훌훌스레 털어버린 개운한 얼굴이 아니었다. 머그잔의 커피를 한 모금 들이킨 연후엔 이내 한숨을 후유 내 쉬곤 하더니 결국 작심한 듯 말문을 열었다.

"나 요즘 집에 들어가지 않고 있어요."

"아니, 왜요? 집에 안 들어가시면 어디서 주무시고?"

미국 땅은 형제간에 방문해도 특별한 사정이 아니면 호텔에서 묵는 습속이라 어디 끼칠 데도 없을 텐데 무슨 사단이 생긴 건지 알 수 없는 일이었다.

"가게 작업실 칸에다 간이침대를 갖다놓고 거기서 재현이하고 자고 있어요."

"아이고, 봄이라지만 아직도 쌀쌀한데 왜 한데 잠을. 그러다 병 나시면 어쩌려고."

안타까움을 얹은 아내의 염려에 커피를 한 잔 더 청한 한 여사가 털어놓은 사정은 늘상 있을 부부싸움 정도를 예상한 우리에게는 상당히 충격적인 내용이었다.

발단은 장남인 민수와 시작한 언쟁 때문이었다. 우리가 여행을 떠난 날 하 여사는 민수에게 가게 세를 낼 돈이 부족하니 모아놓은 돈 오백 불 정도를 빌려달라고 했다는 것이다. 우리는 아이들 둘의 숙제 보조를 겸한 영어회화 튜터를 일주일에 두 번 씩 하는 보수로 민수에게 월 이백오십 불 정도를 주었는데 그것을 민수는 거의 쓰지 않고 모아 두었던 모양이었다. 사진업이라는 게 내리막길에 접어들기도 했지만 사람대접하길 좋아하고 쓸 곳은 우선 쓰고 보는 한 여사네 부부는 가게 세를 내기도 여의찮은 사정이 엿보이던 차였다. 한 여사가 미용기술을 배워 미용실에라도 취직해 보겠다는 염을 낸 것도 이런 사정 탓이었다. 그러나 아이들 마음이 어른 같을 수가 없고 더구나 미국 땅에서 개인주의를 몸에 익히며 살아온 민수로서는 선선한 마음일 수 없었던가 보았다. 그건 자기가 노트북 컴퓨터를 사려는 돈이라며 볼이 부은 얼굴이 되었던 것이다. 녀석이, 아, 돈 되는 대로 금방 갚아줄 거야. 엄마가 니 돈 떼먹겠니, 하고 속이 상한 한 여사가 한마디를 질렀다. 그러자 민수는, 아, 엄마 아빠는 세 낼 돈도 마련하지 못하고 뭘 하신 거예요, 라며 복장을 질렀다. 그예 부아가 뻗친 한 여사가 이 녀석이 정말 못하는 소리가 없네, 이런 일이 언제 또 있었니? 어려울 때 부모 자식 간에 도울 수도 있는 일이지, 길러준 건 생각도 않고 그런 소릴 할 수 있니, 고함을 질렀다. 민수는 한 발 더 나갔다. 아빠 엄마가 열심히 사시지 않은 탓이지 뭐예요? 엄마는 온갖 손님 불러 대접하지, 아빠는 카드에 골프에, 그러니 언제 돈이 모이겠어요. 이 말에 한 여사의 화기가 꼭지까지 차오르고 말았다. 아니, 이 녀석이 뭐라고 말 다 했니. 이렇게 점화된 한 여사의 분노가 한바탕의 드센 화염으로 쏟아지자 민수가 자리를 뛰쳐 나가버렸다. 혼자서 마음의 화기를 겨우 삭힌 한 여사가 가게로 가서 그래도 남편이거니 하고 하 사장에게 민수와 벌인 싸움을 전하고 넋두리를 했더니 이건 또 무슨 일로 하 사장조차 거참 애한테 뭐하려 그런 말은 해가지고 라며 나무랐다는 것이다. 아니 그러면 당신이 더 잘 벌지. 그러면 이런 일이 왜 있어? 아 이 여자가, 그럼 내가 놀고 있어. 엄마가 좀 부드럽게 애를 대해야지, 여기가 한국이야? 하고 그예 부부 간에 또 한바탕 언쟁이 벌어졌다는 것이다. 한 여사의 말로는 조 사장이 금족령이 내려져 못 오니 그 분풀이를 한 것 같다는 것이다. 그럴 법도 하려니와 내가 보기엔 한 여사의 여장부 같은 성정에 눌려있던 하 사장의 성깔이 그렇게 폭발한 듯도 싶었다. 그 날 이후로 재현이를 데리고 나와 가게 한쪽에서 잠자기 시작한지 사흘째 된다는 것이었다. 그러나 놀라운 것은 이어진 한 여사의 다음 한마디였다.

"나쁜 녀석이, 죽은 지 애빌 닮아가지고, 그 따위 성깔로 뭔 인간이 되려고….."

"아니 민수 생부가 돌아가셨어요? 언제……!"

막연히 이혼한 전남편이 미국 어디엔가 살고 있겠거니 해 왔던 나로서는 놀라운 말이었다. 오륙 년쯤 된 일이에요, 라며 털어놓은 한 여사의 이야기에 의하면 민수 아버지와 이혼하게 된 사유는 사실은 성격 차이가 아니었다. 사진관업을 시작한지 5, 6년이 되어 자리를 잡게 되자 민수 아버지가 바람을 피우기 시작하였다는 것이다. 그때 한참 돈이 벌릴 때는 은행에 입금을 하러 가려고 가게를 막 나서는데 발에 툭 차이는 봉투가 있어 뭔가 하고 들어보니 몇 백 불이 담긴 돈봉투이기도 할 정도였다고 했다. 남자가 돈이 들어오게 되면 자연히 눈을 돌리게 되는 것이 여자인지라 민수 아버지는 젊은 한국 동포 여자와 눈이 맞았다. 한 여사가 낌새를 채게 되자 하루도 조용한 날이 없게 되었다. 급기야 한 여사가 이혼을 선언하고 재산을 반분하는 조건으로 갈라섰다는 것이다. 그 때 한 여사는 너란 인간이 얼마나 잘 사는지 두고 보자는 원념을 품은 채였고, 이웃 한인들도 조강지처를 버리고 잘 될 수는 없는 법인데…, 라며 혀를 찼다는 것이다. 이 말을 할 때의 한 여사의 굵고 검은 눈에는 푸른 서슬이 뚝뚝 흘렀다. 독기 어린 여자의 한이 통했는지 아니면 조강지처를 버린 지아비의 업보였는지 과연 민수의 친부는 3, 4년은 가게를 잘 이끌었으나 그 뒤는 내리막길을 걸었다. 그러자 새로 얻었던 여자가 어느 날 돈을 챙겨 달아났다. 이쯤 되자 그는 가게를 접은 뒤 롱아일랜드에서 종적을 감췄다. 어디서 추레해진 민수 아버지를 봤다는 전언을 어쩌다 듣기는 했지만 이미 마음에서 놓아버린 사람이었다. 그러던 5, 6년 전 LA 근교의 한 모텔에서 민수 아버지는 자살한 시체로 발견되었다는 것이다. 미국에 있는 민수의 친가 쪽 사람들이 치른 장례식에 민수만 보내고 한 여사는 가지 않았다고 한다. 이런 사연 탓인지 한 여사는 자기편을 들지 않은 하 사장보다도 그 아버지의 아들인 민수에게 더 날카로운 적의를 드러내었다. 물론 한 여사의 드높은 자존심을 일거에 뭉개다시피 한 아들에 대한 원망도 가세했을 것임은 충분히 짐작할 수 있는 일이었다.

이야기를 다 듣고 난 우리 부부는 예상치 못한 충격 탓에 할 말이 없었다. 아파트 밖의 잔디에는 이제 저녁 어스름이 막 내려앉고 있는 참이었다. 사람 사는 일이란 게 어느 집이든 문 열고 들어가면 사연 없는 집이 없다더니 씩씩하고 거침없어 보이는 한 여사도 참으로 고단한 삶을 살아 왔구나. 한 여사가 젊은 시절 여군 장교로 입대를 했더라면 이런 곡절은 겪질 않았을까? 처녀 시절, 준수하게 생긴 대학 선배와 동경의 땅이던 미국에서 신혼을 시작할 때 한 여사 역시도 삶의 이런 모진 굴곡은 예상치 못했으리라. 그녀가 삶의 알 수 없는 어떤 문 앞에서 슬라이딩 한 것은 자기가 미끄러진 것인가, 누가 밀어 미끄러진 것인가. 아니 미끄러지건 어쨌건 이 문 저 문은 결국 같은 종착점으로 연결되는 것은 아닐까. 나의 어지러운 사념은, 아이구 내가 주책이야, 공연한 이야기를 해 가지구, 죄송해요. 이만 갈게요, 라며 한 여사가 서둘러 일어나는 바람에 중도반단이 되었다.

*

이날 이후로도 우리는 여전히 서로 오갔다. 상처 없는 영혼이 있을 수 없고 그런 아픈 영혼의 무덤들을 딛고 우리는 또 굳세게 살아가야 하는 법이다. 한 여사네의 한바탕 분란도 시간이 가면서 이러한 법칙을 어길 수는 없는 성질의 것이었다. 사과와 함께 민수가 자기의 모은 돈을 건넸으나 하 사장이 예의 그 모히칸 카지노에서 한바탕 따는 바람에 그 돈은 받지 않아도 되었다. 나는 하 사장의 그런 식의 땜통식 가게 운영이 불안했으나 뭐랄 수 없는 노릇이었다. 그러나 하 사장에게 이 말은 넌지시 전하였다. 민수가 보기에는 총명하고 똑똑한 아이 같지만 마음에 상처가 많겠다, 이 문제는 하 사장님이 잘 다독여 주실 필요가 있겠다……. 한 여사네 집안의 분란에는 이 정도의 위로나 가능했으나 그러나 조 사장과의 일은 참 어찌할 수 없는 일이었다. 가족 간도 아니고 살아온 햇수만큼 자존에 대한 옹성은 더 공고해지는 것이 갈지자를 걷는 마음의 행보인지라 한 여사와 조 사장 간의 대립은 쉬이 해소되질 않았다. 시간이 가면서 하 사장과 조 사장은 여상스레 만나고 나도 이들과 골프를 치기도 하고 했지만 한 여사가 있는 자리에 조 사장이 나타나는 법은 없었다.

이러구러 하는 사이에 우리가 귀국할 시한이 되었다. 꼭 무슨 암호판 같은 메뉴를 내미는 식당에서 음식 주문을 이제는 다소 편하게 하고 웨이터들의 서비스에 제법 익숙해 질 무렵이었다. 중학교 2학년짜리와 초등학교 4학년짜리이던 아이들도 제 반 아이들 집에 놀러가기도 하고 같은 아파트의 아이들과 어울려 놀기도 하는 정도가 되었다. 좀 더 체류하면 어떤 진전이 있을지 모르지만 일 년의 미국 경험이란 고작 이런 정도였다.

＊

그 한 여사가 지난 가을에 우리 집엘 다녀갔다. 추석이 되어 서울 근교의 어머니와 형제들을 만나러 온 길이었다. 그 일 년 전에 하 사장 역시 명절 때 일시 귀국하여 소주를 한잔 나누고 갔고 조 사장과 최 사장은 또 그 앞서 함께 와서 반가운 만남을 가진 적이 있던 차였다. 전철역으로 한 여사를 맞으러 갔는데 역사 출구에서 나오는 한 여사를 보고 우리는 탄성부터 발했다. 한 여사가 몰라보게 살이 빠져 날씬해 진데다 머리에 살짝 노란 색의 브리지까지 넣어 한층 젊어진 모습으로 등장했기 때문이다. 어쩨 이리 젊어졌냐, 섹시해졌다는 둥 우리들의 수다스런 인사에 계속 살이 찌니 몸이 아픈 곳이 많아져서 지난 1년 동안 독하게 마음먹고 다이어트를 했다며 예의 그 유쾌한 음조로 홋홋홋 웃었다.

우리 집에서 저녁을 같이 하며 한 여사는 자기네의 근황을 전해 주었다. 사진관업은 이제 아무래도 사양길이라 문을 닫고 하 사장은 김 사장의 일식집에 일을 나가고 있으며 자신은 그때 따놓은 미용사 자격증으로 미용실에 취직해 일하고 있다는 것이었다. 조 사장도 이제는 다시 한 여사네엘 드나든다고 했다. 시간이 결국 문제 해결의 약이었던가 보았다. 민수는 근처의 S대학교 경영학과에 다니고 있으며 그 밑의 지연이 역시 그 대학 생물학과에 입학해 의학대학원 진학을 목표로 하고 있다는 것이었다. 야, 거 참 잘 되었군요. 나는 이 대목에서 짝짝 박수를 쳐 주었다. 우리 한국인들의 놀라운 점은 아무리 곤고한 환경에서도 이처럼 교육에 있어서만은 열성이고 그것이 또 괄목할 성과로 나타난다는 점일 것이었다. 내 생각에 지금의 미국 동포들은 김승옥 이청준 세대들을 낳았던 1960년대, 서울로 진입한 농촌 출신의 도시이주민에 상응하는 사람들이 아닌가 싶다. 세계의 중심지인 미국, 세계의 수도인 뉴욕에서 새롭게 열리는 자식들의 미래를 삶의 보람으로 삼는 점에서 이들은 21세기의 서울 이주민들인 것이다. 미국에서 자란 아이들은 미국화 한다지만 아무렴 어떤가. 서울에서 출세한 농촌 촌뜨기들의 고향은 여전히 그들이 자란 시골이다.

언제 한 번 시간을 내셔서 다시 한 번 미국에 오세요. 우리가 숙식 일체를 다 제공할 게요, 훗훗훗. 한 여사가 자리에서 일어나면서 말이나마 고마운 제안을 던졌다. 아이구 그 고생을 이제는 다시 못할 것 같아요. 우선 비행기를 열 세 시간이나 타야하니. 이러고 헤어진 게 대 여섯 달이 되었다. 주마간산 격의 미국 체험을 한 지도 이제 3년쯤, 헤집고 다니던 롱아일랜드의 도로, 자연들이 조금씩 그리워진다. 그 때 이후 소식이 뜸한 한 여사는 지금쯤 또 어떤 삶의 사연을 잣고 있을까.

개가 되어 버린 김씨의 기이奇異한
경우에 관한 사례 보고

개가 되어 버린 김씨의 기이奇異한 경우에 관한 사례 보고

1

살다 보면 말도 보고 소도 본다지만 지금 우리가 살펴 볼 김종성 金鐘聲씨의 경우는 이건 참 놀랍고 황당하며 억울하기조차 한 경우 라는 데 이의를 제기할 분은 없으실 터이다. 누가 판단하더라도 이건 횡액이랄 밖에 없는 기가 막힌 경우를 당한 것이다. 횡액이랄 수밖에 없는 것은 그가 간밤에 아주 재수 사나운 꿈자리를 본 것도 아니고 아침에 일어나 이빨을 닦던 중 아차 실수로 입을 씻는 유리 컵이 바닥에 떨어져 산산조각이 났다는 따위의 하등 이상한 전조 도 없었는데 그리되었다는 것이다. 사태가 전개된 경위를 우리는 그 사단이 난 김씨의 귀가 길에서 부터 살펴보기로 하자.

김씨는 그날도 저녁 일곱 시 종이 땡 울리기 무섭게 집에 도착하는 땡칠이답게 통상적인 귀가 길에 올라 있던 참이었다. 술을 마다하지는 않는 편이지만 일부러 자리를 만들어 찾아 마시지는 않는 쪽이고 교제가 넓어 이런저런 사람을 만나는 일도 없는 그인지라 이 또한 그저 범상한 일이었다. 사실 귀가 도중인 그의 심사가 다소 언짢키는 한 터였다. 『생각과 표현』이라는 대학 교양 교재 원고를 곧 전하겠다면서도 차일피일 미루어 오던 C대학의 박 교수가 약속 날짜인 오늘도 또 넘겨버려 개학이 채 두 달도 남지 않은 판에 언제 책을 만들라는 건지 심기가 다소 틀어져 있었던 것은 부인할 수 없는 일이었다. 약속을 잘 지키지 않는 이를 혐오하는 깐깐한 성격의 김씨인지라 특히 그랬던 것이다. 그러나 원고란 것은 도대체 날짜를 지켜 정시에 도착한다는 것의 성격의 것이 아니고 보니 이 또한 늘 있을만한 일이었고 그만한 일로 돌이킬 수 없을 정도로 심기가 불편해 질 일은 또 아니었던 것이다. 놀랍고 황당한 일은 김씨가 다소 틀어진 심사로 '개 같은…!' 이 한마디 말을 뱉었을 시에 벌어진 것이다. 이것도 김씨가 단지 늦어진 박 교수의 원고 건 탓에 틀어진 심사로만 그리한 것도 아니고 마침 버스에 내려 집 쪽을 향하고 가는데 앞서 가던 한 추레한 남자가 '카악'하고서는 한웅큼의 가래를 뱉어낸 탓에 그 남자의 뒤통수에 꽂은 비난의 화살이었으니 뭐랄 수도 없는 일 아니겠는가. 김씨의 집이 약 사백 미터도 남지 않은 골목길에서 벌어진 일이었다. '개 같은'이란, 그 한마디를 뱉은 순간 김씨는 자신의 몸이 갑자기 공중으로 가볍게 부양되는 듯한 느낌을 일시에 맛보았다. 그리고 갑자기 허물을 벗는 듯한 느낌 또한 들면서 자신의 시야 및 신체 전부가 일순 장막에 가려지는 듯하여 몸부림을 치며 그 장막을 걷어내는 시늉을 했던 것이다. 그러자 자기가 늘 걷던 저녁의 골목길 풍경은 다시 확인할 수 있게 되었으되 당최 납득할 수 없는 사단이 일어난 것을 확인하는 데는 다소의 시간이 걸렸다. 우선 그는 자기가 입고 있던 양복과 외투가 자신의 주위에 허물어져 있는 것을 먼저 확인해야 했다. 자신이 늘 옆구리에 끼고 들어오던 낡은 서류 가방 역시 땅바닥에 팽개쳐져 있었다. 무엇보다 그는 자신의 몸으로 평소 느끼던 지구의 중력이랄까 체적의 양감量感이랄까가 평소와는 무언가 달라졌다는 감각을 가짐과 동시에 자신의 몸을 살펴 본 것이었는데 그때 그는 아연했다 — 는 표현도 적절치 못하고 입을 딱 벌리고 그 자리에 굳어질 수밖에 없었던 것이다. 우선 자신의 손과 팔이 눈에 들어왔는데 아니 이런 기막힌 경우가 있을 수 있겠는지. 그는 자신의 손이 털이 촘촘히 난 채 뭉툭하게 네 쪽으로 갈라졌으며 팔이 있어야 할 자리에는 역시 누런 털이 촘촘히 돋은 길쑴한 개의 다리가 돋아난 것을 보고 경악치 않을 수 없었던 것이다. 그 팔로 땅을 딛고 일어서는 순간 그는 다시 문자 그대로의 망연자실을 구현치 않을 수 없었는데 그의 다리 또한 그러한 형상이 되어 그는 네 발로 땅을 딛고 선 형국이었으며 얼굴 부분은 쳐다 볼 수 없어 확인할 수 없으되 몸통 역시 노란 털로 뒤덮인 채 허리 부분에 특히 중력이 느껴지는 바 자신의 신체가 개의 형상으로 탈바꿈했다는 사실을 아연 인식케 되었던 것이다. 세상에 이럴 수가! 소설이나 꿈에서 이런 일이 있다는 것은 가끔 보고 들은 터이나 이건 도대체 있을 수가 없는 일이 아닌가, 김씨의 당시 소회는 그러하였다. 자신에게 일어난 변화의 전모를 확인키 위하여 그는 당황망조한 심사를 가누며 허물처럼 부려진 그의 옷가지 속으로부터 헤어나와 골목길 입구의 슈퍼 쪽으로 달려갔다. 슈퍼의 유리문에 자신을 비춰 이것이 생시인지 꿈인지를 가늠키 위함이었다. 그러나 이미 어두워진 겨울 저녁 일곱 시 무렵 가게 안에 켜진 불로 인해 자연스런 거울이 된 슈퍼마켓 유리문에 비친 한 마리의 황구는 그를 거듭 경악케 함과 동시에 절망케 하기에 족하였다. 유리창에 비친 그의 모습은 유연하게 앞으로 빠진 입 부분, 뾰족하게 선 귀, 약간 째진 듯하면서도 순박하게 생긴 눈, 말린 꼬리, 등 쪽은 누런 털로 덮이고 배 쪽은 희누런 털로 덮인 토종 누렁이의 형상에 오갈데 없었던 것이다. 아니, 대학생 때 읽은 카프카의 〈변신〉이란 소설에 그래그래 잠자인지 이래저래 잠자인지가 벌레로 변했다는 이야기를 읽은 적이 있지만 이건 도시 소설 속의 이야기이고 이런 변괴를 어떻게 받아들이란 말인가? 고개를 축 늘어뜨린 채 다시 자신의 옷 무더기가 있는 곳으로 돌아 온 김씨는 자신이 들고 다니던 낡은 가죽 서류 가방을 입에 물고 집으로 향하였다. 이 때 마침 자신의 옆으로 한 사람이 지나치는 것을 본 김씨는 다시 한 꾀를 내었다. 이것이 꿈인지 생시인지 다시 한 번 확인해 보리라. 아직 이성과 감각의 아들인 그로서는 시도치 않을 수 없는 일이었다. 앞선 행인에게 소리 없이 다가간 그는 입에 문 가방으로 행인의 다리를 툭툭 건드렸다. 길가는 자신을 무단히 건드린 것이 한 마리 누렁이인 것을 확인한 남자가 화들짝 놀란 것과 동시에 몇 발짝을 뒤로 물러서 돌멩이를 집어 들고 김씨, 아니 누렁이에게 팔매질을 한 것은 순시에 벌어진 일이었다. 김씨 역시 창졸간에 날아온 돌멩이를 이왕 개가 된 민첩성으로 날쌔게 피한 연후 다리를 힘주어 뻗대고 목소리를 한껏 응축하여 그르렁대자 남자는 재빨리 달아나 버렸다. 가만 있자, 저 인사는 집 앞에다 지정 쓰레기봉투가 아니고 일반 비닐 봉투에다 집어넣어 일쑤 투척해 놓는 집 남자 아닌가. 뒤늦게 알아챈 김씨가 목소리를 높여 컹컹 짖었을 때는 그 남자가 모퉁이 길을 돌아 이미 사라져 버린 뒤였다. 그러나 자신에게 벌어진 문제가 그러한 사소한 시민의식의 발휘 여부가 아니라 자신이 돌이킬 수 없이 한 마리의 개로 전신해 버렸다는 사실임을 돌이켰을 때 김씨의 비감하고도 창황한 심정이 어떠했을지는 독자 여러분도 족히 짐작하실 것으로 믿어 의심치 않는 바이다.

하릴없이 김씨는 자신의 서류 가방을 다시 입에 문 채 무거운 발걸음으로 자신의 집 대문 앞에 이르렀다. 당연하게도 철제 대문은 잠겨 있었고 초인종은 개가 된 그의 키로는 닿을 수 없어 그는 또 한 번 망연자실의 좌절감에 사로 잡혔다. 혹시나 하고 가방을 입에 문 채 머리째로 대문에 몇 번이나 부딪혀 보았으나 문에서 거리가 있고 게다가 꽉 닫힌 거실에서 이러한 기적을 알고 문을 열어 줄 리는 만무했다. 그는 다리를 붙여 모으고 대문 앞에 엎드렸다. 혹 이 시간쯤이면 돌아오는 아내를 기다려 보자는 요량이 든 것이다.

　이런 저런 사단으로 시간이 한 시간쯤 흘렀으니 이제 저녁 여덟 시가 가까웠겠지. 시간을 짐작해 보는 김씨의 눈에는 사람의 통행이 뜸해진 한겨울의 휑뎅그렁한 골목길만 펼쳐져 들어올 따름이었다. 김씨의 집 문간 앞에 서 있는 전봇대에서 쏟아지는 불빛이 동그마니 엎드려 있는 김씨를 집중 조명하는 양이 되어 그가 처한 상황의 난감함과 쓸쓸함이 더욱 도드라지는 모양새였다. 이러기를 삼십 분쯤, 김씨의 귀 아니 누렁이의 귀가 쫑긋 섰다. 이제 개가 된 만큼, 그도 모르게 예민해진 후각과 청각이 길모퉁이 저 쪽의 기척을 민감하게 잡아낸 것이다. 아니나 다를까, 모퉁이를 돌아서 집근처 담벼락에 승용차를 붙이고 내린 사람은 오매불망 기다려 온 아내였다. 가까이 다가 온 아내는 옅은 술 냄새를 김씨의 예민해진 코에 혹 끼얹었다. 아니, 이 여편네가 또 음주운전이네. 몇 년 전부터 보험 외판을 한답시고 드나들이를 해쌓더니 부서 단합대회네 고객 관리네 뭡네 하고 오히려 김씨보다 술자리가 더 잦아진 아내에 대해 역정이 불끈 일어나는 것이었으나 지금 그런 것을 가릴 계제가 못되는 김씨로서는 구원받았다는 깜냥부터 들어 꼬리부터 흔들고 보는 판이 되었다. 문간으로 다가서던 김씨의 아내는 자기 집 문 앞에 웬 물체가 웅크린 것을 발견하고 멈칫하더니 그것이 한 마리 누렁개인 줄 알아채고 나서는 멈칫멈칫 김씨 쪽으로 다가왔다. 김씨가 자기를 경계하는 마누라의 낌새를 알아채고 문 간 앞에서 얼마를 물러서자 아내는 조심스레 초인종을 눌렀다. 초등학교 5년생인 둘 째 '석이'가 문을 열고 엄마에게 매달리는 순간 김씨도 잽싸게 열린 문을 향하여 몸을 날려 자기 집 문 안에 들어서는 데 성공하였다.

"에그머니, 아니 이 개가 뭔 일이람?"

김씨의 아내는 처음에는 갑자기 집 마당으로 뛰어든 한 마리 누렁이 때문에 자지러졌다. 그러나 곧 자신의 남편이 늘 옆구리에 끼고 다니던 서류 가방을 입에 물고 꼬리를 흔들고 있는 누렁개를 보곤 김씨의 아내는 사태가 무언가 심상치 않음을 알아챘다.

"아니, 저건 애들 아빠 가방인데, 어째 저 개가 물고 있을꼬. 얘, 석아. 아빠 아직 안 들어왔니?"

아이 역시 놀라 동그래진 눈으로 고개를 가로 저어대자 아내는 꼬리를 연신 흔들어 대는 누렁이가 입에 문 가방을 자기에게 전하려는 뜻을 알아채고 조심스레 가방을 받아 들었다. 현관문을 열고 집 안으로 들어간 아내가 대뜸 핸드폰을 꺼내 꾹꾹 눌러대는 것이 마당으로 난 거실 유리창 너머로 보였다. 아마 자기에게 거는 것이겠지. 김씨는 번연히 짐작하면서도 골목에 내팽개쳐진 자신의 옷 속에서 울릴 핸드폰을 아내에게 알려 줄 도리가 없었다. 그저 유리창 밖에서 애타게 낑낑거릴 따름인 자신을 경계와 경원의 눈길로 쳐다보는 아내를 안타깝게 지켜보는 것이 전부일 뿐인 자신의 처지에 거품을 물고 거꾸러질 노릇이었지만 어찌할 도리가 없었다.

아내는 김씨의 회사에도 전화를 거는 모양이었다.

"네에, 벌써 퇴근하셨다고요. 오늘 뭐 회식 자리 같은 것도 없었고요? 아니, 뭐 별 일은 아니고요. 네, 네, 알겠습니다."

아니 이 사람이 어찌 된 일이람. 땡칠이 같은 사람이 연락도 없이 어디로 갔지. 저 개는 뭐고, 애들 아빠 가방만 달랑 물고 들어왔담. 거 참, 별 희한망측한 일도 다 보겠네. 아니 그런데 이 일을 어떡해야 하지. 황망한 주절거림 끝에 아내는 또 부지런히 전화를 돌리기 시작했다. 아마 알 만한 김씨의 친구들에게 전화를 해대는 모양이었다. 그러나 역시 무망한 답을 들었을 것이 뻔한 아내는 거실을 초조하게 돌아다니기 시작했다. 마당에서 하염없이 낑낑대던 김씨는 지쳐 현관으로 올라가는 계단 밑으로 들어가 몸을 웅크렸다. 추위도 꼭지에 오른 바람 맵찬 대한大寒 날씨에 한데 잠이라니. 자신의 처지가 황당하기 짝이 없지만 그러나 몸에 부얼부얼한 털이 한기를 그럭저럭 막아주는 통에 김씨는 어수선한 하루 밤의 꿈을 불렀다.

2

날이 밝아 눈을 떴을 때 김씨는 자기가 가마니 한 장 없는 흙바닥에 드러누운 것을 깨닫고 다시 깊은 나락에 빠진 듯한 절망감에 사로잡혔다. 도대체 어떻게 이런 일이 벌어진 건지, 내가 무얼 잘못해 이런 천벌을 받은 것인지… 등 끝없는 자책이 고개를 들려는 무렵 집안에서 가족들이 일어난 기척이 들려왔다. 엄마, 아빠

안 들어왔어? 그래, 무슨 일이 있으신 모양인데 연락이 곧 있겠지 뭐. 자 어서 학교 갈 준비들 해야지. 불안해하는 중학교 3학년짜리 딸아이와 5학년짜리 아들아이의 목소리를 듣고 김씨는 기가 막혔다. 하, 이거 어떡해야 나의 처지를 식구들에게 알리나. 생각해봐야 뾰족한 방도가 있을 리 없었다. 아이들이 학교를 가려고 현관문을 열고 나오자 아이들에게 달려들어 마구 혀로 핥아주는 게 그가 할 수 있는 표현의 고작이었다. 그러나 어제 저녁 누렁이를 본 적이 없는 딸아이가 또 기겁을 했다.

"엄마 이 개, 개 좀 봐요. 웬 개가 우리 집에…?"

"아이구, 글쎄다. 저 개가 어제 나를 뒤따라 들어와서는……."

더 이상 말을 잇지 않는 걸로 봐서는 딸아이에게 더 충격을 주기를 꺼리는 눈치였다. 그래도 어제 저녁의 사단을 아는 아들은 김씨의 머리통을 슬몃 쓰다듬고는 홀깃홀깃 뒤를 돌아다보며 대문을 빠져나가는 것이었다. 아이들이 나가고 난 후 문이 빠끔히 열린 것을 확인한 김씨는 한 가지 생각이 떠올라 그 문을 주둥이로 열어젖혀서 골목길로 나섰다. 그가 멈춘 곳은 어제 저녁의 사단이 발생한 원수 같은 그 장소였다. 놀랍게도 그새 그의 옷가지를 누가 주워가 버렸는지 일대는 뜯어진 옷솔기 흔적 하나조차 없이 깨끗했다. 어떤 인사가 옷주머니 속에 든 핸드폰과 지갑 속의 일이 만원 되는 돈을 보고는 옷째로 들고 간 모양이로군. 김씨는 대한민국의 민주시민으로 스스로 늘 다져왔던 시민의식이 실종된 현장을 확인하는 듯하여 가슴 한구석이 썰렁해지는 느낌을 다스리면서 하릴없이 다시 집으로 돌아와 계단 밑의 차가운 흙바닥에 몸을 웅크렸다.

그러고 얼마 있지 않아 김씨의 처형이 들이 닥쳤다. 아내가 전화를 넣어 둔 모양이었다. 아니, 김 서방이 웬일이라냐, 그 고지식한 사람이 외박을 한 거야, 뭐야. 식당을 운영하는 여주인답게 몸피가 보기 좋게 풍성한 처형은 현관에 채 발을 들여놓지도 않은 채로 성마른 소리를 쏟아놓고 보았다. 아이 언니, 외박이 아닌 것 같대두. 평소 땡칠이던 사람이 전화 한 통도 없이 들어오지 않을 리도 없구, 뭣보다 희한한 게 저 누렁이가 애들 아빠의 가방을 물고 들어왔어요, 글쎄. 그래애? 것 참 희한타. 저 개가 진짜 뭔 개람? 김 서방이 개가 되었남? 아잇 참 언니두, 무슨 사위스런 소리를···. 아무래도 실종 신고를 해얄 것 같아요. 회사에서도 아무 일 없었다, 친구들도 모른다. 여태 20년 가까이 살면서 연락 없이 외박은커녕 밤늦게 들어 온 적도 없는 사람이니 말이유. 그래, 하룻밤 안 들어 왔다고 실종 신고라는 게 그렇지만 사정이 원체 그러니, 나랑 같이 나가보자.

아내는 급하게 입성을 휘감고 나가면서 그래도 남편의 가방을 물고 온 누렁이를 위하여 삶은 누룽지 한 사발을 이 빠진 사기그릇에 담아 주고는 처형과 함께 부리나케 집을 빠져 나갔다. 그러나 그는 아내가 놓고 간 누룽지를 놓고 갈등에 빠졌다. 비록 배는 고프지만 내가 이따위 개밥을 먹어야 한단 말인가. 더구나 개처럼 혓바닥으로 쩝쩝 핥아서. 이미 개가 된 그로서는 터무니없는 한탄이었지만 하기는 이 모양이 되기 전에도 먹는 일에 대해 남다른 자의식을 가진 김씨인 것을 독자 여러분들이 알면 반드시 웃기는 짓이라 할 것도 아닌 일임을 이해하시지 않을지. 가령, 김씨는 평소에 밥 먹는 모습도 마치 마지못해 숟가락질을 하는 사람처럼 눈을 아래로 내리 뜨고는 입을 우물우물, 한없이 께느른하게 밥을 떠 넣고는 해 아내로부터, 아유 밥을 좀 푹푹 떠 씨언씨언 하게 먹으면 누가 떠 메갈 사람 있나, 저러면 오던 복도 달아 난다드만, 하는 지청구를 듣곤 했던 사람인 것이다. 그러나 먹는 일에 걸근거리며 아무 의식 없이 입안으로 퍼나르는 것은 별다른 이유도 없이 남의 눈치를 타는 김씨로서는 아내가 뭐라 타박해도 그 버릇을 고칠 수는 없던 것이다. 글쎄, 맛있게 와작와작 잘 먹는다고 누가 뭐랠 사람도 없건마는 김씨의 이상한 자의식은 이런 식이어서 지금도 몸무게가 60킬로그램이 겨우 넘는 것은 이런 먹성 탓이었다. 그리하여 김씨는, 에라 죽으면 죽지 저 개밥은 죽어도 못 먹겠다, 하고는 차라리 아침에 눈뜰 녘의 사유에 다시 한 번 몰두하기를 택했다.

자, 지금까지 벌어진 일들을 돌이켜 볼 작시면 이게 꿈이 아닌 것은 분명하고, 그렇다면 혹 내가 나도 모르는 사이에 죽어서 불교의 연기설에 입각해 개로 다시 환생한 것인가? 아니 내가 무슨 몹쓸 죄를 지었다고 사람의 몸을 입지 못하고 개로 태어나? 죽기는 무슨…. 내가 죽었다면 식구들이 저 사단을 해? 아아, 정말 미치겠구나. 다시 사람으로 환생할 수는 있을까? 만약 이 꼴로 계속 살아야 한다면. 생각만 해도 끔찍하군. 가만 있자, 어제 내가 무얼 잘못 먹은 게 있나? 아닌데, 아침에 늘 먹던 식으로 빵 한 조각, 점심에 된장찌개, 그 외엔 특별히 먹은 것도 없는데. 커피야 늘 마시던 서너 잔이고, 아니 혹시, 내 말버릇? 내가 입버릇처럼 '개 같은'을 잘 내뱉었지. 이 상무가 사장에게 손을 비비고 앉은 걸 보고도 속으로 '개 같은'을 읊조렸고, 서 차장이 따 온 표지 디자인이 마음에 들지 않을 때도 그랬고 TV뉴스를 보다가도 얼마를 받아먹은 정치인이라든지 얼마를 횡령했다는 공무원들 보도를 보면 '개 같은…' 하며 혀를 찼었지. 대중목욕탕 바닥에다 침을 퉤퉤 뱉는 치들에게도 물론 '개같은…' 했고 심지어는 한잔 걸치고 기분이 지나치게 거나한 끝에도 '에이 개 같은' 했었는데…, 혹 이게 개의 정령들이라도 있어 저주를 당했나. 특히 젊은 사장 아들 녀석이 영업부장으로 자리 잡고서는 더욱 자주 '개 같은'을 내뱉았지. 아니 그렇다면 우라질 우라질 잘 하는 치들은 오라를 져야 할 것이고 썩을 썩을 하는 치들은 어딘가 썩어질 일이 아닌가 말이야. 에이 그럴 일은 아니야. 그렇다면 도대체 뭣 땜에? 논리적 규명이 불가능한 사태에 그는 머리를 쥐어뜯고 싶었지만 신체의 구조가 그럴 수 없는 관계로 좁은 마당을 펄쩍펄쩍 뛰며 그렇게나마 미칠 것 같은 심사를 해소할 수밖에 없었다.

3

아침결에 처형과 함께 부리나케 나갔던 아내는 아직도 해가 남은 초저녁 무렵 다른 때보다 일찍 들어왔다. 그녀의 얼굴은 하루 새에 수심과 불안으로 찌든 모양새가 되었다. 흠 저 여편네가 당신 박봉으로 형편 펴일 날이 없다고, 밥을 그렇게 끼적이니 복이 들어오겠냐고 타박을 해대다가 기어코 보험설계사라도 해야겠다고 나돌아 쌓더니 그래도 남편이 사라지니 걱정은 되는 모양이구만. 김씨는 보험을 하면서 돈 푼이나 만지게 되면서부터 자신을 더욱 하찮게 대하는 듯한 아내가 수심에 잠긴 양을 보니 고소하면서도 측은한, 얄궂은 심사가 되는 것이었다. 하기야 생각하면 아내는 원래 활달하고 걱실걱실한 여장부 스타일이라 샌님같이 꽁 막힌 자신과 살려니 많이 답답했으려니 하는 짐작도 진작 안 해 본 터는 아니었다. 하지만 어떡하랴. 별로 두드러진 재주도 없고 그저 책 읽는 것 정도나 좋아해 출판사 같은 곳에서 평생 책을 만지며 사는 것도 좋겠다고 생각해서 어찌어찌 취직한 대학 교재 전문 출판사에서 자리를 굳힌 이후 20년 가깝게 다니며 다른 데는 눈도 돌리지 않은 자신의 타고난 성품을. 대학에서 전공한 것이 철학이라 한 번 학자나 되어 볼까 하고 대학원 석사과정을 밟았으나 돈이 너무드는데다가 언제 될지 알 수 없는 교수에 목을 걸다가는 밀어 줄 형편도 안 되는 집안 환경에 지레 거꾸러지겠다 싶어 수료만 하고 취직한 직장이 그래도 계속 사세를 키워 온 덕에 지금까지 붙박이로 자리를 지켜 온 것이 편집부 부장이라는 직함까지 달고 있는이 직장이었다. 서른 즈음에 발을 들여 18년 정도를 일했으나 한달에 손에 쥐는 것이 몇 백만원 밖에 안 되는 박봉인 것은 유감스러웠으나 그만해도 지방도시인 K시에서 고향을 떠나지 않고 부모 형제 도움 받지 않고 집칸을 마련해 살아왔으니 나름의 자부심조차 없지 않던 김씨였던 것이다. 그러나 아내로서는 자신의 치장이나 집안 단장 따위 거들떠 볼 염은 물론이고 아이들 과외도 남만큼 못시키니 속이 타들어 간다고 김씨를 복대겼다. 그러다가 보험설계사로 나선 지 3, 4년이 되면서 그런 타박이 덜해졌으나 김씨 자신은 늘 버스로 출퇴근하느라 사용해 본 적도 없던 조그만 소형차를 중형으로 바꾼다, 아이들 학원을 더 보낸다 어쩐다 하며 아내가 더 번다고 하여 크게 더 넘친달 것도 없는 김씨의 형편이었던 것이다. 그 바람에 아내가 비운 집의 불편함만 더 까끌하던 김씨였는데 오늘 아내의 당혹한 안색을 보니 이래저래 마음이 걸리는 것이었다. 낮에 가방을 던져두고 학원으로 달려갔던 아이들이 돌아오자 집안은 더 우울하게 가라앉았다. 아이들도 아버지에게 뭔가 사단이 생긴 걸 알고는 제 엄마와 함께 소파에 맥을 놓고 앉아있는 모습이 보였다. 그러나 저녁 어스름이 제대로 깊어지자 불안한 활기가 돌기 시작했다.

우선 김씨의 형과 여동생, 처형들, 동서들이 몰려왔고 아홉 시 뉴스를 할 무렵이 되자 회사의 이 상무도 찾아 온 것이다. 이 와중에 오십 대 중반을 넘어서는 나이에도 늘 주류를 자처하는 이 상무는 잘 익은 홍시가 터진 것 같은 술 냄새를 퍼뜨리며 김씨의 현관 문턱을 넘어섰다. 그래도 형이나 누이동생은 근심기가 짙은 얼굴로 요새 동생, 오빠에게 무슨 이상한 조짐이라도 있었느냐, 아직

안 들어온 지 하루 밖에 안 되었으니 별 일이 있겠냐는 둥 아내를 위로하려 애쓰는 모습이었으나 이 상무는 여유작작이었다. 아~, 우리 김 부장 아무리 날고 뛰어도 내 손바닥 안이에요. 그 사람이 샌님같아도 좀 의뭉한 구석이 있어서 하루쯤 안 들어 올 수도 있는 사람이에요. 전에 교열이 제대로 안 된 채로 책을 만들어 내가지고 나한테 한 소리 들은 적이 있는데 아, 오후 내내 자리를 비우고 태업을 하는 거예요. 뭔가 단단히 심사가 꼬인 일이 있는 것 같은데 걱정마세요. 오늘밤 문을 터억 열고 바람과 함께 나타날 겁니다. 운운 너스레를 떠는 것은 가증스럽지 않을 수 없었다. 처형과 함께 감자탕 집을 운영하는 손윗동서도 새끼손가락을 꼬나들고서는 아 김 서방 그 사람 고지식하지만 혹시 숨겨 놓은 요게 있어 어디로 하룻밤 행차한지 몰러, 헐헐헐. 운운으로 넉살을 떨었다. 거실 창 밖에서 귀를 쫑긋 세우고 그들의 대화를 엿듣고 있는 김씨는 "저런 개 같은. 지 동생이나 자식들이 하룻밤이 아니라 그 다음 날 늦은 저녁답까지 소식이 없는데도 저러고 왜장을 칠까?" 하고 깊은 탄식을 토하였다.

　한동안 위로를 한다, 수배할 묘방을 찾는다, 등으로 수선스럽던 그들이 현관을 나설 때 김씨는 이 상무와 손윗동서를 향해 컹컹 짖어 주었다. 깜짝 놀란 그들이 엥, 저거 무슨 똥개요, 하고 소리치자 아내가 애들 아빠 가방을 가지고 나타난 영문 모를 개라고 답해 주었다. 에익, 그 놈의 개. 재수 옴 올릴 개 아니야. 거, 썩 쫓아내 버리슈. 손윗동서가 장히 심기 상한 목소리로 투덜대는 것이었다.

그러거나 말거나 아내는 그들이 다 가고 나자 아 저 누렁이가 한뎃 잠을 자다가 얼어 죽지나 않을라나. 내일은 개집이라도 하나 사 와야겠구만 하고 현관 안으로 들어가는 것이었다. 그래도 역시 내 마누라 밖에 없군. 김씨는 코가 시큰해지는 것이었으나 개가 된 만큼 눈가를 촉촉이 눈물로 적실 수는 없었다.

4

　　그러나 이러한 수선스러운 밤도 그리 오래 가지 못하고 김씨의 행방불명이 길어지자 사람들의 발길도 잦아들었다. 처음에는 친척 이니 친구니 해서 찾아오는 발길이 잦더니 하늘로 솟았는지 땅으 로 꺼졌는지를 짐작 못하게 행방이 묘연하자 차츰들 발길이 뜸해 졌는데 인지상정이라 할 만한 일이었다. 그동안 형사도 다녀가고, 심지어 어느 공영방송에서 '성실하던 한 가장, 의문의 실종'이란 뉴스까지 방송된 것을 김씨도 창문 넘어 거실의 TV로 본 터이지만 사람들이 찾는 이가 바로 자기 집 현관 아래 개집에 몸을 누이고 있다는 사실이야 도통 꿈도 못 꿀 일이던 것이다. 김씨로서도 어쩔 수 없는 것이 아무리 방방 뜨고 짖고 긁어대어도 말을 할 수 없으니 자신은 그저 한 마리 개일 뿐인 것을 절감할 밖의 다른 도리가 없었다.

　　사정이 이러하매 개 같이 먹지 않으리라던 마음의 농성도 오래

가지 못했다. 도저히 고픈 배는 어쩔 수 없었던 것이다. 개가 된지 불과 사흘 후부터 아내가 이 빠진 사기그릇에 담아주는 밥덩이들을 깨끗이 해 치우기 시작한 것이다. 시장이 반찬이라고 된장국에 말아 준 식은 밥덩이가 그렇게 달 수가 없었던 것이다. 개같이 쩝쩝거리며 핥아 먹지 않으려 했으나 이 또한 어림없는 일로써 그는 결국 개답게 먹을 수밖에 없었다.

그리하여 그는 이왕 이렇게 되었으니 사태를 용납해야 밖에, 우선 살려면 긍정적인 자세가 몸에도 좋다더라, 이렇게 마음을 돌려 먹게 쯤 되었다. 요즘 큰 물 난 뒤 홍수처럼 쏟아지는 책들이 모두, 웃어라 웃으면 병도 낫는다, 부정적인 자세는 조직의 암이다, 칭찬은 코끼리도 춤추게 한다는 등 긍정의 힘을 한껏 찬양하는 내용들이어서 그런 책을 접한 바 있던 김씨 역시 마음을 바꿔 먹기로 한 것이다. 하지만 개가 웃을 수는 없는 노릇이고 또 웃을 만한 처지는 정히 아니었으므로 마음이나 고쳐먹게 쯤 된 것이다. 아내가 사다 준 개집도 김씨가 현실을 수용하게 하는 한 요인이 되었다. 낡은 담요 짝이라도 깔아 놓으니 찬 바닥에서 바로 올라오는 한기가 막아지는지라 한결 살 만하다 싶었던 것이다.

입을 것이야 원래 걱정 없는 개 신세이고, 식食과 주住에 체념적으로 적응해 가는 가운데 김씨가 개가 되어버린 것도 달포가 지났다. 그동안 김씨가 받은 상처를 어찌 다 열거할 수 있으리요마는 마음을 긍정적으로 바꿔먹기로 한 김씨로서도 가슴이 아린 몇 가지 일들을 겪었다.

우선 아이들의 얼굴이 더욱 어두워지고 어깨는 축 쳐져서 나드는 것을 보는 일이었다. 없는 살림이지만 투정도 부리고 떼를 쓰기도 하면서 기가 살아있던 아이들이 아비가 없어지니 영 기가 죽어서 마치 죄나 지은 듯 고개를 떨구고 옹송거리고 다니는 품이 가슴이 메어질 지경이었다. 특히 둘째 석이는 이제는 정이 든 누렁이라고 김씨 앞에 쪼그리고 앉아 하소연을 해대는 것이다. 누렁아, 우리 아빠는 어딜 가셨을까? 한 달이나 넘게 소식이 없으시니 혹 돌아가신 건 아닐까? 내가 사달라고 떼를 썼던 플레이 스테이션 안 사주셔도 좋으니 얼른 돌아오시기만 하면 정말 좋겠다. 이러고 눈물을 글썽이면 김씨의 가슴은 천 갈래 만 갈래로 찢어졌다. 그러나 그가 할 수 있는 것이라곤 고작 아이의 손이나 뺨을 미친 듯이 핥아주는 것이 전부일 따름이었다. 이럴 때 그는 하나님이든 부처님이든 마호메트든 온갖 조물주를 원망하는 것이었다. 그러다가도 조물주들에게 저주를 받아 이 천형에서 풀려 날 수 없을까봐 불안해져서 누구에게랄 것 없이 금방 사죄의 기도를 읊조렸다. 그는 자신이 읽던 소설들이 가정 해체, 가족 붕괴들을 마치 시대의 피할 수 없는 조류인 양 그려내고 있는 것에 대해 속으로 쑥떡을 먹였다. 가족이나 가정이란 것이 아무리 강제된 제도이며 관습의 성격을 가진 것이라 하더라도 인류가 그동안 몇 천 몇 만 년을 살아오며 가장 적합하다 싶어 정착시킨 것이 지금의 가족이요 가정인데, 이혼도 괜찮고 불륜도 괜찮고 혈연도 아닌 타인들이 모여서 가족을 이루어도 괜찮고 식의 소설을 써대다니! 저처럼 마음 아파하는 새끼들을 보고도 그런 소설을 쓸 것이냐 하고 열이 치받았기 때문이다.

또 하나는 위로 차로 찾아온 인물들이 보여준 얄팍한 행태였다. 그 중에도 우선 김씨의 대학동창인 오 교수를 빼놓을 수 없겠다. 지방 대학 철학과를 마친 이들이 잘 되어야 고등학교 윤리교사쯤 이고 저마다 전자대리점 운영이니 중소업체 월급쟁이 정도로 살고 있는데 오 교수는 모교의 교수가 되어 있으니 이른바 출세한 친구 였다. 오 교수는 자주는 아니지만 동창들과의 술자리나 산행에 자 리를 같이 해서 소탈한 친구로 알려졌고 특히 김씨네 출판사에서 책도 몇 권 내고 하는 통에 김씨와는 술잔깨나 기울인 적이 있어 김씨로서는 은근히 가까운 동기로 치는 축이었다. 김씨가 행방불 명이 되었다고 소문 난 이후로 떼거지로 몰려왔다고 할 순 없지만 그래도 친하던 고등학교, 대학교 동창들, 심지어 초등학교 동창들 까지 알음알음으로 찾아와서 얼굴을 내밀고 위로금이라고 내밀며 가는 것을 보고 김씨가 찬바람 도는 마당에서 마음이 더워진 것이 몇 차례나 되었다. 그런데 오 교수는 알 만한 대학동창들이 다 다녀 갔는데도 나타나질 않았다. 사람이 척박한 신세가 되니 별 것이 다 야속해서 김씨는 별로 교제에 힘써 오지도 않은 판에 아직 코빼 기를 보이지 않는 인사들을 속으로 꼽아보며 네 요놈들 하는데 그 많지 않은 인사 가운데 한 명이 오 교수였던 것이다. 그런데 김씨가 개로 변한 후 보름이나 되었을 무렵 뒤늦게나마 오 교수가 나타난 것이다. 그러면 그렇지. 자네가 바쁘니 그렇지 날 영 모른 체 할 친구야 아니지. 김씨는 주말의 어느 오후 무렵에 나타난 친구를 보고 반가운 꼬리를 흔들기 조차 했던 것이다. 오 교수가 꼬리를 흔드는 자신을 언짢은 듯이 경계해도 아 저 친구인들 내가 개가 된 줄 어찌 알겠나 하고 크게 양해하길 마지않은 김씨였다. 그러나 오 교수가 머리칼이 푸슬해지고 얼굴에 수심이 가득한 마누라에게 위로라고는 형식적인 몇 마디 하고는 제가 좀 바쁜 약속이 있어서 어쩌고 하며 10분도 채 안 돼 궁둥이를 떼는 걸 보고는 아니 저 인간이 왜 왔지 하고 심기가 틀어질 밖에 없이 되었다. 게다가 다른 친구들은 몇몇이 십시일반으로 위로금이라고 걷어오기도 했는데 이 인사는 달랑 오렌지 주스 한 박스를 들고 나타났던 것이다. 보통 때라면 이런 일에 신경 쓰는 것을 부끄럽게 여길 김씨였지만 가장 이 없어진 집에 마누라 혼자 아등바등 살아가게 된 것을 생각하면 친구들의 부조가 기꺼웠고 오 교수 같은 인사가 얄미울 수밖에 없는 것이 당연지사가 아니랴. 무엇보다 뒤늦게 나타나서 엉덩이를 붙이기 무섭게 일어나는 꼴이라니…. 저 치가 그때 세상의 의리를 그토록 강조한 자가 맞나? 김씨는 오 교수가 언젠가 김씨의 출판사에 맡긴 책이 완성되자 한잔 산다며 앉은 술자리에서 불콰해진 얼굴로 쏟은 열변을 떠올렸다.

오늘 학부생들 수업에서 헤겔의 대자와 즉자를 강의했다 이 말씀이야. 개념적 정의만 일러주면 어렵거든. 그래서 내가 초나라 굴원을 예로 들어 설명해 주었지. 왜, 거 전국시대 당시 초楚나라의 왕족으로 고위 관료를 지내다가 회왕懷王에게 제나라와 동맹하고 진나라와 단교하라고 간언했다가 왕에게 쫓겨난 사람 말이야. 진

나라 장의張儀의 농간에 놀아난 회왕이 진나라의 포로가 되어 죽음을 당해 결국 굴원의 간언이 옳았다는 것이 판명되었잖아. 나중에 진나라와 내통해 회왕을 죽게 한 그 손자 자란을 비난하다가 두 번째로 쫓겨나 결국 멱라수에 몸을 던진 그 굴원 말이지. 내가 뭐라 했냐면, 굴원이 회왕의 판단이 그르거나 말거나 입을 꾹 닫고 자신의 지위나 적당히 챙겨 명철보신한 그런 인물이라면 그는 즉자적 삶을 산 존재에 불과하게 된다. 그러나 그가 주위의 질투와 모함이 빗발칠 것을 알면서도 옳은 명분과 정의가 무엇인가를 살피고 즉 자신이 처한 입지를 자의식하고 마침내 죽음을 택한 것은 대자적 삶이라 이렇게 설명해 주었거든. 그랬더니 말이야, 한 녀석이 손을 번쩍 들더니 교수님 질문 있슴다, 이러는 거야. 그래서 오, 질문 조오치, 그래 뭔가, 했더니 녀석의 말인즉슨 굴원의 처신이 반드시 옳았다는 증거가 어디 있습니까? 굴원은 자기 고집만 강해서 주위를 둘러보지 않은, 오히려 즉자적 인물이라 할 수 있지 않겠습니까, 한단 말이야. 하, 짜아식. 질문은 제법 창의적이더군. 그래서 내가 좋은 질문했네. 그것도 성립하는 논리일세, 해주었지. 그런데 이런 생각이야 좋지만 문제는 요즘 젊은 녀석들이 굴원 같은 강개지사의 의리를 바로 보려고는 하지 않고 너무 현실적이고 실용적인 관점에서만 세계를 이해하려 한단 말이야. 내가 나중에 학생들에게 굴원의 선택을 어찌 생각하냐고 시험에서까지 물었더니 굴원의 결정은 어리석다, 저 같으면 그렇게 살지 않겠다. 세상은 어차피 누가 반드시 옳고 그르다 할 수 없는 법이니 세상과 함께 둥글둥글

굴러 가겠다는 녀석들이 대부분이야. 하, 참 이거 큰일이잖나. 미래를 짊어질 젊은이들이 이렇게 정의감이라고는 없으니 말이야. 우리는 그 때 팔십 년대에 썩은 세상을 바꿔 보겠다고 데모로 날밤을 세웠는데, 그때로부터 겨우 일이십 년 지났을까 말까한 이 시점의 가치관이 이렇게 뒤집어져서야 이거 되겠나? 하여간 우리 한국 사람들은 냄비근성이야. 냄비근성. 말을 마친 오 교수는 접시에 담긴 홍당무를 냉큼 들어 와작와작 씹었다.

오 교수의 열변을 듣고 난 김씨는 굴원은 왕족이었던 만큼 자기가 지키려는 기득권이 있었을 테니 굴원을 꼭 강개지사로 평하려는 건 문제가 있을 수 있지, 하면서도 요즘 젊은 세대가 너무 사회의식이나 정의감 등과는 거리가 멀어진 것 같다는 생각에는 공감이 가던 것이었다. 어쨌거나 그 때 그렇게 의리를 부르짖던 사람이 재앙을 당한 친구네 집에 와서 하는 처사가 이런 식이라니. 김씨는 오 교수의 행위가 너무 야속해서 현관문을 나서는 오 교수에게 겁이나 줄려는 양으로 한 번 펄쩍 뛰며 으르렁했다. 그러자 오 교수는 마누라에게 인사도 제대로 챙기지 않고 꽁지 빠지게 문을 열고 달아나 버리는 것이었다. 어, 짜식 참, 어디로 튀어갖고는 바쁜 사람 애먹이냐, 애먹이길…. 어쩌고 구시렁거리며 가는 소리가 담 너머에서 날아와 김씨의 밝아진 귀에 그대로 꽂혔다.

또 하나의 사단은 마누라가 일하는 보험회사의 지점장이라는 친구가 찾아왔을 때였다. 기름기가 번질번질한 이마에 김씨 연배의 똥똥한 배불뚝이인 이 친구는 김씨의 행불 이후 일주일 뒤쯤이었을 때인가 찾아와 마누라를 위로하고 간 적이 있어 김씨에게 낯이 익은 바 되었다. 이 자가 그런데 이 주 후쯤인가 케이크 한 상자를 가지고 다시 나타난 것이다. 김씨는 회사의 책임을 맡은 사람치곤 아랫사람의 불행을 엔간히 곰살맞게 챙기는 사람이로군 했다. 애들도 마침 어디론가 다 나가고 없는 토요일 오후였다. 처음에 거실 소파에 마주 앉아 아직도 무슨 연락이 없으시고, 허허 거 참 변고도 이런 변고가…, 운운 하고 있을 때까지는 거실 창 바깥의 베란다에서 해바라기를 하는 양 엿듣고 있던 김씨에게도 그저 심상한 일이었다. 그런데 차 한 잔을 마셨을 시간이 흐른 후 쯤 이 배불뚝이가 케이크 상자를 아내 앞으로 밀어놓으면서 아내의 이름을 은근짜로 부르면서, 이 주임, 그것 한 번 열어 보소 하는 것이었다. 아내가 의아한 얼굴로 상자를 주섬주섬 열더니 놀란 빛이 되어 아이, 지점장님 웬 봉투를 이렇게 넣어 가지고 오셨…, 하고 말도 다 마치지 못한 순간 파리 마냥 두 손을 안절부절 비벼쌓던 배불뚝이가 마누라의 옆자리로 덜퍽 옮겨 앉는 것이다. 이 여사, 내 이 여사가 평소에 참 성격도 원만하고 업무에도 열심이어서 눈여겨보아 왔어요. 그런데 이런 횡액을 당하니 참 내 마음이 딱해서 말이야. 따위로 주절거리면서 이 치가 아내의 두 어깨에 팔을 척 두르는 것이다. 놈의 씨근덕대는 숨소리가 귀 밝은 김씨의 귀에 마치 확성기를 틀어놓은 것처럼 쏟아져 들어왔다. 그런데 이건 또 무슨 변괴인지. 음흉한 배불뚝이를 확 밀어제쳐 마루에 나뒹굴게 할 줄 알았던 마누라가 놈에게 다소곳이 손까지 맡겨둔 채 얼굴을 붉히고 있는 것이 아닌가. 더구나 마누라가 쿵쾅대는 심장소리까지 어울려 두 남녀의 피돌기가 빨라지는 박동이 하나의 화음을 이루기조차 하는 것이었다. 아니, 저 여편네가. 얼굴의 기미를 두꺼운 파우더로 덮어대고 아랫배는 오겹살이 되어 있는 걸 내 다 아는데 그러고도 외간남자에게 몸을 허할려는 생심이 난단 말인가. 김씨는 있는 피가 머리로 다 몰려 벌떡 일어났다. 그런데 마침 이어진 장면은 아내가 수컷의 욕정을 더 자극하기 위한 행위였는지 아니면 흐트러진 절조를 다시 가다듬으려는 결심의 표현이었는지 여직도 김씨가 판단치 못하고 있는 사태를 연출하였다. 배불뚝이 지점장이 큰 거부의 몸짓을 드러내지 않는 아내의 반응에 힘을 얻었는지 아내의 입술을 덮치려는 순간 아내가 벌떡 일어나며 그자를 힘껏 밀어버린 것이다. 배불뚝이는 소파의 팔걸이 너머로 우당탕 떨어져 입을 떡 벌리고 마른하늘에 날벼락 맞은 자의 상을 연출하고 있는 꼴이 되었다. 아니, 이 주임 이거 이러기요…. 왕창 구겨진 얼굴로 마룻장을 뒤로 짚고 당혹해 하는 지점장을 보자 이 주임이었다가 이 여사도 되었다가 한 아내도 자기가 한 짓이 뭔가 번뜩 집히는 모양이었다. 어쨌든 직장의 최고 상사인데 싶었던지 허둥지둥 손을 내밀려는 순간, 이번에는 김씨가 나섰다. 그는 거실 창에다 머리를 바짝 붙이고는 컹컹컹 우렁차게 짖어대었다. 거실 밖에서 맹렬하게 짖어대는 누렁이를 발견한 지점장은 이 사태는 또 뭔고 하고는 놀라서 후다닥 일어났다. 그리고는 아니 저 개는 또 뭐야, 원 재수 없으려니 똥개까지 짖어대는구만, 이 여사 저 개 좀 잡아주소.

나 갈라요. 회사에서 봅시다. 지점장은 이러고 그야말로 똥 먹다 주인의 발길에 차인 황구 꼴로 꼬리를 말고는 황급히 사라졌다. 지점장이 사라진 뒤 자기의 머리를 쓰다듬어 준 아내의 행위가 정절을 지켜주어 잘 했다는 것인지, 아니면 남정네의 욕정을 지연시켜 후일을 기약키로 해 준 데 대한 만족의 표시인지는 알 수 없었지만 김씨는 이왕 좋은 쪽으로 생각키로 했다. 이제 시들어가는 나이이기는 하지만 구절양장 여자의 깊은 속을 어찌 알겠는가 한 것이다.

5

김씨는 이런 소동을 치르고 나자 자신이 이처럼 개가 되어 버린 것은 평소 무의식 속에 스스로 원했던 때문이 아닌가 하는 생각이 문득 들었다. 왜냐하면 무례한 자신의 동서나 신의 없는 오 교수나 엉큼한 배불뚝이 지점장이나 다들 자신이 한 번 우렁차게 짖어버리면 겁에 질려 혼비백산 꽁지를 빼는 것을 보니 신이 났기 때문이다. 다른 얄미운 인간들도 찾아다니면서 한 번씩 컹컹 짖어줄까 부다. 이런 생각조차 드는 것이었다. 그러나 세상의 모든 일이 그렇듯 김씨의 행복과 보람은 잠깐이고 낙담천만한 일들을 겪는 시련의 길에 또 들어서게 된다.

김씨가 개가 된 지도 근 석 달에 가깝게 되자 계절도 바뀌어 마음 산란해 지는 봄의 초입이 되었다. 김씨의 좁은 마당에 딱 한 그루 있는 목련에 몽우리가 송글송글 맺힌 것이 머잖아 퇴폐적인 귀부인 마냥 한 목련 꽃들이 만개할 계절이 닥칠 모양이었다. 원래 봄이란 것이 꽃들이 활짝 필 5월 무렵까지는 바람이 심란하게 불어 사람의 심사를 흔들어 놓는 철이기도 하지만 기온이 오름에 따라 겨우 내내 얼어있던 생물 세포의 생장 및 내분비샘의 작용들이 활발해져서 사람이나 개나 마음이 이상야릇하게 되는 계절인 것이다. 그러한 몸의 증상은 김씨에게도 찾아와 요즘 김씨는 집에 아무도 없는 낮이 되면 왠지 살이 가렵고 군실군실한 것이 영 견디기 어려운 지경이 된 판이었다. 하기야 꼭 봄이 되어서만도 아닌 것이 삼 개월 씩이나 쌓인 정精의 배설을 못했으니 사람이나 개나 참기 어렵게도 된 지경이었다.

그리하여 김씨는 얼마 전부터 마음에 굳혀 온 일을 결행키로 하였다. 그는 어느 날 아침결에 아이들이 학교에 가느라고 문이 열릴 때 대문 밖으로 살짝 빠져 나왔다. 아내나 아이들이나 김씨가 문이 열릴 때 살짝 빠져나갔다가 알아서 제 발로 돌아오니 이쯤은 이제 어려울 것이 없었다. 골목길을 어슬렁거리고 다니며 담벼락에 다리를 들어 오줌도 싸고 킁킁거리며 고샅길을 훑고 있노라니 아니나 다를까 놈이 나타난 것이다. 놈은 귀가 쪼뼛하고 흰 바탕에 노란 얼룩점이 드문드문하고 털이 복슬복슬한 발바리로서 요염한 구석이 있는 암컷이었던 것이다. 얼마 전부터 발정기가 되었는지 샅 아래가 발갛게 되어 김씨, 아니 누렁이를 보면 은근한 눈찌를 보내곤 했던 것이다. 김씨는 우선 몸을 착 낮추고 놈을 노려보다가 놈에게 달려들어 앞발을 놈의 목에 걸고 지분지분 희롱을 건네 본 즉 놈 역시 앞발을 들고 바둥바둥 김씨에게 화답을 보내오는 것이었다. 옳다구나 하고 한동안 희롱을 나누다 때를 보아 놈의 후미를 공략하여 김씨는 마침내 뜻을 이루었는데 그동안 쌓인 정을 배설하는 그 형세란 우리가 길거리를 가다보면 쉽게 볼 수 있는 길거리의 개들이 교접하는 바로 그 모양새였다. 물론 요즘은 대개들 아파트란 곳에 사니 이런 모양을 보기도 쉽지 않지만 단독주택들이 모여 있고 골목길이 이리저리 난 지방도시에서 이런 형상을 보는 것은 그리 어렵다 할 일도 아니다. 지금 사, 오십 대가 된 사람들은 어린 시절에 이처럼 개들이 붙어먹는 꼴을 꽤 보았고 그때 심술 사나운 아이 녀석들 중에는 물을 가져와 좍 뿌려댄 놈들조차 있는 것을 알 만한 독자들은 아실 것이다. 그러나 누렁이와 발발이가 그러고 있어도 요즘 사람들은 통 무심해서 눈길조차 주지 않고 지나는 통에 김씨는 일을 무사히 마치고 귀가하였다. 집으로 돌아 와 턱을 괴고 나른한 몸을 누이고 있으니 그동안 아래에 뭉쳐있던 무언가가 시원하게 사라진 듯하여 삽상한 기분이 들면서도 당최 얼굴이 뜨듯해지기도 하였다. 자기가 행한 그 체위는 이른바 후배위란 것으로 김씨가 중학교 다니던 칠십 년대 초에 친구 녀석과 몰래 나누어 보던 딱지본 도색 소설에 의하면 게모노 무수비라는 그 체위였다. 그 말이 제대로 된 일본어인지 뭔지 알 리도 없는 채로 여드름이 불긋불긋, 머리는 빡빡머리인 어린 녀석들이 개다리 무수기, 개다리 무수기 해대면서 낄낄거리고 이마에 열이 몰리도록 몰두한 그 소설에 나오는 체위를 사람들이 나다니는 백주대로에서 그대로 체현했다 싶으니 평시라면 남의 눈을 몹시 가리는 김씨로서 정히 켕기고 낙담이 되는 일이 아닐 수 없었던 것이다. 하지만 이미 개가 되어 있는 판에 이건 또 무슨 주제넘은 생각이냐. 아니 그러면 개가 개집에서 그 일을 치르랴? 사람도 그 짓을 하는 것이고 온갖 체위를 연구까지 해 가면서 즐기는 판이 아니냐. 엥이, 인간도 그 짓을 하는 판에야 인간되기 글렀지. 아니, 그런데 인간이란 무엇이냐? 인간도 결국에는 이 점에서 동물이 아닌감? 인간이 다른 동물과 다르다고 사람들은 인간적, 인간적 해쌓는데 도대체 인간적이란 무엇이냐. 욕정과 욕망에 시달리면서 결국 그것을 제대로 뛰어넘지도 못하는 것이 인간이 사는 법인데 도대체 인간의 길이란 무어야? 이러한 사유로써 그는 자신의 무안함을 최대한 덮어보려 하였으나 다 지워지지 않는 무렴한 뒤끝은 그의 가슴 속에 못처럼 박혀서 쉬이 사라지지 않았다.

6

김씨가 참으로 낙담했던 일이 또 하나 더 있었다. 가만히 집 마당이나 완보하고 골목길이나 소요하고 했으면 그럴 일도 없었을 텐데 이건 김씨 스스로 자초한 불운이라 해 얄 것이다. 하지만 세상의 모든 일이 예측하고 벌어진다면 김 씬들 그럴 일도 없었을 일이다.

김씨가 발바리와 그 일이 있고 난 뒤 무안함을 무마하기도 할 겸 한 번 모험을 치러보자 싶은 생각이 든 것은 발바리와의 교합 이후 며칠 되지 않은 어느 날이었다. 그는 자기의 회사를 찾아가 보고 싶은 생각이 든 것이다. 개가 된 지 석 달 가까이나 집에만 틀어박혀 있으니 자기가 일하던 일터가 그리웠다. 그러나 언감생심 회사 안으로 들어갈 수는 없는 일이고 부원들이 일차로 삼겹살로 소주를 먹고 난 뒤 이차로 찾곤 하던 회사 근처 포장마차 근처까지나마 가보고 싶었다. 서 차장, 김 과장들은 술을 좋아하는 사람들이라 오늘도 그곳에서 한잔 걸치고 있을 테니 고락을 함께 나누던 동료들의 체취라도 맡을 수 있겠지. 그렇게 생각한 김씨는 늦저녁 아내가 들어올 때 대문을 냉큼 빠져나와 대로변 쪽으로 달려 나왔다. 도로로 나오자 마침 뚜껑 없는 용달차 한 대가 길가에 서 있는 것이 보였다. 그 차에 무조건 올라 몸을 납작 바닥에 붙였다. 어쨌든 시내 방향으로 가는 듯하니 적당한 곳에서 뛰어 내리지 뭐. 그런 셈속이었는데 운 좋게도 20여분쯤 달린 차가 멈춘 곳은 김씨의 회사가 얼마 멀지 않은 곳이어서 김씨는 행운을 자축하였다. 대로변에서 약간 들어간 곳에 그의 출판사는 있었는데 이층 가정집을 개조하여 만든 출판사는 불들이 꺼져 있었다.

밤 아홉 시가 가까우니 어련하려고. 김씨는 혹 이 친구들이 없으면 어쩌나 하고 조바심을 치면서 그 곳에서 십 여분은 되는 거리를 달려서 포장마차를 찾아갔다. 사람 대여섯이 앉아있는 듯한 포장마차 옆께로 몸을 숨기고 앉으니 고기를 굽는 마늘양념 냄새, 닭똥집 굽는 냄새 등이 김씨의 예민한 후각을 맹렬하게 자극하였다. 그 강렬한 냄새만큼 고단한 하루를 마치고 동료들과 소주 한잔을 나누던 그 시절이 가슴 저리게 그리워지는 것이었다. 그러나 개가 포장마차 장의자에 앉아 소주를 나눌 수는 없는 일이고, 그는 목소리라도 들어보고자 한 사람들이 있는가 귀를 쫑긋 세웠다. 아니나 다를까, 서 차장 김 과장들의 벌써 혀 꼬인 목소리가 들려왔다. 그런데 거기에 김 과장 한 잔 죽 마시고 빨리 잔 돌리세요, 하는 다른 낯익은 목소리가 들리는 것이다. 저거 영업부 최 부장 아니야. 새파란 친구가 아버지 후광을 업고 들어와 후계자가 될 거랍시고 안하무인으로 설치는 꼴같잖은 녀석. 녀석이 들어온 이후 영 회사 분위기가 이상해졌었지. 김씨는 사장의 젊은 아들이 들어온 이후 편찮았던 자신의 형편을 떠올리자 영 마음이 언짢아졌다.

최 부장은 이제 삼십 대 후반으로 육십 중반에 이른 현 사장의 아들이자 후계자였다. 원래 출판 자재 공급상을 하다가 여의치 않자 아비의 회사로 들어온 것인데, 김씨의 편집부에서 일이 년 일하다가 영업을 알아야 출판업을 제대로 하겠다고 영업부로 옮긴지 일 년 만에 부장이 되었다. 이른바 초고속 승진이란 것이겠는데 아무리 지방의 출판사이지만 전문 경영인 운운 하는 시대인데 사장이 아들을 불러들여 이런 식으로 후계를 정하는 것이 김씨로서는 떨떠름하였다. 그러나 팔은 안으로 굽는 법이고 사장이 삼십 년 넘게 제 손으로 키운 회사를 나이 육십 중반이 넘어 아들에게 인계한다는데 중소규모 출판사에서 전문경영인 운운할 계제도 아니어서 그저 소가 말 보듯이 할 뿐 어떻게 할 도리도 없던 일이었다.

그러나 회사에 들어온 지 4년차 정도 되자 이 젊은 후계자는 차츰 김씨를 불편케 했다. 그는 회사의 혁신 혹은 개혁을 종종 외치기 시작했는데 주장인즉슨 우리 출판사도 서울로 진출해야 하고 뿐만 아니라 업종도 다각화해서 외국문학 번역도 하고 아동물도 기획하여 이 분야의 선두를 점해야 한다는 것이었다. 그것을 받히는 논지인 즉 변해야 산다, 시대의 흐름은 변화이다, 세계화다, 이런 주장이었다. 회사의 간부회의 자리에서 그런 소리를 할라치면 대머리에 검버섯까지 낀 사장은 흐뭇한 얼굴이 되는 것이었다. 게다가 김씨의 바로 위요 사장의 다음 아래인 오십 대 중후반인 이 상무가 고개를 연신 주억대다가 핫, 요즘 젊은 분들의 생각은 역시 달라요, 달라. 그럼요 크고 넓게 보아얍죠. 우리도 인제 뭔가 중흥의 계기를 만들어야 합니다. 하고 말구요. 쌍수를 들고 나오니, 젊어서 채용되어 이십 년 가까이 모신 주인 앞에서 그를 반박하기도 민망하고 성격도 대차지 못한 김씨인지라 이럴 때는 그저 꿀 먹은 벙어리로 눈만 껌벅껌벅 하였다. 그러나 언젠가 술자리에서 한 잔 먹은 핑계를 빌어 김씨가 한마디 질렀다. 업종 다각화, 서울 진출도 다 좋지만 오히려 우리는 먹어온 솔잎을 더 풍성하게 가꾸는 게 좋지 않을까요. 대학 교재도 잘 기획하고 만들면 보람도 있고 수익성도 있는데 잘못하면 몇 마리 토끼를 잡으려다 그나마 길러온 집토끼를 놓칠 수도… 이러자 젊은 후계자의 미간이 금방 구겨지더니, 아니 김 부장님 그처럼 소극적이고 부정적으로 생각해서는 하던 일도 망해 먹는 시절이에요, 시절이. 댓바람에 김씨의 말머리를 그 싹수부터 댕강 잘라 버리던 것이다. 김씨는 그 후에 자신의 의견이란 것은 결국 요즘 하는 말로 직역 이기주의로 들릴 수도 있는 것을 왜 쏟아버렸노 하고 후회했지만 말은 쏟아 버리면 주워 담지는 못하던 것이다. 가만히 생각해 보면 회사가 서울로 진출하게 되면 지금의 본사는 보나마나 구조조정을 단행한다 어쩐다 할 것이고 그 타켓은 젊은 사장에게 불편한 자신이 될 것이라는 깜냥이 없지 않아 꿈틀이나 해 본다고 그랬던 것인데 어쨌든 후회스럽기만 했던 것이 박차고 나가 조그만 자기 업소라도 차릴 배포도 없는 김씨처럼 고지식한 사람의 속사정이었다. 그렇게 생각해서 그런지 몰라도 최 부장이 그 뒤로 자신을 대하는 눈치가 마치 몸체는 미련스럽게 크고 성능은 떨어지는 낡은 컴퓨터 보듯 하여 여간 불편하지 않았던 것이다. 김씨가 행불자가 된 뒤로 늙은 사장도 잠깐 얼굴을 비쳤는데 끝내 얼굴을 보이지 않은 인물이 최 부장이던 것을 생각하면 김씨의 불안이 전혀 근거가 없던 것이 아니었음을 깨닫기도 한 터수였다.

김씨가 포장마차 장막 바깥에서 몸을 사리고 이들의 대화를 귀담아 듣고 있노라니 작년 실적은 어땠고 새로 바뀐 교양서적 디자인은 어떻고 하다가 결국 이야기는 최 부장의 지론인 중앙 진출, 업종 다각화, 이런 데로 이야기가 번지는 판세였다. 그러던 중 김씨가 귀를 발끈 곧추 세우지 않을 수 없는 화제가 튀어 나온 것이다.

최 부장이 안주에다가 침을 튀기는 모양새가 선한 열변을 토하고 나자, 그때까지 그러문요, 그럼요, 아 백번 지당합죠, 운운 설레발을 치던 서 차장이 갑자기 목소리를 착 낮추면서, 그런데 말이죠, 지금 김 부장이 없는 자리에서, 아니 그 냥반이 재앙을 당한 판국에 이런 말을 하는 게 좀 뭣하지만 말이죠. 말이야 바른 말이지 그 냥반 참 답답했었어요. 아 요즘 추세가 다 변화고 개혁인데 부장님 지론을 이해하지 못하고 그저 바지가랑이를 잡아 다니려 했으니, 에이 참 우리는 면전에서 뭐랄 수는 없고 참 답답했다니까요, 네. 이러자 김 과장조차 헤헤, 그런 면이 없지 않이 있었습죠, 하고 받는다. 아이구 지난 번 우리 부서 회식하고 저랑 김 부장, 김 과장 이렇게 셋이서 한잔 더하자고 여기를 왔는데 그 냥반이 어찌 최 부장님을 갈궈대는지 우리가 민망해서 원, 헤헤…로 서 차장이 한 추임새를 더 넣는 데 이르러서는 김씨는 어안이 벙벙 기가 탁 막혔다. 아니 저 인간이 내가 언제 최 부장 뒷말을 했다고. 그저 가슴은 답답하고 해서 술 먹은 김에 최 부장 지론대로 되면 아마 내가 먼저 회사를 떠야 할 것 같아, 서 차장 좋겠어. 이런 소리는 억하심정으로 뱉은 적이 있지만…. 그리고 서 차장 저 인간, 2년 전인가 3년 전에 아파트 분양을 위해 은행 대출을 받는다고 보증을 부탁해 형제간에도 서주지 말라는 보증을 해 준 게 언젠데 옆에 없는 사람이라고 저렇게 터무니없는 말을…. 김씨는 머리로 피가 다 몰리고 몸이 부르르 떨려 몸을 곧추 세웠다. 그때 또 들려오는 것이 아, 내 그런 것 정도 짐작 못하는 사람인 줄 알아요? 그 사람 성실한 점 하나는 평가할 만하지만 꽉 막혀 가지구, 나를 보는 눈빛이 미운 시어미 뒤에서 몰래 뒤통수 흘기는 며느리 눈빛인 걸 내 모를 것 같아요. 그 냥반 그렇게 없어지지 않았어도 하여튼 언젠가 정리되었어야…, 어, 없는 사람 두고 이런 이야기는 그만 맙시다. 험험, 곧 우리가 서울 사무실 열면 아무래도 이곳 팀장은 서 차장이 맡아얄 것 같아요. 아이구 제가, 뭐 능력이, 헤헤. 그들의 가소로운 행태가 점입가경이 되자 대갈일성 벽력처럼 꾸짖으려고 김씨는 목을 곧추 하고 목청을 가다듬었다. 그런데 목청을 맵차게 가다듬던 그 순간에 김씨의 고질적인 자의식이 발동하였다. 그래, 서 차장은 사십 초반으로 최 부장과는 세대감각도 통할 터인데다가 내가 없어지니 좋은 기회다 싶기도 하겠지. 그리고 아마 내가 기억치 못해서 그렇지 술 먹은 치기에 최 부장을 된통 비난했을지도 몰라. 최 부장이야 양양한 사람인데 내가 거슬렸을 테고. 내가 짖어보니 어쩌려구. 내가 서 차장에게 돈 좀 꾸어 주었다고 그게 내 인간의 보증수표가 되는 것도 아니고, 두어라 두어. 이러고 김씨의 곧추 세운 목이 탁 꺾였다. 김씨는 앉은 자리에서 비칠비칠 일어섰다. 그리고 자신의 집 방향으로 터덜터덜 발걸음을 옮겼는데 꼬리를 축 떨어뜨리고 고개는 아래로 꼬나 박은 채 집으로 향하는 그의 모습은 영락없이 비 맞은 개꼴 그것과 방불하였다.

물먹은 솜처럼 무거운 몸을 이끌고 겨우 집으로 돌아온 김씨는 담요장이 깔린 자기의 누거에 던지다시피 몸을 누였지만 밤이 깊도록 잠을 이루지 못하였다. 무슨 연유인지는 모르지만 혼자서 고개를 주억이기도 하면서 몸을 이리저리 뒤채는 것이었다. 그러나 자신의 외로움과 쓸쓸함, 두려움, 분노 이런 것을 다 다스리지는 못했는지 그는 손바닥만한 마당으로 어기적어기적 기어 나왔다. 그리곤 목청을 곧추 세워 우우— 하고 서럽고 예리하게 우짖던 것인데 그 고적한 모양새가 마치 달빛 시린 황야에 무리에서 떨어져 홀로 우짖는 외로운 늑대의 형상을 연출하였다. 이 날 밤 김씨가 외롭게 우짖는 소리에 자던 사람이 갑자기 가슴이 뜨끔한 통증에 놀라 깼다기도 하고 그때까지 잠들지 못하던 사람 중에는 뜬금없이 한 줄기 눈물을 흘리기도 하고 그랬다는 후문이 있는데 이것은 어디까지나 전해들은 말이라 실상이 그랬는지를 이 보고자로서도 자신은 못 하겠다.

7

여기까지가 김씨가 기이한 변고를 당한 뒤 겪음한, 내가 아는 이야기의 전모이다. 그는 아직도 자기 집 마당에서 억울하고 기막힌 심사로 나날을 보내고 있지만 여전히 다시 인간으로 전신하려는 꿈을 접지 않고 있다고 한다. 하기야 갑자기 개가 되었으니 갑작스레 다시 인간으로 되지 말라는 법도 없다는 것이 이 보고서를 쓴 사람의 생각이다. 하지만 그가 다시 전신하는 데는 이 글을 읽는 분들의 많은 성원이 필요하지 않을까 한다. 가령 혹 길을 가다가 한 마리 개를 보면 저 개가 혹 그 김씨가 아닐까 에그 딱하구만 한다든지, 필시 저 개가 그 사람이야 하나님 저 사람을 구해 주소서, 하고 간곡히 빌어 준다면 그가 꿈을 이루는 날이 훨씬 빨라지지 않을까 한다. 아니, 우리가 모두 다 김씨처럼 개가 되어 보는 것은 어떨지. 모두 개가 된 세상에서는 개 아닌 인간이 오히려 개 되는 꼴이 될 테니 말이다. 그러나 이것은 터무니없는 이야기고 어쨌든 우리는 개라고 괄시 말고 또 개가 오히려 인간보다 나아 운운하는 공치사도 말고 지나가는 개를 볼 때 김씨의 딱한 경우를 한 번 떠올려 주면 사람이 되고픈 간곡한 소망을 가진 김씨에게 좋은 보시가 될 것이라는 것이 이 보고서를 쓰는 사람이 결론에 대신하여 드리는 제언이다.

즐거운 수학여행

즐거운 수학여행

잿빛 구름이 낮게 내려앉은 날씨였다. 금방이라도 한줄기 뿌릴 것만 같던 하늘은 공항 리무진 버스에서 내리자 그예 몇 방울 흩뿌리기 시작하는 것이었다. 그나마 마침 공항에 닿자 빗줄기가 듣는 것을 다행스럽게 여기며 김호진 교수는 대합실 안으로 총총히 들어섰다. 2층 로비의 무슨 약국 앞이랬지? 학생들이 일러준 약속 장소를 되새기며 2층 로비로 올라가자 수런거리며 무리를 이루고 있는 여행객들 가운데 김 교수의 지도학년인 3학년 학생들도 자기네끼리 모여 서성거리고 있는 것이 보인다.

"어, 교수님 일찍 오셨네요. 아직 애들도 다 오지 않았는데요."

3학년 대표를 맡고 있는 선영이었다.

"응, 혹시 늦을까 봐 좀 서둘렀다."

세 시 비행기라 학생들은 한 시 반까지 집합하라고 얘기해 놓았으나 교수님은 두 시 이십 분 정도까지 시간 맞춰 오시면 된다는 선영이의 당부가 있었지만 늘 시간에 조바심하는 김 교수는 두 시밖에 되지 않았는데도 미리 도착한 것이다. 하긴 살펴보니 학생들은 아직 두 세 명이 아직 오지 않은 것 같다. 겨우 아홉 명의 단출한 인원에, 원 녀석들, 그래도 지각하는 녀석들이 생기는구만. 학생들이 답사를 간다, 뭘 간다 할 때마다 지각하는 친구들은 늘 경험하는 일이라 혼자 속으로 새기며 김 교수는 마땅히 둘 데 없는 눈길로 학생들을 일별했다.

　말은 수학여행이나 속내는 다 그렇듯이 제주도 유람인지라 녀석들의 차림새는 한껏 나름대로 꽃놀이 차림새들을 갖추었다. 깡뚱하니 작은 키에 하늘색 청바지에다 흰 블라우스를 받쳐 입고 나비모양의 선글라스까지 쓰고 멋을 낸 것은 수업태도가 산만하고 별로 나서는 법도 없어 어떻게 저 친구가 학년 대표가 되었을까 의아함을 금치 못하게 했던 선영이고, 비슷한 작은 키에 무릎이 터진 청바지를 입고 '창조 국문'이란 학과 마크가 찍힌 주황색 티셔츠를 받쳐 입은 학생은 학년 수석은 놓치는 법이 없는 야무진 성격의 미선이고, 적당히 긴 생머리에다 몸에 딱 붙는 회색 티셔츠에 꼭 끼는 청바지, 연한 루즈까지 살짝 바른 채 향수 냄새까지 풍기는 친구는 교수들에게 붙임성도 있고 대학원까지 진학해서 커리어우먼이 되겠다는 명진이고, 역시 나비모양 선글라스에 챙이 넓은 모자를 턱 줄까지 당겨 매고 백색 면바지에 레이스가 달린 하늘색 블라우스를 입어서 한껏 모양새를 낸 친구는 정민인데 역시 작달

한 키에 너부죽한 얼굴이라 모양새는 별로다 싶다. 이 친구는 기필 시인이 되겠다고 전문대 나와서 다니던 직장을 중도지폐, 2학년에 뒤늦게 편입했다. 이 넷은 자기들끼리 붙어서 뭐라고 재재거리며 와그르 웃다가 말다가 수선스러운데 미현이, 세영이 둘은 평소의 얌전한 성격대로 수수한 차림에 다른 친구들 하는 양을 보고 그저 미소나 이따금 짓는다.

그러고 보니 김 교수만이 통 유람객 같지를 않다. 두꺼운 검은 테 안경에 좀 구겨진 카키색 봄 점퍼, 무릎이 나온 면바지, 그나마 여행에 대비해 씻었다고는 하나 누런 먼지색이 가시지 않은 테니스화 차림인데 학생들과 농담 한 번 나누는 법 없이 평소의 진지한 표정 그대로 대리석 로비 바닥으로만 시선을 주고 있다. 기실 그는 걱정이다. 순번대로 돌아오는 인솔교수 역할이라 할 수 없이 나서기는 했으나 학생들과 3박4일을 어떻게 날까 생각하면 마치 공항 로비 바깥의 내려앉은 하늘 마냥 마음이 무겁다.

선영이들이 여행사에서 나온 남자 직원으로부터 제주도에 도착하면 이리저리 하라는 당부를 듣고 있는데 유일한 청일점인 기석이가 나머지 두 여학생과 헐레벌떡 도착했다.

"아이고, 기석아 기석아, 속 좀 그만 썩여라, 비행기 막 출발하려는데 이제서야 오냐. 저 차림새는 또 뭣고."

평소에도 덤벙덤벙, 속없이 구는 기석인지라 선영이가 누나 투로 지청구를 주어도 거들떠도 보지 않고, 어, 교수님 안녕하세요 하고 김 교수에게 꾸벅하는데 아닌 게 아니라 트레이닝 바지 차림에 흰 티를 걸쳐 입은 차림이 영락없이 동네 산보나 나온 모습이다. 뒤따른 둘 중에 연분홍 색 스포츠 점퍼에 그보다 더 진한 분홍색 칠 부 길이의 딱 조이는 면바지를 입은 것은 민지. 보통 키에 아직 얼굴에 여드름 자국도 남아서 멋을 부린 입성이 온전한 조화를 이루지는 못하나 노랗게 염색까지 한 머리와 어울려서 이국스런 맛이 있다. 검은 색 스포츠 점퍼에 보라색 7부 바지 아래로 육중한 종아리를 거침없이 드러낸 것은 여학생 덜렁이 경자. 이 둘이도 안녕하세요, 김 교수에게 인사를 한다. 두 시 이십분이 가까워지자 초조했는데 어쨌거나 탑승하기 전까지는 다 맞춰 온지라 김 교수 는 안도하는 마음이 되어서 탑승객들의 행렬에 끼어섰다.

제주 공항에 내리자 빗발이 제법 세져 있다. 여행사에서 보내온 승합차까지 부리나케 뛰어서 오른 후,

"아이 씨, 즐거운 수학여행을 왔는데 어째 날씨가 이 모양이야." 하는 것은 기석이다.

"낼 부터는 갤 거랍니다. 제주도 날씨가 원래 비가 많아요. 근데, 이거 원래 오후 다섯 시 정도까지는 자연공원을 둘러보게 돼 있었 는데 비가 와서 취솔 해야겠는데요. 괜찮겠습니까?" 하는 것은 운 전대를 잡은 20대 후반의 여행사 남자다. 우산도 없는데 별 수 없 죠, 하고 일행 중 누군가 답하니 미안하지만 숙소로 바로 모시겠습 니다 답한 여행사 직원이 부릉 시동을 건다.

야자수가 늘어선 제주 시내를 10여분 달렸을까, 차는 청록색으

로 도장이 된 고층 건물 앞에 끼익 선다. 회전식 출입구 옆에 붙은 간판을 보니 ○○텔콘이라는 생경한 이름이 붙어 있다. 텔콘이라니, 이름도 묘한데다 해변 가까운 어디로 숙소를 정해 놓았을 줄 알았는데 제주 도심의 어느 지역 같다. 신혼여행 이후로 처음 제주를 다시 찾은 김 교수로서는 어디가 어딘지 짐작이 안 간다. 여행사 직원은 내일 아침 9시까지 건물 현관에 모여 달라는 당부를 거듭하고는 붕 떠나버렸다.

건물 8층의 숙소에 짐을 내려놓고는 텔콘이 어디서 비롯한 이름인지가 어렴풋이 감이 잡혔다. 올라오면서 보니 이 건물의 낮은 층들은 사무실들로 쓰고 고층은 콘도형 숙소로 쓰고 있는 모양이었다. 그러니까 텔콘은 오피스텔과 콘도의 합성어인 셈이다. 방은 넓이에 대한 계측 감각이 없는 김 교수의 깜냥으로도 열 평은 넘어 보이는데 주방 시설이 되어 있고 일자로 실내가 터진 이른바 콘도형 숙소였다. 담배를 붙여 물고 창문을 여니 습기를 머금은 비바람이 혹 밀려들어 온다. 눈에 들어오는 건 빽빽한 건물 지붕들이고 바다는 어디쯤 있는지 요량할 길이 없다. 하기야 삼박사일에 이십만원이 채 못 되는 비용이니 그럴 듯한 숙소는 언감생심이랴 싶다.

그나저나 학생들은 방 배정이 어떻게 되누 하고 김 교수는 문을 열고 나가 옆 호실의 벨을 눌렀다. 아, 교수님 들어오세요 하고 선영이가 문을 열어 주는데 앉고 서고 짐은 이곳저곳 던져 놓아 어수선하기 짝이 없다. 이 방은 김 교수의 방과는 다르게 칸막이 한 방이 하나 있어 그 안에 침대까지 놓였다. 너희들 다 같이 잘

거냐 하니, 네에—한다.

"그럼 기석이는?"

"쟤는 남자 취급도 안 해요."

경자가 대답하고 모두 하하 웃는데 기석이는 그저 히죽할 뿐이다.

"그래도 남자가 하나 끼면 불편하잖겠냐. 기석이는 잠은 내 방에서 자라."했더니

"괜찮아요, 교수님. 제가 알아서 할게요."한다.

하기야 요즘 대학생들은 엠티다 뭐다 해서 밖으로 나오면 대개 남녀동숙이다. 77학번인 김 교수가 대학 다니던 시절만 해도 방은 따로 썼는데 요즘은 남녀 평등해진 때문인지, 성 개방 추세 때문인지, 아니 무엇보다 비용 때문이겠지만 학생들은 그런 것에 크게 괘념치 않는 것 같다. 좋을 대로 하라 싶어 한 시간 뒤쯤 저녁이나 먹으러 가자 하고 방을 나왔다.

하릴없이 TV채널이나 돌리던 김 교수가 시간이 되어 밖으로 나오니 학생들도 엘리베이터 앞에 모였다. 그새 또 옷을 바꾸어 입은 친구들도 보인다. 민지는 브라운 색이 반쯤 들어간 선글라스를 썼다. 엘리베이터 안으로 들어서면서 기석이가 너, 아침에 퇴근하는 여자 같다 하고 신소리를 한마디 던지자 민지가 아휴, 저게 하고 눈을 흘긴다.

일행은 건물 뒷골목의 즐비한 식당가에 있는 제주 삼겹살 구이 집으로 들어섰다. 자리에 앉자 김 교수가 답지 않은 호기로 오늘 저녁은 내가 쏠 테니 많이 먹어, 하자 우와 하는 함성이 터져 나온

다. 사실 김 교수가 저녁을 사지 않고는 찜찜할 사정도 있다. 여행 경비가 십여 만원이 되는데 김 교수는 비행기 삯만 지불했기 때문이다. 선영이가 이 주 전인가 김 교수의 연구실을 찾아와 교수님 죄송하지만 이번에 비행기 삯은 좀 부담해 주셨으면 한다고 계면쩍게 입을 뗐을 때 아 물론, 내 경비야 내가 내야지 했더니 그냥 비행기 삯만 부탁드린다 하고는 방을 나갔다. 나중에 학과의 선배 교수에게 물었더니 학생 수가 이십 명 가까우면 인솔교수는 무료로 해 주는 데 이번엔 수가 적어서 그런 모양이라고 했다. 삼 년 전 마흔 초반에 겨우 막차걸이를 하듯 전임이 된 김 교수에게는 이런 사정이 생소할 밖에 없다. 이번 01학번은 입학 당시 남학생 수가 이례적으로 많았었는데 이 친구들이 대부분 군에 입대해 버린 탓에 이번에는 아주 소규모의 수학여행 팀이 되어 버렸다. 하기야 학교에서 출장비 명목으로 나오는 금액으로는 여행경비를 지불하면 딱 맞으니 교수가 사비私費를 더 써야 할 판이다. 어쨌거나 싼 여행을 하게 된 김 교수로서는 그만큼 술이라도 살 요량을 한 것이다.

음식이 나오고 고기가 익자 김 교수는 학생들에게 술을 한 잔씩 돌리고 건배를 했다. 모두들 잔을 단 번에 비웠으나 김 교수의 잔만이 반나마 남았다. 건배까지 호기를 부린 것은 좋았으나 김 교수는 사실 이런 시간이 괴롭다. 그는 술도 약할 뿐 아니라 이런 좌석에서 좌중을 이끌어갈 국량이나 취향이 아니기 때문이다. 김 교수가 가장 즐기는 것은 담배 정도이고 다른 교수들과도 모여

잡담을 할 때도 그저 묵묵히 듣고 간간히 따라 웃기나 할 정도일 뿐이다.

"아이, 교수님 한 잔 드시고 저 한 잔 주세요."하는 것은 정민이.

"내가 원래 밀밭에만 가도 얼굴이 벌겋잖니. 그래 정민이 술만 딱 한 잔 받을게."

채 두 잔도 안 되는 소주에 이마 끝까지 벌개진 김 교수를 보자 학생들은 자기네끼리 주거니 받거니 잔 돌아가는 속도가 빨라진다. 애, 너 그 머리 어디서 커트했니 멋있다, 너 그 선글라스 짝퉁이지, 얘가 왜 이래 이게 이태리제야, 야 기석아 군대 간 영호는 어떻게 지낸대, 아 짜식이 면회 안 온다고 지난 번 편지에 지랄 쳤잖아, 아 이번 2학년 꽈대(과대표)는 자식이 밥맛이야, 왜 그렇게 싸가지가 없어, 자기네들끼리 화제는 럭비공 튀듯 하는데 김 교수는 꿔다 논 보리자루 격이다. 요즘 대학 생활에서 이런 낭패감은 종종 경험하는 일이다. 설사 교수가 좌중을 이끄는 입담이 있다 해도 요즘 학생들은 얌전히 앉아 주는 술잔이나 받아 마시는 그런 추세가 아니다. 교수가 좀 무겁고 진지한 이야기를 꺼낸다 싶으면 어느새 학생들은 하나 둘 자리를 옮겨버린다. 수업만 해도 그렇다. 수업 태도가 산만한 것은 공교육 붕괴가 운위되는 고등학교만 그런 것이 아니다. 대학수업도 잡담하는 학생, 아예 드러누워 자는 학생, 심지어 핸드폰을 받으러 슬쩍 자리를 뜨는 학생까지 있을 정도이다. 특히 대단위 학생들이 듣는 교양수업 같은 것은 예사로 자리를 들락날락하는 학생들이 숱해서 거기에 일일이 신경 쓰다간 수업을 못할 판이다. 김 교수는 처음에는 수업이 재미없고 따분해 그런가 하는 열패감도 있었으나 그래도 학생들을 일일이 제지했었다. 그러다 어느 날 수업 중에 나가려는 한 학생을 주저 앉혔더니 그 학생이 입을 틀어막고 몸을 비틀어대는 품이 심상찮아 왜 그러냐고 물었더니 어젯밤 술 때문에 토할 것 같다는 것이다. 부득이 그 학생을 내 보냈더니 얼마가 지나자 두어 명이 또 자리를 뜨는 것이었다. 그 뒤로 김 교수는 학생들을 제지하는 것을 포기해 버렸다.

김 교수가 하릴없이 담배만 계속 물어대고 있을 때 학생들도 계면쩍던지 교수님 이제 그만 끝내시죠 한다. 기다리던 차라 김 교수도 두말없이 자리에서 일어섰다. 식당 밖으로 나온 학생들이 교수님 저희들이 맥주라도 한 잔⋯, 하는 것을 김 교수는 내 주량이 그렇잖니 너희들끼리 조금 더 하고 들어오너라 했더니 학생들은 더 이상 채근하지 않고 돌아선다.

숙소로 돌아와서 TV를 보다, 책을 보다, 뒤채던 김 교수는 평소보다 일찍 잠이 들었다. 그러나 잠자리도 편치를 못 했다. 담배 연기 빠지라고 열어둔 창틈으로 들어온 모기의 습격을 밤새 받았기 때문이다.

다음 날 아침 김 교수 네는 건물의 지하에 있는 식당에서 아침을 먹었다. 아침 식사는 이곳에서 해결키로 예약이 된 모양이었다. 내려가는 엘리베이터에서 기석이가 오늘은 또 웬 남색 투피스로 갈아입은 민지에게 야 너 차림이 꼭 은행원 같다 했더니 갑자기,

"너는 인간 쓰레기야." 하는 과격한 대꾸가 민지의 입에서 또박 떨어진다. 친구 사이에 저건 좀 심하지 않은가 싶은데 정작 그 말을 덮어쓴 기석이는 덤덤이고 두엇 정도가 히힛 할뿐이다. 김 교수가 오히려 무안해 기석이가 뭔 죽을 죄를 진 게 있구나 했더니 저게 어제부터 계속 옷 가지고 뭐래잖아요 하고 샐쭉한다. 하기야 요즘 학생들은 저건 상대방에게 심한 모욕이 되지 않을까 싶은 말을 농담이라고 예사로 주고받는 듯하다. 7, 8 년 전인가 대학 다니던 막내 처제가 쌍꺼풀 수술을 하고는 학교엘 갔는데 같은 과 남학생 이 '야 너 호박에 금 그었네' 하더란다. 김 교수는 재담이라기보다 는 독설인 듯싶어 기가 막혀 실소를 터뜨렸는데 정작 그 말을 하는 처제는 몹시 재미있잖냐라는 투로 깔깔거렸다. 아마도 TV의 코미 디 프로그램 등에서 유머라기보다는 상대방을 깎아내림으로써 웃 음을 끌어내는 세태 풍조에 젊은이들이 익숙해진 탓이 아니냐 하 는 생각을 김 교수는 그때 처음 한 적이 있었는데 오늘 새삼 젊은이 들의 말본새를 확인하는 느낌이었다.

김 교수들이 식사를 끝내고 건물 현관 앞으로 나가니 어제의 그 승합차에 그 직원이 기다리고 있다. 계속 이 차로 다니면 오붓한 관광이 되겠구나 했는데 그게 아니었다. 승합차는 근 이십 분 정도 를 달리더니 작은 호텔 앞에서 멈추는 것이었다. 여행사 직원이 하는 말이 저 쪽의 큰 관광버스를 타고 오늘부터 관광 일정을 즐기 시라는 것이다. 아마도 다른 여행사에서 온 소규모의 다른 그룹과 합치게 할 모양이었다. 아닌 게 아니라 대형 관광버스로 옮기니 그

안에 이미 열 명 남짓한 관광객이 자리 잡고 앉았다. 선객들이 앞쪽 자리를 이미 차지한지라 김 교수네는 뒤쪽으로 자리를 잡아 앉으니 사십 전후 쯤 되어 보이는 중년 여성 하나가 마이크를 잡는다.

"안녕하세요. 저는 오늘부터 사흘 간 손님 여러분을 모시게 될 여행 가이드 김정숙이에요. 만나서 반갑습니다. 어제는 비가 내렸는데 활짝 개지는 않았지만 그래도 비가 그쳐서 다행이네요. 즐거운 여행이 되도록 안내해 드리겠습니다. 감사합니다."

검은 색 눈화장을 짙게 하고 파운데이션을 두껍게 발랐으나 주름이 채 가려지지 않은 얼굴에 약간 마른 편이라 신경질적으로 보인다. 인사라고 하는 투가 얼굴에 웃음기도 없이 사무적으로 마치고 마는 것이 이 방면의 물을 엔간히 먹었나 싶게 뵌다. 어쨌거나 일행들에게선 박수가 짝짝짝 터져 나온다.

김 교수들이 먼저 도착한 곳은 제주 산림공원이라는 곳이었다. 잘 정돈된 수목들이 비 그친 뒤의 맑은 공기와 어울려서 마음을 청량하게 만들었다. 동승한 여행객들은 뿔뿔이 흩어져서 한 시간 반여를 산책하다 다시 차에 올랐다. 차에 오르면서 유심히 보니 선탑한 여행객들은 노부부로 보이는 육십 대 후반의 한 쌍, 역시 부부로 보이는 사십 대와 삼십 대 각 한 쌍, 이십 대의 젊은 여성 한 쌍, 사십 전후로 보이는 남자들 한 쌍 이렇게 열 명이다. 김 교수네 수학여행 팀과 합치면 겨우 스무 명을 채운 셈이다. 가이드가 다음은 어디를 들른다고 안내를 하고 차가 출발하자 남자들 둘이 쌍이 되어있는 사십 전후 남자 중 하나가 마이크를 척 잡고 나선다.

"여러분 안녕하세요, 네, 이렇게 같이 여행을 하게 되어서 반갑십니다. 이렇게 마이크를 잡게 된 이 사람은 박종만이라 캅니다. 저는 경북 Y시에서 여행사를 하고 있심더. 이번에 친한 후배하고 여행이나 한 번 할라꼬 이렇게 제주도엘 왔심다. 마, 우리 같은 배를 타게 됐으니 서로 인사나 하고 같이 다니는 게 안 좋겠나 싶어서 이렇게 일어 났심다. 어떻습니까?"

이러자 그 후배란 남자가 박수를 짝짝 치고 다른 사람들도 짜작, 뚜둑 호응할 밖에 없이 되었다. 여행사를 하는 친구가 자기 여행사를 통해 여행 오면 될 것이지 남자들 단 둘이서 저렇게 또 여행길에 나섰노 의아스러운데 후배란 친구가 마이크를 받더니

"에ㅡ, 저는 마 이번에 존경하는 선배님과 같이 제주도 여행을 하게 된 김갑섭이올습니다. 잘 부탁드리겠심다."

무슨 선거 유세를 하는 후보같이 한마디 하고는 마이크를 넘긴다. 소개를 듣고 보니 육십 대의 노부부는 남편이 교사로 있다가 정년퇴임하고 기념으로 여행길에 나선 이들이고, 사십 대 부부는 남편이 공무원인데 어떻게 휴가를 얻어 왔다 하고, 삼십 대 부부는 자영업을 하는 이들이라 하고, 이십 대 처녀들 둘은 서로 여행을 좋아하는 친한 친구 사이라 같이 왔단다.

말이 터지고 보니 관광버스 안은 일시에 소란스럽다. 특히 그 여행사 한다는 박 모라는 인사가 이리저리 말을 붙이면서 그런 분위기를 유도하는 쪽이다. 그는 아예 뒤로 돌아앉아 좌석 위에 팔을

십자로 걸치고 그 위에 턱을 턱 고이고는 김 교수네 학생들에게

"학생들은 K대 학생들이라는 데 그게 어디 있는 학굔교?"

기석이가

"예, 서울 근교 B시에 있는 신흥 명문 사립대학임다."

죽좋게 받아 붙이니 학생들은 자기네들끼리 어머어머, 쟤 좀 봐 호호 갈갈 웃어댄다.

"그래요오? 나는 그런 사립대 이름은 처음 들어보는구만."

"아따, 형님도, 그러이까 저 학생들이 서울약대생들이다 이 말 아임까."

"서울 약대생이라니?"

"참 형님도, 요즘 서울에서 약간 먼 거리에 있는 대학은 서울 약대고, 상당히 먼 거리에 있는 데 다니는 학생들은 서울 상대생이고, 서울 시내 대학에 다니는 학생들은 서울대생이고, 이칸다 아인교."

두 선후배가 억센 경상도 사투리로 씩둑꺽둑 받아넘기는 말에 차내에 홍소가 일어난다.

"아따, 이 자슥이 견초식언하고 있네."

견초식언이라니 이건 또 무슨 소린가? 김 교수도 치미는 웃음과 호기심이 함께 일어난다.

"하이구 선생은 대개 유식하구만요. 견초식언은 또 뭐요? 우리 같은 무식한 사람은 모를 소리네." 공무원 남자가 대거리를 하자,

"에, 또 견초식언이란 개 견, 풀 초, 먹을 식, 말씀 언, 그러니까

개가 풀 썹는 소리. 바로 이 친구가 지금 개가 풀 썹는 소리를 했다 이겁니다."

이러는 바람에 또 한바탕 차 안은 왁자그르 웃음판이 되었다.

허, 그 친구들 개그맨 뺨치는구만, 저 친구들 덕분에 지겹지 않게 됐네…. 학생들과 같이 다니지만 혼자나 다름없는 김 교수는 내심 반기는 마음까지 생겼다.

식물원 한 군데를 더 들르고 일행들은 관광버스가 데려다 준 식당에 내렸다. 시멘트로 멋없이 바람막이만 한 듯한 식당 안에 들어서니 단체로 온 손님들을 다 부려놓았는지 소란스럽기 그지없다. 특히 단체 여행을 온 중고생들이 이리 몰리고 저리 몰리는 탓에 더 어수선하다. 어서 끼나 때워야겠다는 심정으로 밥을 떠넣고 있는데 예의 박종만이란 인사가 김 교수 앞으로 오더니 막걸리 잔을 권한다.

"교수님, 이거 저 가이드 여자를 꿔 삶아서 얻은 막걸리거든요. 저 사람들, 정해 놓은 식당이 있어 구전을 묵는다는 거는 내 다 아능 기고, 그래서 우리는 삶은 돼지고기 한 접시, 막걸리 한 병을 더 울궈냈다 아임니까. 다른 사람은 몰라도 교수님한테 내가 막걸리는 한 잔 권해야지예."

술을 잘 못한다는 김 교수의 사양은 아랑곳없이 박종만은 기어코 막걸리 한 잔을 부어주고 사라진다. 김 교수는 속으로 허, 참 그 친구들 개그만 잘 하는 줄 알았더니, 요령도 좋구만 했다.

오후 들어 조각공원이다, 분재 공원이다 해서 몇 군데를 들르는 중에 차는 무슨무슨 농원인가 하는 데서 섰다. 차를 내리니 농원의 사장이라는 남자가 웬 건물 안으로 일행을 인솔한다. 여행사 박은 하, 이거 벌써 세일즈 들어가는구만, 야야 우리는 빠지자 빠져, 하며 후배라는 친구와 슬쩍 뒤처진다. 아닌 게 아니라 건물 안으로 들어서자 사장이란 남자는 자기 농원에서 야자도 재배하고 뭣도 재배하는데 특히 두충을 직접 배양해서 만든 분말이 자기네 농원의 특산이라는 선전을 잔뜩 늘어놓는다. 사십 초반이나 될까 깨끗한 입성에 야단스럽지 않고 조리정연하게 두충의 효과를 늘어놓는 품에 믿음이 가서 김 교수도 결국 만병통치라 할 그 두충분말을 원체 약재이고 원산지이니 뭐 밑지는 일이야 있으랴 자위하면서 몇 만원 주고 두 통이나 덜컥 사버렸다.

다섯 시 반쯤 되어 텔콘 앞에 도착하니 J대학 국문과에 있는 이민동 교수가 벌써 기다리고 있다. 이 교수와는 대학, 대학원을 같이한 막역지우라 제주에 온 김에 보리라 하고 아침에 전화를 넣어 뒀던 것이다. 김 교수와는 달리 성격이 시원시원하고 막힘없는 이 교수라 말 수 적은 김 교수도 흉금을 털어놓는 사이인데다 학생들과 저녁 식사할 때 어색한 자리를 잘 메워 주리라는 셈속도 없지 않았다.

"여어, 김 교수, 오랜만일세. 그래 오늘 관광은 좋았나?"

"관광은 무슨…, 정말 오랜만일세. 으응, 그런데 이 친구는 누군가?"

인사를 나누고 있는데 이 교수 옆에 노랗게 염색한 머리에 가슴이 딱 벌어지고 키가 후리후리한 남학생이 싱글하니 웃음을 띠며 서 있는 것이다.

"응, 얘는 경남 W시에 사는 내 고향 친구의 아들이야. 이 친구가 지난달에 군대 마치고 복학을 기다리는 중인데 우리 집엘 놀러왔지 뭔가. 같은 대학생들끼리라 만나면 재미있어 할 것 같아 데리고 왔네."

"안녕하세요. W대학 경영학과에 다니는 이철진입니다."

서근서근하게 썩 나서는 품이 밉진 않은데 머리를 철심 마냥 빳빳이 세워 노랗게 염색한 것이 김 교수 세대의 감각에는 덜 믿음 직스럽다. 그러나 요즘 머리 염색 정도로 학생을 평가해서야 쉰 세대 소리를 듣기에 딱 알맞다. 이와 관련해서는 재미있는 일화가 있다. 서울의 국립 S대 법학과 교수가 복도에서 머리를 총천연색으로 염색한 한 학생을 만났다. 그 교수가 자네 명색이 법학과 학생이 머리가 그게 뭔가 하고 점잖게 나무랐다는 것이다. 그랬더니 그 학생이 아니 교수님 머리 염색이 뭐가 잘못이고 또 법학과 학생하고 그게 무슨 상관이 있느냐고 따지기 시작하더니 그 교수의 연구실까지 따라와서 무려 한 시간 가까이를 따지고 드는 바람에 그 교수가 혼쭐이 빠졌다는 이야기다. 또 마찬가지로 그 학교의 어느 교수가 복도에서 담배를 피우고 있는 여학생이 마뜩잖아 여학생이 웬 담배를 피우느냐고 나무랐더니 그 여학생은 남녀 차별 운운하며 두 시간이나 따지고 드는 바람에 된통 곤욕을 치렀다는 이야기도 있는 터이다.

김 교수들은 이 교수가 근처 시장에 싼 횟집이 있다 하여 그곳에 자리를 잡았다. 서로 소개를 하는 중에 음식이 나오고 건배를 위해 잔들을 들었다. 이민동 교수가,

"에, 오늘 이 술은 내 친구 김호진 교수를 위해 내가 살 터이니 기분 좋게 들기 바랍니다."

"어, 이 사람, 과용하고 나중에 후회말게."

"세상에 공짜 없네. 내가 서울 가면 자네가 사야지. 핫핫."

맞아요, 교수님. 교수님, 고맙습니다. 학생들의 화답이 잇따르고 술잔이 부산히 오간다. 평소에 호방한 이 교수답게 술잔을 죽죽 비우자 학생들이 이 교수에게 연이어 잔을 권하고 이철진이란 친구도 금방 학생들과 어울리게 되자 술판이 무르익었다. 철진이는 금방 기석이의 형이 되었고 여학생들에게는 오빠가 되어서 무람없이 이내 친해진다. 엔간히들 거나한 정도가 되었을 때,

"오늘 이차는 제가 쏘겠습니다. 일어들 나시죠." 하는 것은 철진이다.

엉? 저 친구, 대학생이 무슨 돈이 있다고 호기를 부려? 두어 잔 소주에 또 얼굴이 벌겋게 된 김 교수는 조금은 당혹스런 심사가 되어 어쨌거나 일어났다. 식당을 나오면서, 아니 저 친구 대학생이 뭔 돈이 있다고 저래, 하고 이 교수에게 낮은 소리로 물으니 이 교수는 껄껄 웃으면서, 쟤 아버지가 건설회사를 하고 있어 돈은 좀 있으니 걱정 안 해도 돼, 이런다. 하릴없이 김 교수는 철진이가 이 차를 내는 노래방으로 옮겨갔다. 학생들은 교수들에게 먼저 한

곡 씩 권하고는 다음부터는 권할 염도 없이 저네들끼리 춤추고 노래하고 신이 났다. 특히 철진이는 DDR이란 기계 위에서 춤을 추는데 날렵한 동작이 댄서 수준이다. 요즘 말하는 개인기라는 것이겠는데 여학생들이 오빠, 오빠, 꺄아악—, 기성을 질러대고, 상성이 난 철진이는 땀까지 흘려대며 노래부르고 춤추는데 죽 뻗은 몸매에다 이마에 질편한 땀을 흘리고 있는 양이 가히 TV에서 보는 젊은 가수 뺨칠 만하다. 젊은 친구들끼리 신이 난 판에 무르춤해 있던 김 교수에게 이 교수가 우리는 먼저 나가자고 옆구리를 찔렀다. 그렇게 자리를 빠져 나온 두 사람은 근처의 커피숍에 들어가 자리를 잡았다. 김 교수가 운을 뗐다.

"요즘 학생들은 수업시간에도 제 친구들이 발표를 하고 나면 화답하느라 기성을 질러대곤 하지. 언제부턴가 저런 풍속이 생겼는데 아마 TV 쇼에 익숙한 신세대들의 새 풍속인 것 같애. 나는 영 익숙해지질 않는 풍경이야."

"허허, 젊은이들은 젊은이들 나름대로의 풍속을 만들어 내질 않나. 우리들 장발은 그때 어른들 마음에 들었겠냐구."

"그런 문제야 사소한 거고, 요즘 젊은 친구들이 너무 자기도취적이고 가벼운 것 같으니 하는 말이지."

역시 가르치는 사람들인지라 둘은 요즘 대학생들이 보여주는 새로운 풍속도에 대해 화제가 쉽게 일치되었다. 재미있는 수업, 학점이 잘 나오는 수업이 아니면 학생들이 기피한다든지, 수업시간의 잦은 들락거림, 인터넷에서 과제를 다운 받는 몰염치한 학생들에 대한 개탄들을 주고받았다. 이 교수네 학교에서는 어느 교수가 학생과 학점 시비를 벌인 적이 있는데 결국 그 교수가 학점을 수정해 주지 않자 이에 불만을 품은 학생이 외국에서 콜렉트콜로 장시간의 전화를 걸어 해당 교수를 골탕 먹였다는 사건도 있었다고 했다. 김 교수네 학교에서는 대단위 교양수업 중에 그 과목의 수강생이 아닌 웬 남학생이 갑자기 꽃다발을 들고 들어오더니 모모 여학생에게 전해 달라는, 말하자면 이벤트 성의 프러포즈를 연출한 학생도 있었단다.

"요즘 학생들은 자기네가 매우 개성적인 줄 알지만 그게 사실은 영상이나 연예인 중심의 대중문화에 감염된 획일적 개성인 줄을 모르는 거야." 이 교수.

"어쩌겠나. 모두가 망할 놈의 시장이 대학에도 들어선 탓이 크지 않겠나. 지겨운 수요자 중심, 고객 중심, 학교는 그래도 인간을 가르치는 곳인데 말이야……." 김 교수.

"우리 학교의 어느 교수 말마따나 적응하느냐, 마느냐, 그것이 문제인 시댈세, 그려."

이 교수의 자조적인 결론을 끝으로 두 사람은 다음 만남을 기약하고 찻집을 나왔다.

다음 날 아침, 김 교수는 자기 방을 나오면서 학생들 방의 벨을 눌렀다. 약속 시간인 아홉 시가 다되어 가는데도 기척들이 없었기 때문이다. 명진이가 문을 빼꼼히 여는데 막 차림새를 여미다가 나온 모습이다. 얼굴에 바른 파운데이션을 채 고루 펼치지도 못한 얼굴이다. 서둘러서 빨리 나오라 일러놓고 김 교수는 먼저 건물 현관으로 내려왔다. 그랬더니 오늘은 또 무슨 사정인지 승합차가 아니고 아예 대형 관광버스가 와서 대기하고 있다. 차에 오르니 어제의 그 일행들이 타고 있다. 안녕하세요, 잘 쉬셨어요, 인사들을 나누고 자리에 앉았는데 학생들은 나타나지를 않는다. 김 교수가 초조해 지는데 기어코 김 교수의 옆 좌석에 앉은 공무원 남편이, 아니 학생들이 어떻게 이렇게 시간 개념이 없누, 한마디 한다. 아홉 시 십 분쯤 되자 명진이, 정민이, 미현이, 세영이들이 차에 헐레벌떡 오른다. 김 교수가 다른 학생들은? 하고 물으니 식당에서 밥을 먹고 있다는 답이다. 아니, 이 친구들이, 당황을 금치 못한 김 교수가 차에서 황급히 내려 지하 식당으로 쫓아 내려갔다. 푸스스한 얼굴로 국을 떠넘기고 있던 선영이, 기석이들은 김 교수를 보고도 별로 찔끔하는 기색이 없다. 얘들아, 지금 밖에서 사람들이 너희들 땜에 기다리고 있는데 뭘 하고 있니. 빨리 나와야지. 말을 해놓고 먼저 올라오는 김 교수의 가슴이 벌렁거린다. 차에 다시 올라 가슴을 진정시킬 틈도 없이 공무원 남편이 또 한마디 한다. 아, 학생들이 교수님은 먼저 기다리는데 지들은 저래 늑장을 부리고, 요즘 젊은 학생들은 문제야, 문제. 김 교수는 얼굴까지 홧홧해 져서 대꾸할 말도 찾지 못한 채 좌불안석이 되었다. 아홉 시 이십 분이 좀 지났을까 한 시각에 선영이들이 우르르 차에 오른다.

"학생들, 이렇게 늦으면 다른 사람들은 어떻게 하지." 버스 기사

가 한마디 하자,

"아, 이게 코리안 타임 아임니까? 이거 나쁜 거 아임다. 한국 사람들의 여유와 인정의 표현 아이겠임니까? 학생들 마, 괜찮다. 어서 앉그라. 단체 행동에서 이 정도 늦기사 보통이지 뭐."하는 것은 어제의 견초식언 박 사장이다.

뒷자리의 명진이한테 어제 몇 시까지 놀다 왔니 하고 물었더니 철진이란 친구가 나이트까지 쏜다고 해서 거기서 놀다가 새벽 서너 시쯤 들어왔다는 것이다. 허, 그 친구가 역시 문제의 인물이었구만 하고 김 교수는 혼자서 속으로 혀를 찼다. 버스가 출발하자 공무원 남편이 아이구, 교수님도 고생 많겠슴다. 하기야 요즘 젊은애들 어떻게 맘대로 하겠어요. 나도 애들이 중학생 초등학생 이렇게 있는데 중학생짜리만 해도 저한테 좀 싫은 소리 하면 아빠는 상관마세요, 하고 지 방문을 탁 닫아버리는데 대화가 안 돼요, 대화가, 한다. 그러자 옆자리 그의 아내가 아이, 당신이 평소에 좀 일찍 들어와 애들하고 같이 얘기라도 나누고 하면 그러겠어요 하고 면박을 준다. 그나저나 젊은이들과 대화하려는 노력을 어른들이 먼저 해야지요, 뭐. 김 교수가 체면 치레로 한마디 하자 공무원은 자기들이 제주도 관광을 온 내력까지 털어 놓는다. 자기가 가입한 카드회사에서 제주도 관광 경품이 당선되었다고 연락이 왔길래 웬 경품당선인가 했지만 가격이 십여 만원이라 선뜻 응했더니 싸구려 모텔, 싸구려 식사에 사기를 당한 기분이라고 하소연이다. 삼십 대 자영업 한다는 부부도 그렇게 왔단다. 그런 관광 상품이 사람들을 골탕 먹인다는 얘기는 김 교수도 들은 적이 있는데, 아직도 거기에 넘어가는 사람이 있는가 싶은 게 하여튼 요지경 속인 세상인가 한다.

버스가 먼저 사람들을 내려놓은 곳은 제주도 돌하르방들이 전시되어 있는 작은 석물 공원이었다. 입구에 들어서니 사람 눈높이만한 곳에 구멍을 옴팡하게 내어 놓은 석물 앞에서 그 구멍 안을 들여다보고서 재미있어들 한다. 무언가 싶어 김 교수도 들여다보니 구멍 속 공간에다 남자의 성기를 크게 빚어 놓았다. 헛, 별 장난을 다 해 놓았군. 김 교수가 싱그레 웃고 물러나는데 여행사 박과 친구들 둘이서 온 이십 대 처녀들도 그 곳으로 왔다. 박 사장은 안을 들여다보고 나더니 갑자기 손을 쑥 집어넣었다가 빼내곤 손을 싸쥐고 아이고 나 죽는다고 넉살을 떤다. 처녀들이 뭐예요, 뭐, 그 안에 뭐가 있어요, 하고 부리나케 얼굴을 갖다 대더니 하하핫 하고 배꼽을 잡는다. 그 중에 앞니 사이가 꽤나 벌어져서 좀 헤퍼 보이는 처녀가, 아이 아저씨는 자기 바지 안에 늘 그거 차고 다니면서 뭘 그래요, 하고 퉁을 놓으니 박은 핫 저놈이 진짜 날 물었다니께 아가씨들도 손 한 번 넣어봐 하고 너스레를 친다. 학생들도 그 안을 들여다보곤 싱글, 히벌죽, 하하 반응들이 각각이다.

다음으로 민속마을이란 곳을 가서 그곳을 돌고 있는데 박 사장이 슬쩍 따라 붙더니 은근짜로 말을 건다. 저어기, 가이드 있잖아요. 그런 사람들은 머 다른 수입이 없고 팁으로 살거든요. 그래서 우리가 십시일반으로 좀 걷어야 하거든요. 우리들은 한 쌍당 이만

원씩 내기로 다 이야기가 됐는데, 학생들한테는 머 일일이 다 내라 칼 수도 없고 교수님이 마 한 몇 만원만 내주시면 다 해결이 되겠는데예……, 머 꼭 반다시 의무적인 건 아니고 마, 우리들 인심상 그렇다는 기라서, 머 하야튼 교수님이 알아서 해주시이소, 예. 실례 했심더. 이러고는 사라지는 것이다. 아니 저 사람이 농지거리 좋아 하는 실없는 사람인 줄로만 알았더니 천상 거간꾼이로군. 그런데 가이드는 월급이 없다니, 그러면 전적으로 관광객들한테 의지해서 이 업을 해 먹는다는 말인가. 그럴 리가 없는 일이지. 팁을 좀 주자 면 주는 것이야 좋은데 그러면 다 모아서 십 여 만원이나 주자는 건가. 헛, 이 사람이 가이드하고 한 통속이라도 되나? 여자 가이드 가 친절하기나 하다면 몰라도 생긴 대로 쌀쌀맞아서 가이드라고 제대로 하는 것도 없드만. 김 교수는 이런 생각에다 아침에 학생들 건으로 여직 마음이 편치 않던 터라 심사가 꼬여 버렸다. 다른 사람 도 다 낸다고 은근히 강짜를 놓은 것이 김 교수의 부아를 더 했다. 그러나 또 덮어놓고 모르쇠 할 수도 없어 김 교수는 영 마뜩잖은 기분으로 점심을 먹으러 식당에 들어서는 길에 만 원짜리 몇 장을 박에게 건네 줄 밖에 없었다. 김 교수가 식사를 하며 박 일행들을 보니 박과 그의 후배, 이십 대 처녀들, 가이드가 한 식탁에 앉아서 밥에다 술을 시켜놓고 희희낙락 권커니 잣커니 하고 있다.

　점심 식사 뒤 일행은 만장굴을 둘러보고 우도로 향했다. 오후 일정은 우도 관광으로 끝날 모양이었다. 우도로 가는 배 안에서도 소주잔을 기울이던 박 일행은 우도에 내린 후로는 아예 한 식당에

들어가 자리를 잡고 술추럼으로 우도 관광을 때울 모양이었다. 하
기야 우도 관광이래야 젊은 축들이나 자전거를 타고 해변도로를
일주하면서 기분을 내는 정도이니 별 뾰족한 방도가 없기는 했다.
게다가 한번 활짝 갠 얼굴을 보여주지 않던 하늘은 여행객들이
우도에 닿자 미세한 분말 같은 가랑비를 솔솔솔 다시 뿌려대기
시작하고 있었다. 김 교수는 옷이 좀 젖을지라도 학생들과 같이
자전거를 빌려 타고 해변도로를 달리는 편을 택했다. 기석이 경자
정민이들이 야호, 고함을 지르며 박차고 나간 길을 김 교수도 페달
을 열심히 밟아 따라 붙었다. 얼굴에 흩뿌려지는 가는 비알갱이들
을 맞받으면서 바닷가 도로를 전력으로 달리다 보니 오전의 불쾌
하던 심사가 많이 가라앉는 기분이 되었다. 그러나 애써 얻은 삽상
하던 기분도 잠시, 김 교수의 체신을 결정적으로 구긴 사태가 돌아
오는 버스 안에서 벌어지고 말았다.

우도에서 두 시간 남짓을 머물고 돌아오는 배 안에서 박 사장들
은 학생들에게도 한 잔 하라며 잔들을 돌려 대었다. 선영이, 기석
이, 경자들이 별 주저 없이 잔들을 받아드는 모양들이 보였다. 그렇
게 시작된 잔 돌리기는 버스에 올라서도 계속되었다. 박들은 무슨
흥으로 인심을 쓰는지 검은 비닐 봉투에 소주와 안주부스러기들을
불룩하게 사가지고 차에 오르더니 잔들을 돌려대는 것이었다. 선
영이 기석이들은 벌써 몇 잔을 마신 판이고 처음에는 사양하던
명진이, 미선이들까지 잔을 받아드는 것을 보고, 아니 쟤들이, 쯧.
김 교수는 속으로 혀를 차지 않을 수 없었다. 박들과 전작이 있었던

처녀들까지 가세해 소주잔을 돌리기 시작하니 점잖던 육십 대의 퇴임 교사 부부도 마지못해 잔을 받아드는 형국이 되었다. 몇 잔 얻어 마신 공무원이 불콰해진 얼굴로 교수님도 한 잔 하시라는 것을 김 교수는 굳은 얼굴이 되어 밀어내었다. 삽시간에 술기운으로 왁자지껄해진 버스 안에서 술빨갱이가 된 박은 마침내 마이크까지 들었다.

"자아, 우리가 이제 오늘 오후면 이 여행도 실질적으로 끝납니다. 마지막으로 즐거운 추억을 위해서 노래들이나 한 곡씩 하입시다. 불초 소생이 못 부르는 노래지만 먼저 한 곡을 뽑아 보겠심다. 기사님 반주기 쫌 부탁하입시다."

천두웅사안 바악다알재를 울고 넘는 저어 구우름아아─. 기사가 틀어준 반주 음악에 맞춰 한껏 구성지게 목청을 뽑은 박이 제 후배에게 마이크를 돌리고 후배는 그 마이크를 또 처녀들에게 돌렸다. 처녀들은 현란한 전자 음향이 터져나오는 요즘 신세대들의 댄스곡에 몸을 열정적으로 흔들어대면서 김 교수네 학생들의 팔을 끌었다. 그러자 기석이가 먼저 튀어 나가고 경자 까지 가세해 네 젊은이들이 흔들리는 좁은 통로 안에서 뛰고 흔들고 굴러댄다. 민지, 정민이들도 리듬에 맞춰 박수를 치고 꺄아, 기성을 내뱉으며 맞장구들을 친다. 제지할 틈도 없이 놀자판에 섞인 학생들에게 김 교수는 야, 이놈들아 그만두지 못 하겠니, 대갈일성 하고 싶은 것을 참느라 호흡을 누르다 보니 얼굴이 창백해 졌다. 이런 김 교수의 속내도 모르고 박의 후배란 친구가 자기 잔을 들고 김 교수에게 다가오더니 아이, 교수님도 한 잔 하이소, 머 그렇게 빼십니까, 종이 잔을 김 교수의 코앞에 들이댄다. 그래애, 좋다. 열이 뻗친 김 교수는 병째로 받아들고는 연거푸 몇 모금을 들이켜 버렸다. 하이고 교수님도 술 잘 하시는구마는, 네 좋습니다, 좋아요. 이러고 병을 받아 간 박의 후배는 자기도 병째로 쭈욱 들이키고는 제자리로 돌아간다. 마이크는 공무원에게로 넘어가 술이 거나해진 공무원 사내도 남행열차를 열창하고 통로에는 예닐곱 명이 뛰고 구르는 판이다. 그새 술이 올라 이마까지 벌겋게 물든 김 교수는 누구라 할 것 없이 앞만 노려보고 앉았다. 그래 포스트모던의 시대라 이거지. 전복과 해체, 파괴가 이 시대의 화두 아니냐. 합리와 균형감각은 없고 목소리 큰 사람만 난리를 떠는 우리 사회가 여기로구나. 동방무례지국의 백성으로 나도 사명을 다 해야지. 김 교수는 공무원의 노래가 끝나자 비척비척 앞으로 나가 마이크를 뺏다시피 옮겨 쥐었다. 그리고는 반주기에서 곡목을 선택하더니 현철의 '싫다싫어'를 고래고래 악을 쓰며 박자도 음정도 제멋대로 불러제끼기 시작했다. 붉다 못해 검붉어진 얼굴에 목에 힘줄까지 돋아 오르게 악을 써대는 김 교수를 보고 미선이 명진이들은 평소에 샌님 같던 교수님이 왜 저러실까 민망한 표정을 감추지 못하고 물색 모르는 선영이 기석이들은 교수님 멋쟁이를 연호해 댄다. 노래를 끝내고 자리로 돌아온 김 교수는 정신이 피잉 돌았다. 그러나 그 어지럼증은 일시에 머리끝으로 몰려오는 화기에 자리를 내주어야 할 형편이 되었다. 머리가 욱신욱신하기 시작하더니 못 마시는 술을 강작한 탓이라 속까지 울렁대면서 구토증이 치밀기 시작한다. 검붉던 얼굴색이 일시에 창백해지기 시작하며 김 교수는 뒷좌석에 머리를 기대고 호흡을 가다듬어 보지만 치미는 구토를 참을 수가 없다. 마침내 입을 가리고 우욱 몸이 꺾어지는 김 교수를 정민이 명진들이 보고 어머 교수님 왜 그러세요, 하고 화들짝 놀라서는 앞으로 튀어나가 차를 세웠다. 목까지 차오르는 토기를 있는 힘을 다해 억제하고 있던 김 교수는 차가 서기 바쁘게 밖으로 달려나가 토해내기 시작했다. 도로가의 풀섶에 점심에 먹었던 콩나물 대가리까지 섞어 다 토해낸 김 교수는 허청거리는 걸음으로 차안으로 돌아왔다. 공무원 아내가 휘청이며 들어오는 김 교수를 외면하며 쯧하고 혀를 차대는 소리가 들린다. 어째 교수가 속없이 구는 학생들보다 한 술 더 뜨누 하는 힐난이겠지. 김 교수는 온 몸에 힘이 빠져 좌석에 축 늘어져 버렸다. 숙소에 도착할 때까지 인사불성이 돼 있던 김 교수는 차가 언제 도착했는지도 모르다가 학생들의 부축으로 차에서 내렸다. 학생들이 사다준 술 깨는 약을 먹고는 일찍 곯아떨어진 김 교수는 그날 저녁조차 걸렀다.

새벽에 잠이 깨어 그 전날 있었던 일을 생각하고 자책감에 잠을 뒤척이던 김 교수는 다시 잠들었다가 날이 밝자 이내 잠이 깼다. 어제 저녁도 먹지 못한지라 속이 쓰려 먼저 밖으로 나가 요기라도 해야겠다 싶어 세수를 하고 옷을 꿰입고 있는데 벨이 딩동 울렸다. 일곱 시 조금 넘었는데, 누군가…? 의아하게 문을 여니 정민이가 싱글 웃으며, 교수님, 어제 저녁도 안 드시고 배고프시죠. 저랑 같이 가세요. 제가 해장국 사드릴 게요, 한다.

밖으로 나와서 찾아보니 근처의 건물에는 해장국 집 같은 건 없고 백반을 하는 집뿐이다. 그 중 한 곳에 들어가 자리를 잡고 두 사람은 해물된장찌개를 시켰다.

"교수님. 어제 속 많이 상하셨죠. 술 드시고, 고래고래 노래하실 교수님이 아닌데 그러시는 걸 보고 제가 눈치 챘잖아요. 어제 저녁 먹고 나서 제가 아이들 많이 나무랐어요. 왜 그렇게 철없이들 구느냐고. 그랬더니 다들 잘못했다고, 자기들은 그저 분위기 맞출라는 생각밖에 없었다고 머쓱해 하대요. 다음부터는 매사에 좀 더 대학생답게 행동해야겠다, 그런 소리도 나왔구요."

"허, 그랬냐? 내가 바보같이 굴어서 오히려 미안하게 됐는데, 뭘……."

"아니에요. 저희들이 정말 미안해요. 교수님, 그런데 이 집 된장찌개 정말 맛있다, 그쵸? 많이 드시고 기운 차리세요!"

아무래도 사회 경험도 있고 나이가 몇 살 더 먹은 정민인지라 헤아림이 깊은 듯 했다. 대학생이라 해도 특별한 사회 경험이 있기 전에야 아직은 어린 애들이나 다름없지. 나도 그랬지만 지들은 그러나 얼마나 다 컸다고 생각하겠누? 이런 생각을 하며 김 교수는 밥 한 그릇을 달게 비웠다. 정민이의 삽상한 마음 씀에다가 해물이 들어 시원한 된장찌개와 깔끔한 그 집 반찬들이 식욕을 한껏 돋우어 준 탓이었다.

김 교수네 일행들은 오전 중에 용두암이란 바닷가를 들른 후 다시 가이드가 풀어놓은 토산품 가게에서 시간여를 보낸 뒤 비행기를 탔다. 비행기 창가에 자리를 잡은 김 교수의 눈으로 마치 수족관속에 든 것 같은 제주 해안과 푸른 바다가 들어왔다. 아뜩해지는 기분을 느끼면서 삼박사일의 시간이 낱낱으로 질서 있게 정리되는 것이 아니라 마치 가뭇없이 긴 시간으로 한 움큼의 뭉치가 되어서 삶의 어느 한 순간에 털썩 삽입된 느낌이 들었다. 어휴, 마치 긴 전쟁을 치른 것 같은데, 이래서야 어떻게 다음 여행에 따라 올꼬, 안도와 탄식이 동시에 몰려들었다. 열두 시 쯤 되어 비행기가 김포공항에 도착하고 청사 밖으로 나오자 서울 하늘은 초여름으로 가는 오월 중순의 날씨답게 푸르게 개어 있었다. 비행기를 타기 전까지 어석버석 김 교수 주위를 겉돌던 녀석들이 김 교수 주위에 다들 모였다. 그러더니 오전의 그 쭈볏함은 언제 다 털어 내었는지,

　　"교수님, 즐거운 수학여행 되셨어요오."

　　갑자기 합창을 한다.

　　"그래 그래, 덕분에. 나도 분위기 메이커 제대로 해서 마음이 뿌드웃하다."

　　이러니 모두 하핫 웃는다. 학생들 어깨를 두드려주고는 김 교수는 버스 승강장으로 발길을 돌렸다. 집 쪽으로 가는 버스 승강장을 찾아 그곳에 멈추어 섰을 때 제법 따가운 기까지 머금은 오월의 햇살이 승강장에 선 김 교수의 검은 테 안경 위에서 반짝 튀었다.

꿈과 같이

꿈과 같이

1

발걸음이 허청거렸다. 예기치 못했던 상황이었으나 그래도 설마 하는 기대를 가졌던 것이리라. 그러나 그 설마가 현실로 나타나자 무릎에 힘이 빠지는 느낌이었다. 그녀가 없는 집은 그 덩그런 위용에도 불구하고 마치 공중으로 사라져 버린 듯 그 형질감이 느껴지지 않았다. 가끔 소설의 결말이 어떤 존재나 사물이 증발하는 장면으로 마무리될 때 나는 그것을 하나의 상징적 장치로만 이해했었으나 그것은 절실한 체험의 산물일 수도 있음을 현실로써 체감하는 순간이었다. 사방이 위압감을 주는 저택들로 둘러싸인, 사람들의 자취는 보이지 않는 괴괴한 황혼녘의 성북동 길을 내려 오느라니 고적감까지 겹쳐 발걸음은 마치 허공을 딛는 듯한 느낌이었다.

그 짧은 해후에 기대를 품었던 놈이 어리석은 놈이지. 하지만, 어째 그녀에 관한 한 이처럼 늘 허방만을 짚고 마는 것일까. 참으로 안 되는 인연이란 어찌할 수 없는 모양인가. 그녀를 향한 정염이 어이없이 스러지자 잠시 밀어 두었던 김 교수와의 갈등이 다시금 떠오르면서 허청거리던 걸음은 모래주머니라도 단 듯 무거워졌다.

2

우리의 해후는 모던했으되 낭만성이 결여되어 있었다. 이십 년을 넘긴 해후가 하필 자동차 사고로 이루어졌을까. 그날 나는 O대 정문 앞의 T자형 도로에서 좌회전을 하기 위해 깜박이를 넣고 신호를 기다리던 중이었다. 신호를 기다리는 짧은 시간 중에도 내 머리 속은 복잡한 사념으로 얼크러져 있었다. 지도교수인 김성태 교수의 오랜만의 호출에 혹시나 하고 찾아갔다가 뜻밖의 부탁을 받았기 때문이다. '80년대에 모 부처의 장관을 지낸 이가 자기 아버지의 추모 문집을 내려는데 장관의 동창인 김 교수에게 그 아비의 행적을 기리는 글을 논문 형식으로 써달라는 위촉이 들어왔다는 것이었다. 일제시대에 이른바 교육구국 운동에 나섰고 민족의식 선양의 일환으로 대종교 운동에도 참여한 적이 있는 인사인 만큼 관련 자료를 일체 넘겨 줄 터이니 일제시대 민족운동사 연구에 일가를 이룬 김 교수의 붓을 빌려주면 참으로 고맙겠다는 부탁을 받은 모양이었다. 사학자로서는 정계, 재계로까지 대단한 교유의 폭을 가지고 있는 김 교수이니 만큼 들어올 법한 청탁이었다. 하지만 왜 그런 글을 하필 내게? 장관을 지낸 K모는 내가 대학원을 다니던 당시 전두환 정권 말기의 공보장관직인가를 맡아 군사정권의 나팔수 역할을 했던 전력을 가진 인물이었다. 더구나 교수로 있다가 정권말기의 포악이 더해지던 시기에 입각을 했으니 변절 지식인이라 할 만한 인물이 아닌가. 그런 자의 선대를 기리는 글을 내가 쓴다고? 여태까지 그저 고만고만한 제자 중의 하나로 변변한 관심을 보이지 않더니 이런 부잡스러운 일은 왜 하필 나에게 맡기려는지. 모처럼의 호출에 혹시 어느 대학에 자리라도 하나 천거해 주려니 하는 헛된 기대를 하고 갔던 나는 김 교수의 자못 자상한 제자사랑의 어조에 실린 원고 청탁을 받으며 그런 반감부터가 일었던 것이다. 이건 논문 대필이 아닌가. 게다가 나 자신으로 말하면 이런저런 글을 써 연구실적 채우기도 바쁜 데다 시간 강의 외에 아르바이트 과외까지 해야 한다. 하지만 지도교수의 밀명(?)이니 거부할 수도 없다. 혹 이를 수행해 내면 무슨 반대급부라도 있을 것인가. 이런 사념으로 머리가 어수선하던 차 좌회전 신호가 들어오자 급히 기어를 넣고 회전을 하던 참이었다. 나보다 앞서 회전을 하던 앞차의 브레이크 등이 갑자기 켜지는 것을 보고 브레이크를 급히 밟자 이내 요란한 파열음과 함께 후미부를 울리는 충격이 전해졌다. 급제동을 한 앞차의 전방으로 반대편 골목에서 갑자기 튀어나와 요란한 굉음을 울리며 사라져 가는 오토바이의 뒤꽁무니가 보였다. 김 교수의 부탁에 이런저런 생각에 골똘하던 나는 뒤차가 있는 줄을 몰랐었는데 갑작스런 정거에 내 차의 후미를 들이받은 모양이었다. 당혹과 함께 짜증이 치밀어 올랐다. 접촉사고라도 나면 잘잘못을 따지느라 한바탕의 실랑이가 벌어지는 것이 다반사인 우리의 풍속이 아닌가. 이미 초보운전 때 가벼운 접촉사고로 호된 경을 친 경험이 있는 터이기에 나는 차에서 내리면서 뒤차의 주인이 누구인가를 먼저 일별했다. 흰색 소나타의 문을 열고 내리는 뒤차의 주인은 연한 연두색 정장 투피스를 받쳐 입은, 얼핏 보아 기품있어 보이는 여인이었다. 허나 검은 선글라스를 낀 창백한 얼굴이 꽤 쌀쌀맞은 인상을 풍기고 있어 깐깐한 시비를 거쳐야 할 것도 같았다. 내 차의 범퍼를 확인한 나는 일순 가슴이 답답해 왔다. 출고한지 10년도 넘은 구형 중고 아반떼는 막 출발 중에 일어난 추돌의 충격 정도도 견디지 못해 범퍼가 떨어져 헐렁대고 있었던 것이다. 뒤차는 번호판이 우그러지고 앞 범퍼 일부의 색이 벗겨진 정도였을 뿐 말짱했다. 이만한 정도의 충격에도 저렇게 부스러진 폐차 직전 고물차의 모습은 10년 넘게 시간강사를 전전하고 있는 차주인의 모습을 그대로 닮은 듯했다. 나는 잠시나마 망연해졌다. 그러다 "미안합니다."라고 마치 중얼거리듯이 나직하게 입을 연 여인의 사의에 얼핏 정신이 돌아왔다. 선글라스를 벗어 든 여인의 얼굴은 애초에 풍기던 쌀쌀한 인상보다는 침착한 기품을 잃지 않았으나 당혹과 불안이 서린 그것이었다. "제가 아직 운전 미숙이라 이런 사고를…, 우선 차부터 길가로 빼야 하지 않을까요?"라고 말하는 여인의 음성은 약간 떨리는 듯도 하였다. 아닌 게 아니라 비상 등을 켜둔 채 잠시 상황을 살피는 몇 분 동안 O대 앞의 사차선 길은 이미 밀린 차로 장사진을 치고 있었다. 여인이 실수를 자인하고 나오는 터라 더 이상 머무를 여유나 이유가 없어 나는 차를 노변으로 대었다. 어디 가까운 정비소로 차를 옮겨야 하지 않을까요? 너무 쉽사리 자신의 잘못을 시인하고 나오는 여인의 태도에 나는 한 편으로 안도하면서 여인의 불안이 담긴 눈을 비로소 찬찬히 살필 여유를 가졌다. 크고 검은 눈동자가 풍기는 깊고 그윽한 느낌. 창백하지만 깨끗한 피부에 담긴 그 눈은 나의 가슴에 왠지 모를 서늘한 느낌을 주었다. O대 근처의 카센터로 가면서 그 서늘함은 이윽고 심장의 심한 동계로 바뀌었다. 그녀가 아닌가. 입을 다물었을 때 차가운 느낌을 주는 가녀린 입술. 그래, 그녀다. 추돌 시의 당혹으로 아직 진정되지 않고 두근거리던 심장이 아예 쿵쾅거리며 뛰기 시작했다.

3

카센터에서 차를 보이고 견적을 떼고 하는 동안 나는 짐짓 태연을 가장하였다. 여자 쪽에서 먼저 아는 체를 하지 않을까 조바심을 했으나 여인에게서는 별 다른 낌새가 보이지 않았다. 견적이 나오자 그녀는 비용은 차가 수리되는 날 자신이 다시 와서 지불하겠다고 했다.

"미안해요. 제가 지금 마침 카드를 갖고 나오질 않았고 현금도 충분하질 못해요."

"그건 아무래도 상관없지만…, 그런데, 혹시 김…현, 지씨 아닌가요?"

나를 알아보는 별 다른 낌새를 보이지 않는 여인에게 조급증을 참지 못한 내가 기어코 먼저 물었다. 순간 여인의 입에서 '아'하는 짧은 탄성이 흘러 나왔다.

"그럼, 서인규 씨?"

그랬구나. 역시 나를 알아보았구나. 그런데 그처럼 천연스레 모르쇠 하다니. 하여튼 여자란……. 처음 10년은 늘상 눈앞에 아른거리는 영상으로, 그 후 10년은 간헐적으로 떠오르곤 하던 그녀. 이른바 첫사랑의 아픔을 안겨주고 떠났던 그녀가 아닌가. 젊은 한 때 꿈속에서라도 만나지이다 하던 그녀를 이처럼 사고로 만나게 될 줄이야. 참으로 묘한 재회였다. 그러나 시간의 풍화작용에 많이 마모된 나의 감성은 비교적 쉽사리 안정을 회복했다. 막상 그녀임이 확인되자 담담해지는 느낌이었다. 우리는 그녀의 차를 카센터 주인의 양해를 구해 그곳에 파킹해 둔 채 부근의 다방을 찾았다. '우궁'이란 지하 다방이 눈에 띄었다. 우궁이라…. 우연한 만남의 궁전이란 뜻인가. 턱없는 해석을 갖다 붙이고 속으로 흐흥 웃으면서 나는 지하 층계를 내려갔다. 구태가 풍기는 이름대로 지하에 위치한 다방은 아직도 레지가 차를 날라다 주는 칠십 년대 풍의 다방이었다. 멀지 않은 곳에 재래시장이 있어 O대 근처에는 이처럼 전통적인 다방이 더러 남아 있었다. 나는 가끔 이런 다방을 만나면 마음이 편안했다. 밖에서 안이 훤히 들여다보이고 깔끔한 소파를 놓은 요즘 신세대 풍의 다방보다는 붉은 우단으로 감싸인 싸구려 소파가 놓이고 다소 어둠침침한 이런 구식 다방이 마음의 안정을 가져다주었기 때문이다. 칠십 년대 후반과 팔십 년대 초에 가난한 학창을 보낸 중년 남자의 구태의연한 감성의 소산이라 할 밖에 없는 취향이었다. 다방 안은 중년 남자 둘이 마주앉아 하릴없이 담배를 태우고 있었을 뿐 한산했다. 차를 시키고 담배를 피워 물고 하면서 나는 비로소 그녀를 찬찬히 살폈다. 추돌 직후 차문을 열고 나온 그녀를 보았을 때의 쌀쌀한 귀부인 태는 어느덧 사라지고 돌연한 사고에 신경을 쓴 탓인지 그녀의 얼굴은 피로에 지친 듯해 보였다. 화장기 없이 입술 루즈만 엷게 칠한 얼굴은 삼십 대 후반의 중년 여인답지 않게 주름도 없고 깨끗했으나 눈 밑에 살짝 낀 기미는 어쩔 수 없이 드러나고 있었다.

"이렇게 만나게 될 줄은 정말 몰랐습니다. 거의 이십 년이 지났죠. 현지 씨는 별로 변하지 않았군요."

"인규 씨야말로 변하지 않았네요. 이마가 조금 넓어진 점을 빼면요. 배도 나오지 않은 것 같고. 옛날 모습 그대로세요."

"하하, 그럴 리가 있습니까. 이마뿐만 아니라 소갈머리도 많이 없어졌어요, 주변머리는 남았지만요. 한마디로 많이 삭았지요."

나의 농기 어린 답변에 그녀는 '호호호'하고 웃고 차를 들어 한 모금 마셨다. 그래 저 웃음소리. 마치 구슬이 구르는 듯 맑고 차지 던 그 웃음소리, 그 목소리는 여전하구나. 대학에 갓 들어와 모든 것이 낯설고 서투르던 새내기 시절, 저 목소리의 주인 앞에서 나는 얼마나 가슴을 떨었던가.

"O대에서 교편을 잡고 계시는가요?"

찻잔을 내려놓은 그녀가 물었다. 곤혹스런 질문이었다.

"아뇨, 가르치긴 하지만 시간 강의를 나가고 있죠. 아직 보따리 장사예요."

묻지 않은 답까지 서둘러 해놓고 나는 어색함을 숨기기 위해 담배 한 개비를 다시 뽑아 들었다. 나이 마흔이 다 되도록 전임이 되지 못하고 시간강사로 떠도는 자의 자격지심을 이 여자에게까지 엿보일 것은 없지 않은가. 어색함을 감추려고 나는 얼른 말꼬리를 그녀에게로 돌렸다.

"그런데, 현지 씨야말로, O대학엔 웬일이세요."

"아, 제 친구가 그 대학 교순데 뭐 좀 상의할 일이 있어서요."

말을 마치고 다시 찻잔을 집어드는 품이 더 자세한 이야기를 꺼리는 눈치였다. 나는 더 이상 묻지 않았다. 대신, 결혼은 하셨을 테고 남편은 무얼 하느냐고 물었더니 이상한 답이 돌아왔다.

"의사였어요."

의사였다니? 그럼 지금은 의사가 아니란 말인가? 의사였다가 전업이라도 했단 말인가? 요즘은 의사도 원체 불황이라더니. 찻잔을 내려놓고 머리를 한번 쓸어 올리더니 그녀는 탁자 쪽으로 눈길을 떨어뜨린 채 더 이상의 말이 없었다. 그 모습이 한결 더 피로해 보였다. 괜한 질문을 했나? 무슨 사정이 있는 모양이로군. 잠시 침묵하던 그녀가 애기는 몇이세요 하고 묻는 바람에 우리는 서로 아들이 하나씩 있는 것을 알게 됐고 거기서 화제가 궁해지자 대학을 같이 다니던 당시의 친구들에 관한 화제로 옮겨 갔다. 정작 하고 싶은 얘기는 꺼내지 못하고 주변적인 이야기만 늘어놓고 있는데 찻잔은 이미 바닥이 났다. 우리는 내 차를 찾는 날 다시 만나기로 하고 다방을 나섰다.

지상으로 나와, 그녀는 카센터 쪽으로 향하고 나는 버스정거장 쪽으로 발걸음을 옮겼다. 옆머리만 가볍게 컬을 주고 뒷머리는 거의 손질하지 않은 생머리인 채로 고개를 약간 숙인 채 걸어가는 그녀의 뒷모습이 왠지 쓸쓸해 보였다.

4

집으로 향하는 버스 안에서 현지의 우수어린 얼굴은 줄곧 차창에 떠올라 나를 바라보고 있었다. 이십 년 전 당신의 모습은 그런 모습이 아니었지. 얼마나 발랄하고 맑았던가. 말없는 상대에게 혼잣말을 건네면서 나는 이십 여 년 전의 아릿한 추억 속으로 시나브로 미끄러져 들었다.

그때 현지와 나는 대학에 갓 입학한 같은 계열의 신입생들이었다. 우리가 다닌 J시의 K대학은 지방대학임에도 불구하고 그때 총장을 지내던 이의 진취적 의욕 때문에 실험대학이라는 명목으로 요즘의 학부제를 시행하고 있었다. 입학식 후 오리엔테이션을 받느라 직원의 뒤를 따라 학교의 이곳저곳을 둘러보던 중 나는 나를 주시하는 한 시선을 의식했다. 그 시선의 발원지로 눈길을 돌렸을 때 그곳에 현지가 있었다. 무리를 이루고 있는 신입생들 속에 현지와 나의 거리는 오륙 미터쯤 되었는데도 현지의 큰 눈은 선명한 이미지로 나의 가슴에 와 닿았다. 유난히 흰 얼굴에 신입생답지 않게 보라색 바바리로 멋을 낸 현지의 첫인상은 맑았으나 차다는 인상이었다. 나를 향해 약간의 약간 미소를 띠울 사 시선을 돌리지 않고 나의 눈길을 맞받는 당돌함에 그때까지 여학생과의 교제 경험이 전혀 없었던 나는 내 쪽에서 먼저 시선을 돌리고 말았다. 요즘이야 초등학생들조차가 연애편지를 주고받고 대학생이 되면 야 너 섹시하다 어쩌구를 예사로 내뱉는 풍속이지만 그때의 나는 고등학교까지 여학생과 한 반이 되는 경험조차도 갖지 못한 숫보기였던 것이다.

같은 인문계열 학생이던 나와 현지는 자연히 같은 교실에서 강의를 듣는 기회를 가지면서 인규 씨, 현지 씨로 통하는 사이가 되었다. 요즘은 남녀학생이 서로 이름을 부르면서 무람없는 친구로 서로를 대하지만 우리들의 시대는 그야말로 케케묵은 고전주의였다고 할까, 늙은 어린애들 같았다고나 할까, 좌우간 우리는 그랬다. 현지와 내가 좀 더 가까워질 수 있었던 건 스터디 그룹을 통해서였다. 그 그룹을 결성하고 주도한 것은 지금 미국에서 사업을 하고 있는 문 아무개라는 친구였다. 원래 죽이 좋고 사귐성이 좋은 데다 교회에서 남녀 학생의 친목모임을 주도해 온 친구라 같은 계열 내에서 제법 의욕 있어 보이는 남녀학생 대여섯을 모아 타임지 강독을 하자며 스터디 그룹을 만든 것이었다. 그러니까 나와 현지는 능동적으로 다가섰다기보다는 상황에 편승해 가까워진 셈이었다. 내 쪽에서 능동적이고 적극적으로 그녀에게 다가가지 못했던 것은 나의 성격이 내성적인데다 어떤 열패감으로 잔뜩 짓눌려 있었던 탓이라 할 것이다. 고교 일학년 때 아버지의 사업실패로 풍비박산이 나다시피 한 우리 집은 내가 대학 진학을 눈앞에 두었을 때도 전혀 경제적 형편이 나아지지 않아 나는 후기대학인 K대학에 장학금을 받고자 입학했던 것이다. 그러니 유족한 환경 속에 자라 자신만만한 문이나 아버지가 지방신문의 국장이라는 현지 앞에서는 어쩔 수 없는 열패감을 갖지 않을 수 없었다. 그러나 젊은 오기가 열패감에 짓눌려 침몰하는 것을 막아 주었다. 내가 비록 빈한한 집의 자식이고 성격도 남자답진 못하지만 머리하난 똘똘하고 생김새도 번듯하지 않으냐. 그리하여 나는 소심한 속과는 다른 흰소리를 곧장 하고 배운지 얼마 안 되는 담배를 일쑤 입에 붙여 물며 노성한 체 하는, 새내기 시절의 정체성 혼돈을 경험하고 있었다. 생각하면 그때 나는 어찌 그리 자존망대했던지. 나는 스스로의 재능과 열정에 남몰래 도취하여 양양하게 펼쳐질 미래에 대해서는 추호도 의심치 않았고 그리하여 현지나 문 모가 지닌 가정적 배경에 대해서는 한 치도 꿀리고 싶지 않았던 것이다. 그러한 자존심은 지금에 와서는 인문학을 지망한 젊은 대학생의 순수한 이상주의적 기질에 말미암은 것임을 어렴풋이 깨닫고 있긴 하지만 어쨌든 하늘을 찌를 듯 높았던 나의 자존심은 지금까지 나를 지켜오기도 했고 사태판단을 그르치는 어리석음의 단초가 되기도 하였다. 그리하여 애초에 현지와 나는 어울리지 않는 계층적 격차를 가지고 있음을 그 당시의 나는 인식하지 못했었다. 앞서 말했듯이 현지는 지방언론사지만 국장직에 있는 유력자이자 지식인인 아버지를 둔 번듯한 집안의 고명딸이었고 나는 가내공업 수준의 봉제업을 하다 망한 기술자 출신인 아비의 아들이었다. 대학 내내 아르바이트를 하며 학비와 용돈을 스스로 조달해야 했던 나는 지금 와서 명료해진 바 다소 명민했으나 성실을 으뜸 덕목으로 하는 한 가난뱅이 대학생에 지나지 못했던 것이다. 그러나 현지에 대한 나의 연모는 깊어만 갔다.

입학 당시의 가벼운 일별 이후 알아 갈수록 현지는 매력적인 아이였다. 그녀는 차분하고도 꾸밈없이 명랑했으며 흰 피부와 짧게 자른 검은 머리가 잘 어울려 지적인 매력을 강하게 풍겼으며 신입생인데도 불구하고 잘 배합된 패션을 구사할 줄 아는 세련된 여대생이었다. 동급생이었으나 나는 재수를 하고 그녀는 이른 생일 탓에 한 해 빨리 진학한 터라 우리는 두 살 차이가 났지만 그녀는 자신을 누나라 부르라고 내게 농을 걸고 깔깔거리기도 했으나 내성적이고 고지식한 나는 그런 농담에 능청스럽게 대거리하고 자연스러운 어울림으로부터 연정으로 발전시켜 나갈 유연성을 발휘하지 못했다. 가령 그녀가 도서관에서 기말시험 준비 중이던 나에게 잘 해석이 안 되는 영어 문장이라도 물을라치면 나는 속으로는 혹시 해석이 막히면 이 수모를 어쩌랴는 조바심에 끌탕을 하면서도 겉으로는 그 대목을 의젓하게 가르쳐 주고는 다시 시험공부에 열중하는 모범생의 자세를 현시하기에 열중하는 축이었다. 내숭스런 나는 이학기 중간고사가 끝난 뒤 연모의 정을 면전에 대놓고는 말하지 못하고 편지를 썼다. 나는 현지 씨와 그냥 알고 지내는 친구로 지내고 싶지는 않다, 서로의 마음을 열고 피차에 유일한 그런 관계가 되고 싶다, 이런 내용의 편지였을 것이다. 말하자면 연인이 되자는 제안이었겠는데 편지를 쓸 당시 나의 셈속은 서로 깊이 사귀게 되면 졸업할 때까지 키스 정도는 하겠지, 그 다음은 졸업하고 난 뒤에나 생각할 일이다, 이런 식이었다. 번개팅이란 것을 통해 마음이 맞으면 그날 즉시 여관으로 직행한다는 소위 요즘의 신세대들이 들으면 도대체 신파적인 연애담에도 미치지 못하는 이런 의고적인 연애담은 쓰레기통에나 처넣어 버리라고 핀잔이나 하지 않을지. 그러나 시대적인 순정파라고나 할까 대책 없는 플라토닉 러버라고나 할까 나의 연애 기획은 그 이상을 넘어서지 못했다. 그녀에게 편지를 보내놓고 나는 약 보름간을 초조와 불안 속에 지냈다. 이상하게도 교실에서 만난 그녀는 그 전보다 더 쌀쌀해 보였고 나의 시선을 애써 외면하였다. 이런 그녀에게 나는 돌진하여 나의 편지는 받아 보았느냐 소감이 어떠냐를 물어

볼 용기를 언감생심 내지 못했다. 속절없이 그녀의 답신만을 기다릴 따름이었다. 그러던 어느 날 집에서 중학생들에게 영어 아르바이트를 하고 있던 중 나는 한 통의 편지를 받았다. 현지의 답신이었다. 인규 씨의 편지는 잘 받아 보았다. 인규 씨의 마음은 충분히 알겠으며 우리의 진실을 시간과 함께 키워가자, 이런 요지의 답장이었다. 백지 한 장이 가득한, 정자체로 꼭꼭 눌러 쓴 편지였다. 가르치던 중학생들에게 내색은 못하고 나는 치밀어 오르는 기쁨을 애써 누르며 학생들을 서둘러 돌려보냈다. 그리고는 편지를 읽고 또 읽으며 좁은 방안에서 혼자서 쾌재를 불렀다. 긴 기다림의 고통 끝에 받아 든 사랑의 회신을 나는 열에 들뜬 설렘으로부터 차분한 안도의 감정에까지 이를 때까지 거듭하여 읽었다. 그러나 어쩌랴. 나의 사랑의 기쁨은 그것이 최초이자 정점이었다. 방학하기 전 그녀와 나는 젊은이들이 몰리는 J시의 중심가에서 한 차례 데이트를 가졌다. 젊은이들이 가장 선호하는 '모아모아'라는 이름의 카페에서 우리는 만났다. 아마도 영어로 '더 더'라는 의미였겠지만 나는 그 상호에 기꺼이 화답하여 당시의 대학생에게는 과도할 염출이 될 스테이크와 맥주를 시켜 놓고 그동안 아르바이트로 모은 돈을 아낌없이 쓰자고 작심하였다. 흥분에 겨워 술을 따르다 쏟기도 하면서 나는 그녀에게 나의 주도면밀한 인생설계와 깊고 원대한 포부로써 그녀를 감복시키고자 하였다. 나는 앞으로 명성을 떨치는 학자가 될 것이다. 그리고 모교의 교수가 되어 후진양성에 매진하고 성가 높은 연구서를 내어 서인규라면 이 분야에서는 모르는 이가 없도록 할 것이다. 이런 흰소리만을 늘어놓으면서 나는 어린 연인의 마음을 사로잡을 분위기 있는 대사는 한 마디도 제공하지 못했다. 그녀는 맥주 몇 잔에 취해 제법 대담해진 나의 장광설에 가끔 미소로만 응답할 뿐 비교적 데면데면하게 그날의 데이트를 일관했다. 그리고 겨울방학이 되었다. 가슴이 떨리기는 마찬가지였으나 나는 이제 그녀의 집으로 전화를 거는 정도의 주제가 생겨 그녀의 집으로 전화를 두 세 차례 전화를 걸기도 했다. 그러나 그때마다 그녀는 오늘은 어머니가 아파서 간호해 드려야 한다, 오늘은 다른 약속이 있다는 둥의 이유로 나의 데이트 요청에 응하지 않았다. 나는 몸이 바짝 달았지만 예의 자존심 때문에 까짓 싫으면 그만 두어 버려라, 개학이 되면 또 무슨 방책이 생기겠지 하고 오만한 자포자기 상태에 들어가 버렸다. 그러나 개학이 되었을 때 그녀의 자취는 다시 보이지 않았다. 짐짓 무심히 지내던 나는 그녀의 고교 동창들에게 그녀의 소식을 슬쩍 탐문했다. 그랬더니 들려온 답은 전혀 뜻밖이었다. 그녀는 서울의 모 여자 대학으로 편입했다는 것이었다. 그러한 결단은 주로 어머니의 채근에 의한 것이라는 첨언도 뒤따랐다. 그녀의 어머니는 딸이 지방의 이류 사립대학에 다니다 보면 결국 그 경계 내에서 만난 남자와 끝을 보고 만다며 미모와 지력이 겸비된 자신의 딸이 더 큰 물로 나아갈 것을 강력히 종용했다는 것이다. 나는 그런 내막을 전해 들었을 때 흠, 그래? 하고 나 자신에게나 그녀의 동창들에게 대수롭잖다는 반응을 보였었다. 그러나 의지는 감정에 무력했던가 보았다. 나는 그 며칠 뒤 나도 알 수 없는 무기력증에 빠져 방안에 혼자 드러누워 이삼 일 동안을 하릴없이 뒹굴었다. 그 뒤 실연의 좌절감 속에서 어떻게 빠져 나왔는지는 정확히 기억에 없다. 아마도 대학생들이 통상 경험하는 분주한 잡사들 속에서 아픔은 묻혔을 것이고 무엇보다 순환이 빠른 뜨거운 젊은 피가 혈기방장한 젊은 사내아이를 실연의 아픔 속에 무력하게 가라앉는 것을 허용 않았을 것이다. 다만 절치부심하여 언젠가 내 너에게 당당히 나서 나를 버린 것을 후회하게 해 주리라 이런 각오는 꽤나 매섭게 다졌던 것 같다. 그런데 오늘의 만남은 이게 뭔가. 나는 전선에서 낙오한 병사마냥 후줄근한 인문학 전공자가 되어 현지 어머니의 판단을 증거 하는 모델로 그녀와 마주 앉은 것이다.

5

일주일 뒤 현지와 나는 그 카센터에서 다시 만났다. 역시 화장기 없는 얼굴이었지만 연두색 바바리코트에 베이지색 하이힐을 받혀 신은 그녀의 모습은 단아하고 정갈해 보였다. 계산을 마친 그녀에게서 의외의 제안이 들어왔다. 오늘은 택시를 타고 왔으니 자기를 집까지 태워다 주고 집에서 차나 한 잔 하자는 것이었다. 마침 오늘은 집이 다 비었다는 말과 함께. 가정을 가진 유부녀로서 쉽게 할 수 없는 야릇한 제안이었다. 속사정은 당자가 책임질 일이라 하고 나는 그녀의 집 쪽으로 차를 몰았다. 그녀는 미리 집이 성북동이라 밝혔지만 나로서는 성북동이라면 언덕받이에 저택이 밀집한 부촌을 언뜻 지나간 적이 있을 뿐이라 혹 그 동네를 말하는가, 혼자 헤아릴 따름이었다. 그러나 그녀가 안내한 집은 과연 저택들이 밀집한 그 성북동의 저택들 중에서도 담장이 마치 성채처럼 높직하게 둘러 처진 어느 집이었다. 그녀는 백에서 키를 꺼내 담장에 비해 다소 왜소하여 아담스럽기까지 한 느낌을 주는 철문을 열었다. 영화나 드라마 속에 나옴직한 집이었다. 본채는 자연석으로 놓인 일고여덟 개의 계단을 올라가서야 나왔다. 대문에서 현관까지 경사를 이룬 정원은 계단식으로 깎여 있었고 어른 걸음으로 두어 걸음 폭이 되는 계단식 정원에는 갖가지 조경수들이 심어져 있었다. 이런 집에 살았던가? 어머니의 소망대로 현지는 출세를 했구나. 현관을 들어서니 십여 평 되어 보이는 넓은 거실이 눈에 들어왔다. 그러나 넓어 보이는 규모에 비해 인테리어는 단순한 편이었다. 거실한 쪽 벽으로 TV와 오디오를 얹은 암갈색의 일자형으로 된 나지막한 장식장이 놓여 있고 세면실 문인 듯한 문 옆 빈 공간에 청동으로 빚은 여자의 반 나신상 조각 한 점, 그리고 거실 한 모서리에 조화인지 생화인지 밑으로 길게 늘어뜨린 줄기에 수선화 모양의 꽃이 화사하게 달린 데코레이션 한 점, 크림색 소파가 놓인 벽 위의 서양화 한 폭이 두드러진 인테리어의 전부였다. 볼 만한 것은 바깥의 풍경이 한 눈에 다 들어오게끔 만든 현관 쪽 거실 전면의 통 유리창이었다. 현지가 나의 윗도리를 받아 방으로 걸러 가고 부엌에서 무언가 준비하는 동안 나는 그 유리창 앞에 섰다. 그곳에서는 세속 도시의 전경이 한 눈에 들어왔다. 남산 타워가 보이고 임립한 서울 시내의 빌딩들이 정원의 숲 사이로 눈에 들어왔다. 십일 월 말이어 선지 여섯 시가 채 안되었을 시간인데도 초겨울의 저녁 어스름이 깔리기 시작한 시가지는 벌써 네온사인이 들어와 있었다. 남산타 워는 색색의 컬러로 치장한 자신의 늘씬한 몸매를 자랑하는 오만 한 요부인 양 보였고 네모난 성냥곽 같은 빌딩들은 한껏 휘황한 빛을 발하며 자신의 기세를 떨쳐 보려는 듯했으나 이들 모두는 제각각 격리된 섬처럼 왠지 외로워 보였다. 그러나 그러한 것들이 마치 산중처럼 고요한 거실에서 소리가 소거된 채 펼쳐지는 풍경 인지라 나는 현실을 떠나 오연히 세속도시를 굽어보는 느낌에 사 로잡혔다. 콩 볶듯 사람 사는 세상을 늘상 이런 자리에서 굽어보고 살면 어떤 정서 상태로 될까? 이런 곳에서는 세상의 잡답이 한갓 소음으로 밖에 여겨지지 않겠지. 현지의 초연한 기품은 이런 환경 에서 오는 것이겠지. 부질없이 이어지던 사념은 현지가 쟁반을 탁 자 위에 달그락 놓는 소리로 일순 깨어졌다.

"뭘 그리 골똘히 보세요?"

쟁반에는 과일과 육포, 치즈 등의 안주와 와인 병이 올려져 있었 다. 쟁반을 내려놓은 현지는 오디오의 스위치를 넣고 데크에 시디 를 밀어 넣었다. 어느 가수가 부르는 것인지는 알 수 없으되 맑은 고음의 테너가 부르는 정적한 분위기의 오페라 아리아가 흘러 나 와 실내를 더욱 고적하게 만들었다.

"오랜만인데 차보다는 술이 나을 것 같아 와인을 준비했어요. 한두 잔 정도는 운전하시는 데 지장이 없겠죠?"

"남편이 곧 들어오실 때가 된 것 같은데…. 외간 남자가 주부만 있는 집에 침입하고 보니 마음이 몹시 불안한데, 보세요. 손이 떨리잖아요."

아닌 게 아니라 비현실적인 분위기 속에서 귀부인으로 변한 젊은 시절 첫사랑의 여인이 권하는 잔을 받는 내 손에는 힘이 잔뜩 들어가 있었고 그를 눙치느라 한 소리였다. 그러자 현지는 아무렇지도 않은 듯, 그러나 의외의 답을 데그락 내놓았다.

"남편은 죽었어요."

네에? 하는 탄성 외에 나는 다음 할 말을 찾지 못했다. 정말인가? 남편의 죽음을 저렇게 대수롭잖게 말할 수 있을까? 현지가 의문에 답하듯이 담담히 다음 말을 이었다.

"교통사고였어요. 벌써 일 년쯤 전이에요."

그랬구나. 그제사 여러 의문이 한꺼번에 풀리는 느낌이었다. 추돌사고가 있은 날 현지의 왠지 모를 쓸쓸한 분위기, 남편에 대해 언급하기 꺼리던 태도, 그리고 오늘의 초대. 잔에 담긴 와인을 반나마 마시고 난 현지의 다음 말에서 나는 저간의 사정을 짐작할 수 있었다. 남편은 일 년 전쯤의 어느 새벽 지방에서 열린 의학 세미나에 참석하러 손수 운전을 하고 가던 중이었다고 한다. 서울을 아직 벗어나지 못하고 신호등에 걸려 대기하고 있었는데 뒤에서 트럭이 덮쳤다는 것이다. 트럭운전자는 새벽인데도 만취한 상태였다. 신호를 지키지 않고 달렸으면 오히려 무사했을 텐데 신호를 지키려다 빚어진 어이없는 참사였다. 그렇다고 현지의 남편이 신호를 잘 지키고 일과만 마치면 귀가하여 짬짬이 애와 같이 놀아주는 모범시민은 아니었던 모양이다. 오히려 그는 상류층 인사답게 본업에 몰두하랴 유명 인사들과 교제하랴 밖으로 나다니는 시간이 많았고 그런 활동에 따르는 자신의 위세를 충분히 즐기던 인물이었다. 현지의 남편은 이대 째 의사였다. 약 오 년 전에 돌아간 현지의 시아버지는 모 종합병원의 원장을 지냈을 정도의 명성 있는 의사였고 남편도 그 아버지의 업을 이어 의사가 되었다는 것이다. 현지는 이런 남편을 친척의 소개로 선을 보아 만났다. 대학을 마친 일 년쯤 후 시내 대학 병원의 레지던트로 있는 남편을 소개 받았다. 귀공자풍에다 상류층 자제다운 여유와 자신감이 몸에 배인 남편은 현지에게 적극적이었다. 현지로서는 좋은 환경에 보장된 미래를 가진 남편을 마다할 이유가 없었고 무엇보다 어머니가 손을 걷고 나서 선을 본지 두 달 만에 결혼이 이루어졌다. 그러나 결혼한 뒤 여유 있는 집안의 남정네들이 그러하듯이 현지의 남편도 외도를 하고 노름도 즐겨 현지는 한동안 무던히 속을 썩었다. 그러다 도저히 남편의 버릇을 고칠 수 없다고 판단한 뒤 차라리 자신도 놀아나는 법을 택했다. 쇼핑으로, 피부관리실로, 나이트클럽으로 쏘다니기 시작했다. 남자들도 만났으나 일정한 선은 넘지 않는 나름의 룰은 지켰다. 그러던 중에 남편의 죽음을 당했다는 것이다. 속을 썩이던 남편이었으나 남편의 죽음은 현지의 일상을 송두리째 뒤흔들었다.

왜 내가 이런 불행을 당해야 하나라는 원망, 아이와 자신 앞에 놓인 미래, 결혼은 일찍 했으나 결혼 뒤 사오 년이나 지나 늦게 난 아이는 이제 겨우 초등학생……. 경제적으로 여유는 있으니 바로 생활이 문제인 것은 아니지만 시어머니와 함께 남편 없는 두 여인이 한 집 안에서 자나 깨나 얼굴을 맞대고 살 자신도 없었다. 비록 속을 썩이던 남편이었으나 자신이 얼마나 남편에게 매인 존재인가가 그제서야 비로소 절감이 되었다. 그러나 역시 시간이 맺힌 일들을 하나씩 풀어 주었다. 시간이 지나면서 현지는 자신의 앞에 주어진 나날을 있는 그대로 받아들일 마음의 여유와 몸의 기력을 회복하기 시작했다. 그날 O대를 찾았던 것은 영문과 교수로 있는 자신의 친구를 찾아 대학원 진학을 의논하기 위해서였다고 한다. 시어머니는 마음을 달랠 겸 미국에 살고 있는 시누이의 집으로 가서 당분간 돌아올 것 같지 않고 돈은 벌지 않아도 될 만큼 여유는 있으니 자신이 할 만한 일로는 남이 보기에는 사치 같지만 대학 때 전공한 영문학이나 계속해 볼까 하는 생각이 들었다는 것이다.

"남편이 살았을 때도 그런 생각은 있었지만 속 썩이는 남편에 대한 반발심 때문에 놀기에 급했죠…. 그런데 팔자막이는 무슨 짓으로도 못한다더니, 팔자란 게 있긴 있나 봐요. 대학 때 친구들과 장난삼아 미아리 점집에 간 적이 있었는데 그때 점보는 여자가 저더러 한 남자로는 만족 못하겠다고 그래요. 점집을 나오면서 친구들이, 그래 넌 음전한 듯하지만 색녀야 이것아, 여러 남자 애깨나 말릴 거야 어쩌고 그러면서 깔깔대길래 정말 무슨 소린가 했어요.

남편이 사고를 당한 후 그때 그 소리가 이런 일을 두고 한 것인가 하는 생각조차 들더군요.”

그랬던가? 나는 새내기 시절 그리도 맑고 지적이던 현지의 얼굴을 떠올렸다. 그때 현지의 얼굴 어느 곳에 그러한 액운이 깃들어 있었던가. 주위의 대기조차 수줍게 떨게 하던 현지의 그 맑던 웃음소리, 여유 있는 집안의 재색 겸비한 고명딸로 결핍을 모르던 그 발랄하던 새내기 현지와, 남편을 잃고 망연한 우울 속에 잠긴 현지의 오늘은 참으로 연속성을 찾기 어려운 모순된 장면이었다.

“글쎄요. 요즘은 원체 사고가 많아 마치 하늘에서 내리는 재앙의 빗줄기를 뚫고 그 사이를 살아가는 듯한 느낌이니까요. 교통사고, 약물사고, 의료사고, 붕괴사고……”

6

현지를 위로하느라 말은 이렇게 꺼냈지만 실상은 나 역시도 내가 직면한 나의 현실이야말로 사고라는 생각에 허우적거리고 있던 터였다. 대학을 졸업하고 O대학의 대학원으로 유학했을 당시만 해도 나는 자신만만하였다. 대학을 다니면서 쉴 새 없는 아르바이트로 얼마간의 유학비용을 마련한 나는 돈이 없어 서울로 진학하지 못했던 대학시절의 한을 이제야 풀어보리라 다짐했다. 그러나 대학원 공부와 교수로의 입신은 학문적 연찬으로만 되는 것은 아니었다. 교제라는 것이 거기에 끼어들었다. 사제간, 선후배간, 동기 간의 교제가 교수로 진출하는 데는 더 막중한 비중을 가지는 것임을 나는 하나 둘 전임으로 빠져 나가는 동학들을 통해 깨달아 갔다. 지도교수인 김 교수와의 관계도 부드럽지 못했다. 대학원이라는 것이 원체 자기가 알아서 공부하는 우리의 풍토이긴 하지만 김 교수는 가끔 연구실을 찾을 때도, 그래 요즘 생활은 어때? 라는 일상적인 안부를 의례적이나마 묻지 않았다. 대학원에 진학해서도 아르바이트로 나날을 위태롭게 보내는 나로서는 지도교수가 나의 어려운 형편에 유의해서 장학금이라도 알선해 주었으면 하는 바람이 없지 않았지만 장학금은 우선 O대 출신의 원생들에게 배분되는 모양이었다. 나는 그것이 부유한 집안에서 자라나 어려운 자들의 사정을 모르는 김 교수의 선민의식 때문이라 치부했다. 김 교수는 일반의 인문학자들이 그러하듯 후줄근한 책상물림이 아니라 보기 좋은 풍모에 민활한 두뇌와 능란한 구변을 자랑하는 외향성의 교수였다. 그는 대학의 웬만한 보직을 다 거치고 지금은 대학원장으로 있으면서 정계 진출조차 넘보는 오십 대 중반의 연부역강한 인물이었다. 그는 제자들과 모여 회식이라도 하는 자리에서는 늘상 인간관계의 중요성을 설파했다. 관계야, 관계. 다른 사람이 백원을 쓰면 자네들은 백 원을 더 쓰는 후덕을 베풀어야 해. 나중에 여러분의 대학 진출은 내가 끌어주는 것이 아니라 그렇게 맺은 관계로 해서 이루어지는 거야. 강사 생활로만 10년이 넘게 전전하는 지금에서야 그의 그러한 관계의 철학이야말로 경세치용에 입각

한 탁월한 훈도였음을 절절히 깨닫고 있지만 모든 깨달음은 항상 몸으로서 온다던가, 학위 논문을 마칠 때까지 늘 경제적으로 여유가 없었던 내겐 그러한 가르침은 피부로 와 닿지 않았다. 그리고 그러한 관계의 철학도 지방대학 출신에겐 적용의 실효성이 덜 한 것인지 나보다 후배뻘인 제자도 그의 도움으로 대학으로 나갔지만 나는 아직 그의 은총을 누려보지 못한 터였다. 내가 김 교수의 논문 대필 청탁을 받고 은근한 반감부터 품은 것은 이러한 내력이 개재되어 있는 것이었다. 사정이 이러하다 보니 나는 가끔 김 교수가 주도하는 제자들의 회식자리에도 잘 나가지 않았다. 이런 나의 처신이 김 교수가 주장하는 '관계의 학'에는 영 낙제점을 면치 못하게 만들고 있었다. 군복무를 끝내고 복학한 이후 서클 후배로 만난 아내가 교사여서 이런 난경을 헤쳐 나가는 데 도움이 될 법 하였으나 아내는 결혼 초 몇 년을 교사로 재직하며 한시름을 덜어주는 데 그쳤다. 아이를 가진 후 산후중독증으로 몸을 추스릴 수 없게 되어 퇴직을 하지 않을 수 없었던 것이다. 아이가 커가면서 이런저런 부대비용이 들어가기 시작하자 나는 고등학생을 가르치는 과외에까지 뛰어들어 생활을 해결해야 하는 벅찬 상황에 몰리고 있던 터였다. 박사과정을 마치고 나면 곧 전임으로 나갈 수 있으리라던 대학원 입학 당시의 치기만만하던 야심은 내가 박사과정에 입학하던 '80년대 후반 무렵부터 이미 바늘구멍이 되어버린 전임 진출의 기회 때문에 무거운 짐을 진 채 무릎 꺾인 낙타꼴이 되고 말았다.

7

"어려우시겠군요. 하지만 언젠가 기회가 돌아오지 않겠어요? 그렇게 한 곬만 파온 인규 씬데……."

내가 처한 사고 상황을 다 들은 현지의 위로였다. 하지만 둘 모두가 일상적인 위로로 쉽게 치유될 수 없는 현실에 직면해 있는 터라 우리는 잠시 난감한 침묵에 빠졌다. 이제 밖은 완전히 어두워졌고 시정의 잡답과 격리된 이 집의 고적함이 우리의 우울을 더욱 증폭시켜 나는 마치 깊은 우물 속에 앉아있는 듯한 기분이 들었다. 어색한 침묵을 깨느라 잔을 다시 집어들었을 때 그때까지 이따금 난처한 침묵을 메꿔주던 역할밖에 못하던 오디오에서 나의 귀에 익숙한 아리아 한 곡이 흘러 나왔다. 플로토의 오페라 〈마르타〉에 나오는 '꿈과 같이'란 아리아였다. 저자 거리에서 얼핏 스친 아름다운 처녀 마르타를 그리워하며 부르는 남자 주인공 라이오넬의 아리아였다. 이 맘에 그리움 남기고 간 그대. 꿈 같이 사라진 아름다운 임이여. 태양처럼 빛나던 그대와 함께 한 시절 그리워라. 다시 만나면 이 아픔 즐거이 잊겠네. 마르타 내사랑…. 마치 현지에 대한 나의 심사를 대변하는 듯 테너의 고음에 담긴 낭만과 비통이 나의 가슴에 쉽사리 전이되었다. 노래는 그것을 받치는 오케스트라의 웅장한 반주음과 어울려 술과 분만憤懣에 취한 나의 감정을 해소할 길 없는 회한과 동경의 회오리 속으로 몰아넣었다. 한때, 아니 지금까지도 동경의 여인으로 지녀왔던 여인과 참으로 극적인 해후를 하였건만 지금 이 시간의 우리는 삶의 밑바닥으로부터 피어오른 우울의 안개에 취해 마치 꿈과 같은 망연한 현실에 휩싸였다. 차라리 우리도 저 아리아의 주인공처럼 사랑하는 사람을 만나고픈 열정에 안타까워하고 있는 형편이면 얼마나 좋으리. 한 사람은 돌연한 죽음을 만나, 다른 한 사람은 야망의 무산으로 암초를 만나 좌초한 배꼴이 되었다. 저항할 수 없는 어두움과 침울은 나에게 무언가 새로운 예감을 던졌다. 그러한 예감은 그녀에게도 역시 마찬가지였던지 말없이 술잔만을 매만지던 현지가 돌연 일어나 나의 손을 끌었다.

"인규 씨. 우리 춤춰요."

그녀는 아리아 모음 시디를 빼내고 새로운 음반을 밀어 넣었다. 패티 페이지의 〈체인징 파트너〉가 흘러 나왔다. 뭔가? 현지도 파티에서 만난 자신의 첫 파트너를 잊지 못하고 있었다는 건가. 이제 와서 파트너를 새로 바꿔보자는 것은 아니겠지. 이건 통속적인데, 속으로 중얼거리면서도 나는 그녀의 허리를 안았다. 아직도 젊은 여인 못지않은 날씬한 몸매에다 적당한 볼륨을 지닌 그녀의 가슴과 허리의 촉감이 실크 블라우스를 통해 나의 가슴과 손바닥으로 전해져 왔다. 그리고 그녀의 얼굴에서 풍기는 아련한 로션 향이 나의 후각을 자극하자 나는 광포한 열정에 휩싸였다. 이 여자를 갖고 싶다. 파괴적 위반의 에로티즘이 나의 몸과 머리를 뜨겁게 했다. 나는 현지의 허리를 바싹 당겨 안았다. 현지도 저항하지 않았다. 나의 얼굴 앞에 다가온 현지의 얼굴에서 풍기는 고혹적인 로션

향과 헤어 샴푸 향에 아뜩한 상태가 되어 다리가 휘청일 지경이
되었다. 나는 더 참지 못하고 그녀의 입술을 찾았다. 젤리처럼 부드
럽고 매끄러운 현지의 입술이 나의 입술을 받았다. 촉촉히 젖은
그녀의 입술이 깊게 열렸다. 제어할 수 없는 욕정이 부른 씨닉한
에고이즘이 삶의 파행과 불연속성을 내치려고 하는 순간…. 나는
난데없는 새 울음소리에 아뜩하던 정신이 돌아왔다. 정신을 수습
하고 보니 도어벨 소리였다. 애가 돌아 왔나 봐요. 돌보는 아주머니
와 함께 아동극을 보러 갔었는데. 나지막이 중얼거린 현지가 벽에
부착된 도어폰을 들자 과연 상고머리를 한 남자 아이의 모습과
반코트를 입은 중년 여인의 모습이 작은 스크린 위에 떠올랐다.
현지가 자동문 스위치를 누르고 아이의 자박자박하는 발소리가
현관문으로 다가오기까지 나는 뜨겁던 호흡을 추스렸다. 아이가
앞서고 중년의 여인이 뒤이어 현관문 안으로 들어왔다. 엄마 하고
반가운 인사를 토하려던 아이가 나를 보더니 일순 멈칫했다. 엄마
의 대학 때 친구야. 우연히 만나 오늘 집으로 모시고 왔어. 인사드
려. 예사로움을 가장한 현지의 침착한 채근에 아이는 안녕하세요
라고 낮게 중얼거렸으나 내키는 인사가 아닌 듯했다. 자격지심인
지 아이의 눈에서 적의를 낌새 챈 나는 더 이상 머물고 싶은 마음이
없었다. 아이의 머리를 얼러주고 현지에게는 그럼 다음에 또…라
고 인사도 제대로 챙기지 못한 채 나는 그녀의 집을 서둘러 나왔다.

  정염을 채 꺼뜨리지 못한 현지와의 아쉬운 재회 이후 나는 한동
안 나름의 분주함과 갈등에 빠져 들었다. 무엇보다 김 교수가 지시
한 논문 대필 건을 어떻게 처리하느냐가 분주함과 갈등의 진원이
되었다. 일단 자료를 넘겨받은 뒤 대필 여부를 결정하자던 나의
유보는 점차 김 교수의 부탁을 거절해야겠다는 판단 쪽으로 선회
하고 있었다. 김 교수가 넘겨준 유력인사 부친의 자료는 복사한
한 묶음의 사신私信 더미, 일족들이 정리한 개인 연보 정도가 고작
이었다. 편지조차도 사상과 신념의 흔적을 남긴 그러한 기록들에
값하기는 턱없이 모자라는, 그저 지인들과 소소한 안부 등을 묻는
글들이 대부분이었다. 그나마 그 편지의 발수신인들에 일제 당시
의 사회운동사에 족적을 남겼던 지명인사들이 더러 끼어있는 것이
그 인물의 활동상을 가늠케 하는 유일한 잣대였다. 그러나 이 정도
로 김 교수의 청을 쉽게 물리칠 수도 없어 나는 강의를 하는 틈틈이
국립도서관, 국회도서관 등으로 다니며 그 인사와 관련한 자료를
뒤졌다. 그러나 내가 찾는 인사의 활동상은 아무데서도 그 흔적을
찾을 수 없었다. 심지어 그가 중요한 비중으로 관여했던 대종교
쪽에서도 그와 관련한 자료는 일체 없었다. 나는 낙담했다. 이래가
지고야 소설을 쓴다면 몰라도 대필이고 뭐고 시도할 건덕지가 없
는 형편이었다. 이런 사실들이 점차 확인되면서 나는 갈등에 빠졌
다. 어쨌든 이번 김 교수의 부탁을 거절하면 그나마 그와의 가느다

란 연緣은 끊어지고 만다. 소설을 써내는 한이 있더라도 차제에 그와 돈독한 관계를 맺어야 한다. 마음 한편으로 이러한 재촉이 있는가 하면, 아니다, 이건 학문하는 자의 양심에 어긋나는 짓이다. 논문 대필이란 것조차가 부도덕한 짓인데 일제시대에 미미한 사회 운동을 한 인물을 그 후손의 광휘 때문에 침소봉대한다는 것은 더욱 못할 짓이다. 이건 거절해야 마땅한 청탁이다. 하루에도 몇 번이나 마음속으로 이런 싸움을 벌이면서 나는 현지를 찾고 싶은 마음이 간절해져 갔다. 쉽게 결단하기 어려운 사안의 묘함이 나의 우유부단에 겹쳐 심신을 피곤하게 깎아내리자 자포자기적인 격정이 현지에 대한 정염으로 자꾸만 전이되어 갔던 것이다. 그러나 그날 급히 나오느라 그녀의 연락처조차 얻어 오지 못한 터라 그녀의 집을 직접 찾지 않으면 그녀와 다시 만날 수도 없는 형편이었다. 이래저래 미적이던 차에 나의 파괴적 열정을 더욱 자극하는 일까지 생겼다. 어느 수도권 대학의 교양 수업에 들어간 날이었다. 요즘 학생들은 영상매체의 자극성에 길든 탓인지 교수가 엔터테인먼트에 가까운 교수방법을 갖지 못하고 있으면 대단위 수업은 여간해 집중을 얻어내기가 쉽지 않았다. 게다가 이공계열 클래스라 '한국사의 이해' 같은 과목이 즐거울 리 없던 학생들이어서 이 강의는 늘 스트레스를 받던 터였다. 이 날도 반 포기한 심정으로 출석을 부르고 있는데 이날따라 학생들이 지껄이는 소음이 그치질 않았다. 그렇지 않아도 김 교수의 논문 건으로 신경이 날카로워져 있던 터에 그예 치미는 화증을 참지 못하고 학생들에게 화를 터뜨렸다.

학생들, 그렇게 얘기할 게 많으면 교실엔 왜 들어왔어. 이제 출석도 다 부르고 했으니 나갈 사람들은 나가. 출석 때문에 교실에 버티고 있을 건 없잖아. 화를 억지로 삼기고 그나마 억제된 톤으로 으르렁거리자 팔십 남짓의 수강생들 중 뒤쪽 벽에 바투앉아 있던 녀석들 중 여남은 명이 정말로 주섬주섬 가방을 챙기더니 뒷문으로 나가 버리는 것이었다. 결국 이런 해프닝 때문에 이 날의 수업은 나도 어떻게 끝냈는지를 모르게 허둥거리다가 강의실을 나왔다. 참담한 마음이었다. 스스로의 무능에 대한 자책에 몸을 떨었고 학생들에 대한 원망이 가슴을 달구었다. 책을 뒤지고 쓰는 일에 대한 집념을 버리지 못하고 그나마 여기까지 왔는데 이래도 계속 대학에 집착해야 할까. 회오가 가슴을 치는 한편으로 현지에 대한 미련이 가슴 깊은 곳을 물밀 듯 잠식해 들어왔다.

내일은 반드시 현지를 찾으리라고 다짐한 날 밤 나는 꿈속에서 현지를 안았다. 그녀의 집 현관에 들어선 나를 현지는 기다렸다는 듯이 그녀의 침실로 데려갔다. 꿈속에서 우리는 격렬한 정사를 치루었다. 그리고 결혼 후 처음으로 나는 몽정을 하면서 열락에 가까운 자유를 체험했다. 그리하여 아침까지도 꿈속의 정염 때문에 몽롱한 상태였으나 어느 순간 이게 아닌데…라는 생각에 미쳤다. 정작 사랑하는 여자와의 교접은 꿈속에서는 이루어지지 않는 법이라지 않던가. 이런 미심한 생각으로 학교에 나가 학과 사무실에 들렀더니 아니나 다를까 한 통의 편지가 도착해 있었다. 현지로부터 온 것이었다. 현지가 웬 편지를……? 조급한 마음으로 겉봉을 뜯었더니 예의 또박또박한 글씨로 몇 줄 안 되는 내용이 담겨 있었다.

인규 씨. 다녀간 뒤로 보름 정도가 지났군요. 그동안 마음이 어지러웠고 또 중요한 심경의 변화도 생겼습니다. 인규 씨와 내가 지금 가까워진댔자 우리는 결국 대중소설에 나오는 치정관계를 벗어나지 못하겠지요. 어리던 시절 순수하고 열정적이던 인문학도이던 인규 씨의 모습은 사실 내 마음에 오래도록 남아 있었습니다. 그 모습 간직하고 나는 이곳을 떠나려 합니다. 미국에 가계신 시어머니께서 날더러도 그쪽으로 오라는군요. 아이의 교육도 그쪽이 나을 것 같고 나 자신도 잘 모르는 사람들 속에 묻혀 새로운 길을 찾는 것이 용이하리라는 생각입니다. 인규 씨도 이미 가정을 이루었고 나가야 할 길이 있는 사람이니 그 길에서 뜻 이루길 바랍니다. 이 편지 받고 혹 찾아오신다 해도 그때는 이미 떠났지 않을까 합니다. 모쪼록 행운이 인규 씨와 함께 하길.

아아, 이런…. 가슴 한가운데서 치밀어 오르는 깊은 탄식을 속으로 누르고 나는 편지를 서둘러 접었다. 마음이 조급해졌다. 벌써 떠났을까? 찾아가면 혹 아직 눌러앉아 있지 않을까? 마침 종강 주일이어서 오후 수업을 서둘러 끝낸 나는 택시를 잡았다. 하필 이런 날 아내가 차를 쓸 일이 있다 하여 차를 두고 온 것이 아쉬웠다. 달리는 차안에서 나는 스스로를 책망했다. 바보같은…! 진작 찾아보지 않고 무얼 했나. 사랑도 부지런한 자가 이루는 거지. 혹시

못 찾을까 조마조마했던 현지의 집은 기억을 더듬어 기사에게 이
쪽저쪽 지시하여 찾아갔더니 생각보다 쉽게 찾을 수 있었다. 차에
서 내리기 바쁘게 도어벨을 눌렀다. 첫 번 째는 응답이 없더니 두
번 째 누른 벨에 찰칵 도어폰을 드는 소리가 났다. 가슴이 뛰고
손바닥에는 끈끈한 땀이 배었다. 누구세유. 어눌한 중년 여인의
음성으로 보아 집안일을 보아 준다던 그 여인인 모양이었다.

"저어, 서인규라고 합니다만, 지난번에 왔던 현지 씨 동창입니
다."

" 그래유? 근디 주인 아주머니는 안 계신디유."

"어딜 가셨는가요?"

"그저께 미국으로 가셨시유."

아아─, 이런 바보. 스스로에 대한 자탄이 다시 터져 나왔다. 언
제쯤 돌아오느냐는 나의 물음에 몇 개월은 걸릴 거라고, 며칠 뒤엔
주인의 친척이 이 집으로 들어와 살게 될 거라고 여인은 묻지 않은
말까지 답해 주었다.

9

아스팔트로 된 성북동의 내리막길을 걸어 내려오는 사람은 나밖
에 보이지 않았다. 웅장한 저택군을 뒤로 하고 발길을 허청거리며
내려오느라니 도대체 이게 꿈인가 현실인가 몽롱해지는 느낌이었

298

다. 내가 저 저택들 중의 한 곳에 들어가 옛 여인과 포옹을 하고 뜨거운 정염에 몸을 떨었단 말인가? 그리고 그 여인은 지금 마치 증발한 듯 깨끗이 사라졌다. 장주莊周의 꿈처럼 내가 걷고 있는 이 현실이야말로 마치 꿈처럼 여겨진다. 현지가 어디선가 꿈 밖에서 나를 만나기 위해 기다리고 있지 않을까. 아직도 그녀의 향긋한 체취는 여전히 코끝에 감도는데…. 파괴적 정염 속에 이루지 못한 내 사랑의 완성을 보고 싶었는데…. 꿈은 항상 이런 것일까? 어째서 현지는 항상 나를 도발해 놓고 비웃듯 사라지는 걸까. 네가 속해 있는 현실의 실상을 알라 이것인가. 요즘의 소설과 영화는 온통 불륜으로 뒤발이더라만 그것도 나처럼 돈 없고 우유부단한 책상물림에는 그림 속의 떡인 모양이군. 허탈한 심사가 자학으로 치닫으려는 순간 문득 눈길을 드니 집과 가게들이 빽빽이 들어찬 평지의 시가市街가 눈앞으로 어지럽게 몰려왔다. 현실의 잡답이 눈에 들어오자 김 교수가 부탁한 논문 건이 상기되었다. 그래, 써 버리자. 내가 뛰어봐야 부처님 손바닥 안이지. 김 교수와 같은 거물 교수의 후광을 입지 못해 안달하는 사람들이 한둘이 아닌데 어째 나는 손 안에 들어 온 기회를 박차려 한단 말인가. 현지와 같은 경우는 불행 중에도 넉넉한 경제적 받침이 되니 눈앞의 난감한 현실을 매몰차게 내쳐 버릴 수가 있으나 나는 그럴 입장도 아니지 않은가. 그리고 난들 무어 그리 윤리적으로 당당한 인물인가. 허구한 날 남편의 입신만 바라고 있는 빈처를 버려두고 한 시절의 여인과 질펀한 음일을 꿈꾸었다. 이룰 수 없는 사랑을 미련없이 접은 현지의 현명한 판단으로 잡스런 소설의 치정극을 면할 수 있었다. 그리고 명색이 선생이란 자가 과외를 받는 아이들이 행여나 점수가 오르면 좀 더 고액을 받으려고나 안달했었다. 살기에 급급하느라 뚜렷한 학문적 지조도 없으면서, 강단에만 서면 민족문화와 역사의 수호자인 양 떠들던 거짓된 입은 또 어떤가. 그래 써버리자. 나의 오만을 버리자. 생각이 이에 이르렀을 때였다. 참으로 갑작스럽게 나의 눈에서 눈물 한 줄기가 거짓말처럼 흘러 내렸다. 발길은 이미 성북동 언덕받이 길을 다 내려와 차들이 질주하고 오가는 사람들이 바쁜 걸음을 옮기는 잡답의 시정에 이른 참이었다. 나는 황급히 손수건을 꺼내 눈을 눌러 닦으면서 허허 참, 감상적이긴. 첫 사랑의 여인 때문에 두 번이나 운다는 거야? 아니면 이처럼 살 수는 없다는 게야? 나는 다시 쏟아지려는 눈물을 억누르기 위해 이빨을 사려 물었다. 그리고 움켜 쥔 주먹도 주머니 속에 찔러 넣었다. 불그레해진 눈자위가 혹시 다른 사람의 주목을 받지 않을까를 염려하면서 쌀쌀해진 초겨울 날씨에 어깨들을 웅크리고 저마다 바쁜 갈 길을 가는 군중들 속으로 나는 하릴없이 섞여 들었다.